MY JOURNEY INTO
THE WORST PLACE ON EARTH
TO BE A WOMAN

A THOUSAND SISTERS

私は、走ろうと決めた。

「世界最悪の地」の女性たちとの挑戦

リサ・J・シャノン
Lisa J. Shannon

松本裕＝訳
Yu Matsumoto

英治出版

無数に存在するコンゴの寡黙な英雄たちへ
そして
私の父にして今は物言わぬ案内者である
スチュアート・シャノンへ

A THOUSAND SISTERS

by

Lisa J. Shannon, Zainab Salbi

Japanese translation published by arrangement with
Sandra Dijkstra Literary Agency through
The English Agency (Japan) Ltd.

私たちが身を寄せ合ったとき
そしてあなたの目が
私の目を覗きこんだとき、
私は感じた
あの見えない
糸が
あなたの目から
私の目へと渡り
私たちの心を
つなぎ合わせたのを。

あなたが私のもとを去り、
海の向こうへと旅立ったとき、それは
まるで細い糸が私たちをつないだままで、
傷口を引き裂こうとしているかのようだった。

――エドヴァルド・ムンク

私は、走ろうと決めた。　目次

序文

ウィメン・フォー・ウィメン・インターナショナル代表　ザイナブ・サルビ

コンゴ民主共和国における紛争は、第二次世界大戦以降起こったどの戦争よりも多くの死者を出しました。その数は実に五四〇万人以上、今でも何十万人もの女性がレイプに怯えて暮らしています。

このような身の毛もよだつ統計にもかかわらず、あらゆる陣営が関与しているとされるレイプや戦争犯罪に対して、世界はほとんど何の反応も示さず、処罰しようという動きもありません。それによって、紛争は勢いを弱めることなく続いています。紛争がはじまってからもう一〇年以上が経ちましたが、今でも、毎日のように大勢のコンゴ人が人類史上最悪の暴力の犠牲となっています（〝最悪の暴力〟などというものが実在すると信じられるならばですが）。殺害、体の一部の切除、女性だけでなく男性や子どもたちに対するレイプまで、暴力はいまだに続いており、被害者の数も増える一方です。しかし、世界はいまだに、コンゴのみならず世界中で行われている戦争や残虐行為を止めようと、政治的意志をもって立ち上がるに至っていません。

母親がレイプされたり、我が子が殺されたり、自宅が焼かれたり、長年苦労して築き上げてきたすべてが略奪されたりするのを目の当たりにして、怒りを覚えずにいることは難しいでしょう。生き残った者の課題とは、不当行為に対する怒りなどでは決してなく、むしろその怒りをいかに健全な方法で表現し、破壊ではなく創造に、憎しみではなく和解に、人生の美しさと醜さを結び合わせる深い視座へとつなげることができるかにかかっています。生き残った人は、自ら行動を起こすよう求められているのです。仮にその行動が、ときに生存者自身にとっても、他者にとっても破壊的だとしても。

それが、生存者の置かれた厳しい状況です。では、世界中の他の人々が取り組まなければならない課題とは何でしょうか。不当行為を直接体験せずにすむ、あるいは直接目の当たりにせずにすむという特権を自分だけが持っていたとしたら？　リンチに遭う、鞭打たれる、レイプされる、鎖につながれる、体の一部を切除される、奴隷化されるというのがどういうことかを一生知らずにすむとしたら？　あるいは、愛する者が殺される瞬間を、なすすべもなく目撃することの辛さを知らずにすむとしたら？　爆弾投下によって、あるいは真夜中に自分のベッドで寝ているときに兵士や反乱軍の侵略によって、自宅を失うというのがどういうことかを知らずにすむとしたら？　自分と愛する者の命を守るためだけに、食料もなく森の中を何日も何週間も歩かざるを得なくなるというのがどういうことかを知らずにすむとしたら？

そうしたら私たちはどうするのでしょうか？　それはすべてを無視し、知らないふりをし、まったく何もしなくていいという免罪符になるのでしょうか？

世界の大半にとっては、そうかもしれません。世界の大半は、コンゴで戦争が続き、一〇〇万人単位で人が死に、一〇万人単位で女性がレイプされる間も、ただ何もせずに傍観しています。しかし、ありがたいことに全員がそうではありません。世界には、たとえ自らがその苦痛を味わっていなくとも、抑圧されている者たちのためにできる限りのことをする活動家たちが存在します。

その活動家たちとは、自らの特権――残虐行為を目撃せずにすむという特権、自分の声が誰かに届くという特権、生きていくための資源を有するという特権――が人類に対する責任、他者と共有されるべき責任、そしてこの世界に対する責任だということを理解している人々です。自ら目撃したわけではなくとも、そのような不当行為が存在すると知って行動を起こす一握りの人々が常にいるということ、それこそが、実際に悪事を目撃しながらも乗り越えた生存者たちの希望に、力を与える物語なのです。

ある不当行為について、それを黙認することを拒否し、結果や代償、人生に与える影響を省みずに行動を起こす人々は必ず存在します。それは一八世紀末、イギリスのロンドンで奴隷貿易に決して携わることなく行動を起こそうと決意したごく少数の人々であり、彼らの行動はやがて世界的な奴隷貿易廃止活動へと発展していきました。それは一九六四年のミシシッピで平等を叫んで殺された三人の公民権運動家でもありました。先達の奴隷貿易廃止活動家たちと同様、この三人も奴隷制と人種隔離政策が〝黒人の問題〟ではなく、全人類の問題であって全人類に解決する責任がある問題だという政治声明を発表していました。同じように、南アフリカでも一部の白人活動家たちが、アパルトヘイトを終わらせる倫理的責任は全人類が共有する問題であると指摘しました。

ある不当行為について、その行いを正そうとする活動は必ずあります。不当行為を終わらせることに人生を捧げようと決意した生存者、そして自らは被害を受けていなくても立ち上がって闘うべきだという自分の倫理的責任を認識する人々がいるのです。リサ・シャノンも、自分自身に直接影響が及んだことはないけれども、その存在自体が許せない悪事に対して立ち上がろうと決意した、そうした活動家の一人です。彼女は、コンゴの女性たちのために走っています。

リサ・シャノンは、歴史の中で奴隷制やアパルトヘイトに反対して立ち上がり、行動を起こし、目撃者となり、残虐行為をその目で確かめて経験した人々の声に耳を傾けるべく、恐怖のただなかへ飛びこみさえした他の人たちと同様の女性です。生存者たちは、その不屈の精神ゆえに悪事に対して勝利し、生き抜いて誇りを失わないという意志を持つことができたのです。リサは、その不屈の精神ゆえに、世界中で今も続く恐怖から顔をそむけなかった英雄的な旅をすることができたのです。彼女はコンゴの紛争に真っ向から立ち向かうことを恐れず、それに取り組むことがどれほどの代償を払うかも考えなかった女性なのです。彼女の物語は情熱、明瞭さ、決意、力強さ、創造性、そして愛に満ちています。それは違いをもたらす可能性を信じる力、善が悪に打ち勝つ可能性を信じる力、そして愛が憎しみに打ち勝つ力を信じる物語です。

私は、コンゴの戦争という恐怖を生き延びた女性たちの心に、リサが創り出した喜びをこの目で見ました。彼女たちの抱擁を見、彼女たちの笑い声を聞き、この一人の女性がどれほど自分たちのことを気にかけているかを知ったときの女性たちの喜びを共有しました。女性たちへの愛ゆえに、リサは彼女たちと直接話をし、触れ合い、この世界にはまだ希望があって、また普通の暮らしに戻ることは可能なのだと伝えるために地球を半周したのです。そして、《ラン・フォー・コンゴ・ウィメン》のイベントを企画することで、コンゴの女性たちのために走る女性たちが世界中にたくさんいるのだと示してみせました。走ることで、コンゴの女性たちの苦境を訴え、変化を起こそうとしているのです。

本書は、誠実かつ嘘偽りのない感情の描写に、紛争に関する政治的背景への洞察力ある理解を加え、コンゴ人女性の美しさと回復力がもっとも暗い時代のさなかでも光り輝くことを示し、戦争を身近なものとしています。彼女たちの輝きは、生き抜こうというただそれだけの決意の中にも、集団レイプの結果として生まれた子どもを愛するという決断の中にも見られます。彼女たちが耐えた苦痛や乗り切った恐怖を処理するという決意の中にも、どんな逆境にも笑い、どんな苦痛のなかでも踊り、どれほど非人道的な行為を目撃してきてもなお人間性を信じるという決意の中にも、そして、死のまっただなかで生活を営み続けようという決意の中にも見られるものです。戦火の下の女性は常にそうするものであり、コンゴ民主共和国の女性たちはまさにそうしています。リサは、それを自らの目で見てきました。女性たちの力強さを、本書で見事に表しているのです。

本書は、関わり合うこと、手を差し伸べること、希望の架け橋を築くことの力を示してくれます。これは、財産を奪われ声をも無視されている無数の女性たちのために立ち上がる無数の慈善活動家、あるいは無数の擁護者になるべく、自らの声と資源を全面的に活用しようと決意した世界の女性たち一人ひとりの物語です。コンゴの恐怖はあまりにも長年続いているため、まるで不当行為に対する女性たちの叫びに対して世界が〝消音《ミュート》〟ボタンを押してしまったかのようです。リサと少数のアメリカ人女性たちがその音量を上げ、スポットライトを当てようと立ち上がりました。彼女たちは耳を傾け、行動を起こしたのです。

外交、友情、平和はさまざまな形で生まれますが、コンゴの女性を支援するリサの旅は、人間としての美しさを表現するため行動を起こそうと決意した人々が、そうしたものを生み出すことを示しています。彼女の物語は私たちの人間性を通じてつながる力、木々や庭、流れる水の音といったシンプルなものに対する共通の愛を通じてつながる力、そして私たちが何者でどこからきたのかにかかわらず、あらゆる共通点を通じてつながる力を示してくれるのです。

ここで、オプラ・ウィンフリーに感謝の意を述べたいと思います。そのビジョンと情熱により、彼女はまだ誰もコンゴ問題に意識を向けていなかったときに、コンゴの女性たちについて取材を行いました。オプラが私にコンゴ人女性の話をする機会を与えてくれなかったら、私はリサにも、行動を起こすという決断をした何千人もの女性たちにも出会えなかったでしょう。

最後に。あるボスニア人ジャーナリストから「戦争は人間の最悪の側面を見せると同時に、人間のもっとも美しい側面も見せてくれる」と言われたことがあります。リサの物語も、もっとも暗く、もっとも荒廃した戦時下においてさえ、人間の美しさが存在することを証明しています。それは、コンゴの女性たちを支援し、声を上げ、変化を生み出そうと世界中から集まった女性たちの、一致団結した行動を生み出した美しさです。

一三世紀のイスラム神秘主義《スーフィ》者の詩人、ルーミーがこう記しています。

善行と悪行の世界の果てには

野原がある。
私はそこであなたに会おう。
その草原で魂が出会うとき、
世界は話をするには混み合いすぎている。
考え方、言語、言葉でさえ、もはや互いに何も意味をなさない。

戦争と平和の世界の間には野原があり、女性たちがその野原で出会っているのだという私の解釈を、ルーミーが許してくれることを願います。そこにはリサがいます。オナラータがいます。ファティマがいます。ヴィオレットがいます。バーバラがいます。他にもたくさんの姉妹たちがいます。あなたがまだ来ていないのなら、ぜひ来てください。「世界は話をするには混み合いすぎている。考え方、言語、言葉でさえ、もはや互いに何も意味をなさない」のだから。私たちはただ野原に集う姉妹たちです。そして私たちは走るのです。走って、踊って——最後まで踊り続けるのです。

コンゴの現実

一九九四年のルワンダ虐殺の終盤、二〇〇万人を超えるフツ族難民が国境を越えてザイールへと逃れた。その中には「インテラハムウェ」と呼ばれるフツ族の虐殺加害者《ジェノシデール》が約一〇万人含まれており、国連が設けた難民キャンプに紛れこんで隠れ家を確保していた。

インテラハムウェを炙り出そうという国際的な動きがない中、ルワンダとウガンダは一九九六年に反政府軍指導者ローラン・カビラを支援し、ザイールへ攻めこませ、フツ族の難民キャンプは破壊された。インテラハムウェの残党はコンゴの森の奥へと逃げこみ、新たにルワンダ解放民主軍（ＦＤＬＲ）と名乗った。

ルワンダ軍の援護を受けたカビラは、ザイールを私物化する泥棒政治を長年続けてきた独裁者モブツを追放。自ら新大統領に就任し、国名をコンゴ民主共和国と改めた。

ルワンダとカビラとの同盟は、長くは続かなかった。一九九八年、インテラハムウェ（FDLR）がもたらす安全保障上の脅威を名目に、ルワンダとウガンダが、今度はコンゴ民主連合（RCD）と称する民兵組織の後ろ盾となって再び侵攻してくる。RCDは南北キヴ州を制圧した。この戦闘には、魔術を使うと言われる地方自衛軍マイマイなど、寄せ集めの分裂派や地元出身の民兵集団も加わった。カビラはジンバブエやアンゴラ、ナミビアといった近隣諸国と独自に同盟を結び、数カ国を巻きこんだ紛争はやがて、「第一次アフリカ大戦」と呼ばれるまでに拡大していった。

二〇〇一年一月、カビラが暗殺され、息子のジョゼフ・カビラがコンゴ民主共和国大統領として後を継いだ。紛争は形式的には二〇〇三年に終結し、外国の軍隊や彼らを代理する民兵組織は母国へ引き揚げていった。二〇〇六年夏、外国からの手厚い支援を受けてコンゴは独立以来初となる選挙を行い、ジョゼフ・カビラは一九六〇年以来初の民主的に選ばれた大統領となった。

こうした経緯にもかかわらず、コンゴ東部は混沌に覆われ続けている。

コンゴには、市民保護に広範な権限を有する、二万人から成る世界最大規模の国連平和維持軍が駐留している。しかし広大な国土と混乱した状況下では、国連軍（ＭＯＮＵＣ）は「情けないほど手薄」だ。その一方でコンゴ軍が擁する一二万五〇〇〇人の兵士の大半は元民兵であり、彼らを組み入れた軍は腐敗と規律のなさで悪名をとどろかせている。

ＦＤＬＲもいまだに健在だ。地元では今も〝共に殺す者〟を意味するインテラハムウェの名で知られる彼らは、戦闘員の数こそ推定六〜八〇〇〇人まで縮小したものの、南部キヴ州の六〇%を支配している。

ローラン・ヌクンダ司令官が率いるコンゴ人ツチ族の人民防衛国民会議（ＣＮＤＰ。ルワンダによる支援を受けていると広く報じられている）は二〇〇八年、北部キヴ州で大規模な騒乱を起こし大勢の難民を生み出した。そして、ヌクンダは二〇〇九年に逮捕される。

国連は、戦争を隠れ蓑《みの》にしてコンゴの莫大な鉱物資源を略奪したと、紛争に関与したすべての国を非難した。ルワンダ、ウガンダ、ブルンジ、そしてコンゴの官僚らはコンゴからの略奪で何億ドルもの利益を上げていたのだ。

その結果は？　二〇〇八年一月現在、紛争による死者は五四〇万人を超え、第二次世界大戦以来最悪の戦争となっている。今も、毎月四万五〇〇〇人が命を落としている。また、性的暴行が蔓延し、コンゴは「女性にとって地上最悪の場所」と言われている。

ジャーナリストのリサ・リンは、コンゴ東部を「地上最悪の場所、そしてもっとも無視された場所」と称した。

重要語句

バニャムレンゲ	ツチ系コンゴ人（民兵組織ではない）。
CNDP	人民防衛国民会議（フランス語でCongrès National pour la Défense du Peuple）、ローラン・ヌクンダ司令官が率いるツチ系コンゴ人の民兵組織。
FARDC	コンゴ民主共和国軍、またはコンゴ軍（フランス語でForces Armées de la République Démocratique du Congo）。
FDD	民主防衛勢力（フランス語でForces pour la Défense de la Démocratie）、ブルンジの民兵組織。
IDP	国内避難民（Internally Displaced Person）。故郷を去ることを余儀なくされた人々。「難民」と似ているが、IDPは国境を越えていない。
インテラハムウェまたはFDLR	ルワンダ解放民主軍（フランス語でForces Démocratiques de Libération du Rwanda）。1994のルワンダ虐殺にかかわったルワンダ人フツ族。"共に殺す者"を意味する「インテラハムウェ」とも呼ばれる。
ジョゼフ・カビラ	コンゴ民主共和国の現大統領（2001年1月～）。ローラン・カビラの息子。
ローラン・カビラ	コンゴ民主共和国の元大統領（1997年～2001年1月の暗殺時まで）。
ポール・カガメ	ルワンダ大統領（2000年～）。
LRA	神の抵抗軍（The Lord's Resistance Army）。コンゴの極北東部に拠点を置くウガンダ系反政府勢力。
マイマイ	コンゴ系民兵組織、あるいは「地方自衛軍」。アフリカの伝統薬を用いることで知られる。スワヒリ語で"水、水"を意味する。
モブツ・セセ・セコ	1967年から1997年まで君臨した、コンゴ（当時はザイール）の独裁的大統領。
MONUC	国連コンゴ民主共和国ミッション（フランス語でMission de l'Organisation des Nations Unies）。国連の駐コンゴ平和維持軍。
NGO	非政府組織（Nongovernmental Organization）。政府や政党に属さない、非営利の団体。多くが人道的活動を推進している。
ローラン・ヌクンダ	2009年にルワンダ軍によって逮捕されるまで、CNDPのトップだったツチ系コンゴ人将軍。
ラスタ	元インテラハムウェとコンゴ人とで構成される民兵組織。
RCD	コンゴ民主連合（Rally for Congolese Democracy）。1998年の「RCD戦争」の引き金となり、後に政党へと変貌を遂げた民兵組織（ルワンダの支援を受けている）。
UN	国際連合（United Nations）。
UNHCR	国連難民高等弁務官事務所（United Nations High Commission on Refugees）。

これは真実の物語である。

コンゴのように極端な場所では、何ひとつでっち上げる必要がない。本書に記されたすべての出来事が実際に起こったことで、その大半は、ビデオで撮影されていた。

会話のほとんどは映像から直接書き起こしたもので、当時通訳されたままだ。聞き取りの一部は複数の会合にわたっていたため、集約した。

一部、実際に起こった時系列通りには記述されていないこともある。

架空の人物は登場しない。とは言え、コンゴは現在進行形の紛争地帯であり、私には自分が対面し、取材した人々を保護する義務がある。ほとんどの人名は主に安全上の理由から変えてあり、一部の事例については（本文内で明記しているが）、深刻な安全上の懸念があるため、話の詳細を省いている。

私は、走ろうと決めた。

1　コンゴの映像《ラッシュ》

たいていの電話は思いもかけない、パニックを引き起こしそうな朝の時間帯にかかってくる。慌てて携帯電話をつかむと、〇一一‐二四三‐九で始まる発信者番号が表示されている。コンゴからの電話だ。かけてくる相手はまちまちだ。あるときは国連の、なんだかうまく聞き取れない名前の軍曹で、ひどい南アジアなまりの軽快な口調で、すぐに返事がほしいと言いながら二度と連絡が取れなかった。またあるときは民兵組織の代表が、「人道的活動に適合しない政治的属性」を理由に解雇されてしまったので、就職のための推薦状を書いてほしいとかけてくる。あるいは私が雇ったコンゴ人の運転手、セルジュの遠い声で「本当にろくでもない仕事だ」と言うのが聞こえることもある。貴重な通話時間を使って、いたずら電話をかけてくるのだ。彼が電話を切るまで、私たちは二人ともくすくす笑い続ける。

コンゴ民主共和国――またの名を、地上最悪の場所。第二次世界大戦以来、地球上でもっともひどい戦争である「第一次アフリカ大戦」の戦場だ。もう何カ月も前から忘れようと試みているのに、この国はまるで、借金取りか後始末をつけにきた昔の恋人のように、ずっと私につきまとい続ける。

だが、この日の朝は違っていた。

「あの村のことを覚えているかい？」

――ええ、エリック。あそこのことなら覚えているわ――。

それはカニオラ村についての知らせだった。私は何カ月も前のある日曜日、まさにその場所を歩いていた。稜線に沿って広大な森林にへばりつくように、家屋が広範囲に点在する集落だ。一九九四年に起きたルワンダ虐殺以来、ルワンダ国境から五〇キロほど内陸に位置する森林は、インテラハムウェ（ルワンダ語で〝共に殺す者〟）と呼ばれるフツ族民兵組織に支配されていた。このグループはルワンダ解放民主勢力、略してＦＤＬＲという名でも知られている。

つい先日、カニオラのことを考えていたところだった。オールドポートランドの我が家が立つ通りを縁取る家々や、クルミ並木の間を散歩していたときだ。私は信心深いほうではなく、聖書の一節が頭をよぎることなどめったにないのだが、このときはある詩篇が思い浮かんだ。

「たとえ私は死の陰の谷を歩むとも……」

もし死の陰の谷に匹敵する場所が地上に存在するとしたら、それはカニオラだと思ったのだ。コンゴで過ごした五週間半の間に耳にした一番凄惨な話は、あの谷で起こったものだった。そこを歩いたのに、恐怖は感じなかった。――文字どおり、死の陰の谷を歩んだわけだ――。

私は一人で歩きながら、当時の自分を思い出して微笑んでいた。

だがこの日の朝、紅茶のおかわりと共にノートパソコンの前に腰掛けてメールの受信トレイを睨んでいると、笑えることなど何ひとつなかった。

エリックはコンゴ人の自然保護活動家で、定期的に連絡を取っている友人だ。彼はこんなメールを送ってきた。「カニオラで一七人が刃物で殺された事件の記事を転送する。あそこのことを覚えているかい？」

——もちろん、覚えている——。

国際ニュースの記事が事件の概要を伝えていた。「それは報復攻撃だった。加害者たちは民家を狙い、静かに家の中へ侵入した。警告を発せないよう、刺す前にまず犠牲者の首を絞めた……犯人は、『大勢で戻ってくる』と記した手紙を残していった」

犯人は一八名を誘拐。負傷者二〇名。犠牲者一七名。

記事をもう一度読み返したとき、最初は見落としていた一行で身が凍りついた。「犠牲者の中には、FDLRに誘拐されて最近軍が救出した少女の父親も含まれていた」

戦争によって荒廃したコンゴの南キヴ州で取材した何百人もの人々から、誘拐の話やインテラハムウェの攻勢から軍が逃げ出す話は嫌というほど聞かされていた。だが、軍が民間人を守ったという話は一度しか聞いたことがなく、そのような英雄譚は非常に珍しかっただけに衝撃的だった。カニオラで、私はインテラハムウェに誘拐されてコンゴ軍に救出された三人の少女に会っていたのだった。

この記事はその家族の話だろうか？　——そうに違いない——。

当時護衛を務めてくれた国連の少佐たちの一人から連絡があって私の推測が裏づけられたのは、その後何日も経ってからだった。「最後に歩いた場所を覚えているなら、そこが事件の現場だ」

私がカニオラに行ったのは他に何もすることがなかった日、一枚の紙切れから情報を入手したためだった。現地には一日もいなかった。日曜の午前中だけだ。村の中を歩きながら、救出された少女たちと話ができればと思っていた。少女たちの家を訪れ、冷ややかな態度の少女たち、彼女たちの兄、そして絶望的な表情の父親と、一時間以上話をした。話が終わると、父親は私たちを見て辛辣な質問を投げかけてきた。「話は聞かせた。で、あんたはいったい何をしてくれるんだ?」

私は、滞在時に撮りためたビデオテープをいっぱいに詰めこんだ、プラスチックの収納ケースを引っ張り出した。空いた部屋の片隅に、中身も確認せずにずっと放置してあったものだ。夜遅くまでかかって、映画業界では「ラッシュ」と呼ばれる未編集の生の映像をくまなく探す。そしてようやく、カニオラの映像を見つけ出した。

とても平和な場所に見えた。当然、流血などない(コンゴでは一度も死体を目にしなかった)。それでも、映像を見ながら手が震えているのを自覚する。途中で見るのを中断せずにはいられなくなって廊下を歩き回り、部屋に戻ると映像を少しずつ、一コマずつ確認し、あの日カメラでざっと舐めただけの人々が一番はっきり映っている映像にようやく行き当たった。それを静止画像に切り出す。データをPCに転送して保存し、八×一〇サイズにして印刷し、白いプラスチックの三穴バインダーに綴《と》じた。

現地にいたとき、私はあまりに多くを見落としていた。国境を越えてコンゴに入ると人々の目つきが違う、と聞かされた。初日はそれに気づいたが、その後はまったく意識しなかった。だが、こうして映像を見ていると、一目瞭然だ。彼らの目を観察する。多くの人々がその目つきを無感覚、あるいは戦争神経症によるものだと言う。ジャーナリストのリサ・リンは、この目つきを「完全に死んだ目」と呼んだ。

　幾日もかけて映像を確認し続けていると、アフリカ到着二日目の自分自身の映像があった。木製のおんぼろな橋が架かる国境のルワンダ側に立っていて、渡ろうとしているところだ。ルワンダのキガリからの三五分間飛行機に乗ってきただけで、もうよれよれになっている。

――おかしい――。画面の中で、私はせわしなくまばたきをしていた。まぶたがぱちぱち動いている。当時は怖いと思っていなかったが、今こうして自分の姿を見ていると、明らかにおびえている。

　どうしてあの場所を迎え入れてしまったのだろう？　どうしてあの場所を追求し、調べてしまったのだろう？

　満足感がほしかったからではない。解決策がほしかったからだ。

2 真っ青な芝生

それは『オプラ』から始まった。この種のことは大体『オプラ』から始まるものだ。

二〇〇四年八月、私はかかりつけのセラピストの診療室にいた。彼女はいきなり核心を突いてきた。「最近、オプラの番組をずいぶん見ているでしょう」

自分が日中どんなテレビ番組を見ているかを吹聴しているわけではないが、四時から始まる『オプラ・ウィンフリー・ショー』［人気司会者で慈善活動家のオプラ・ウィンフリーが司会を務めるトーク番組］は確かに、最近の定番となっていた。「どうしてわかったんですか?」

「昼間家にいるうつ状態の人は、みんなあの番組を見るのよ」

――ちょっと待って、うつ状態って――?　どうしてそんなことを言うのか、見当もつかない。私にとってうつ状態の人というのは、昼下がりに薄汚いベッドルームのブラインドを閉め、デジタル時計が2:12から2:13から2:14へと変わるのを見つめていたり、二三日連続で履き続けている靴下のまま、一人ぽつんと家の中で過ごしていたりするような人だ。私は違う。ストレスがあるかって？　そりゃ、確かに父は末期がんだけど。でも、私は元気だ。

私の人生は最高だ。二九歳にして順調な軌道に乗り、計画どおり進んでいる。安全に歩き回れるポートランドの人気住宅街に、花咲く庭がついた小さなビクトリア様式の家を持っている。収支計算書が自由はすぐそこだと教えてくれるようなクリエイティブな仕事をしていて、夜には寄り添って眠れるいい男もいる。

変わり者のイギリス人ビジネスパートナー、テッドは、私生活でのパートナーでもある。結婚はしていないが、それは必要がないからだ。私たちの絆は夫婦同様に強く、法的保護も同じように受けられる。私たちは一心同体なのだ。

テッドは、本当に素晴らしい人だ。こんな人ならいいなと思っていた要素をすべて備えている。優しい。クリエイティブ。面白い。クール。私より一五歳年上だからもう四四歳になるが、いつでも気分は二二歳だ。いたずら好きで骨の髄までチャーミングな彼は、一番ひねくれたスーパーのレジ担当からも、一番不機嫌なビデオ屋の店員からも、笑顔を引き出せる。あまり口数は多くないが（彼がイギリス人だと言ったかしら？）、私たちの間には親友としての静かな調和がある。

私たちはライフスタイルのストックフォトを撮っている。健康食品店のディスプレイや歯科医のパンフレット、オンラインの出会い系サービスの広告などで見るような写真だ。ストックフォトのいいところは、何を売るのにでも使えるということだ。ひとつの願望がすべてを満たす。優れた写真は、二つのメッセージを訴える。完璧さと、純粋な感情だ。もとい、純粋な感情という幻想だ。実を言うと、「一、二、三、イェイ！」と何回か繰り返せば作り出せるような代物だ。

テッドが写真を撮り、私はアートディレクションとプロデュースを担当している。二号サイズの完璧なモデルを雲ひとつないビーチや青々とした芝生の原っぱへ連れ出し、空に向かって両腕を翼のように広げさせ、「自由」というキーワードでオンライン画像検索の一番上に表示されるような写真を撮影する。

これがあくまでジョークにすぎないことを示すため、私たちはこれを「画像汚染」と呼んでいる。テッドはパーティーなどで、僕たちは魂を売ったんだとふざけて言う。私たちにとって、ストックフォトはあくまで目標達成の手段だ。まるでそう言えば宙からそれが取り出せるとでも言うように（もっと言うなら、時給一〇〇ドルのモデルから引き出せるとでも言うように）テッドはしばしば撮影中に体を前後に揺らしながら、こう唱える。「ハッピーな感じで。もっとハッピーな感じで」

3　死はときに陣痛に似ている

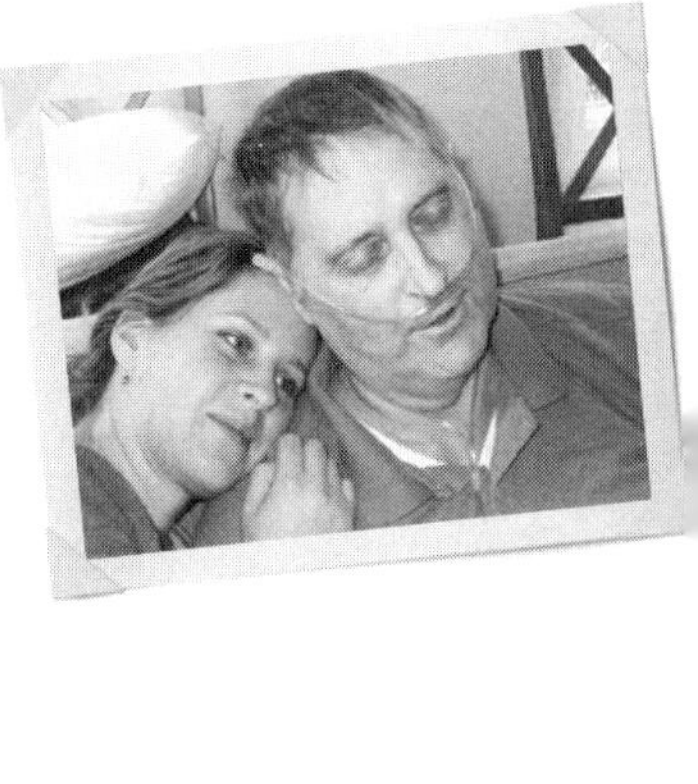

苦しげな息遣いは、夜遅くに始まった。人はそれを「死前喘鳴《しぜんぜんめい》」と呼ぶ。父に何かあったときのためにそばにいることが役目なのに、私はまるで何事もないかのように眠り続けていた。私の毛布とウレタンマットは酸素チューブや錠剤が無秩序に散らばるダイニングルームの床に敷かれ、介護ベッドは部屋の片隅に、アンティークの食器棚は反対側の隅に押しやられている。私はうとうとしていて、これが父の最期の晩だという兆しに一切気づいていなかった。

朝になり、母がホスピスに電話した。看護師が到着し、父が間もなく臨終だと告げる。

父の目には何かを悟ったような薄明かりが灯り、必死の呼吸も続き、その激しさを増していった。看護師が、生をゆっくりと手放すこの過程は数日間続くこともある、と警告する。「死は、ときには産みの苦しみにも似ていることがあるんです」と。

何時間も経過する。父の血液は着実に腕や脚から引き揚げていき、肌が青白く半透明になるのがわかる。パジャマは汗でぐっしょりだ。誰かがハサミを手に取ってパジャマを切り裂き、一九三センチの躯体は裸にされてピンク色のシーツにくるまれる。

みんな部屋から出て行ったので、私は父の隣に座ってその手を握った。大学時代に覚えたヴェーダ語の祈りが思い浮かぶ。もう何年も口にしていない祈りだ。——だからなんだ。他には誰もいない——。私は父に身を寄せ、祈りを歌った。

よく聞こうと、父が首をこちらへもたげた。看護師が戻り、父が去りつつあるのを見て、全員を部屋に呼び入れる。「これが最期です！」

背後にパニックと嘆きを感じるが、私は顔を上げない。誰かが私の腕に手を置き、遠くのラジオから聞こえるような声で「もう亡くなったよ」と言うまで祈りを続けていた。

映画の途中でトイレに立って肝心なシーンを見逃した人のように、私は疎外感を覚えながら身を引いた。近くの人に寄って行って「どうなったの？」と聞きたかった。だがみんな泣いており、私は父の体を観察する。介護ベッドにだらりと横たわった父は、巨大な淡緑色のカエルのように見えた。

看護師が酸素ポンプの電源を切った。

父が赤ワイン色のビロードの遺体袋に入れて運び去られると、介護ベッドに残ったのはピンク色のシーツについた父の跡だけだった。私は長い間その部屋に座っていた。そして翌日も、ベッドが分解されて持っていかれるまでずっと座っていた。ダイニングテーブルが部屋に戻された。父が死んだまさにその場所で、遠くから来た親戚にテイクアウトの中華料理を食べさせるために。

さわやかな秋の日が数日過ぎ、ポートランドのサンセット・ハイウェイを見下ろす丘にある一九六〇年代のモダンな墓地で、平べったい墓石に囲まれ、刈りこまれた芝生の上にぽつぽつと立つ人々の姿は、太陽の光に遮られてよく見えない。三〇センチ四方の質素な木製の骨箱を見つめながら、私はあり得ない計算に気を取られていた。たとえ灰になったとしても、身長一九三センチ、体重一一三キロあった父が、どうしてあんな小さな入れ物に収まってしまうのだろう？　これは父の体の何％に相当するのだろう？

計算しようと試みる。埋葬するのは、遺灰のごく一部だ。残りは小分けにして飾られる。一部は、ピンクとグリーンの七宝焼きの小さな骨壺三つに分けて、母の部屋のマントルピースに置かれる。一部は、姪のために《ビルド・ア・ベア》で作ったオリジナルの「おじいちゃん」テディベアの中に入れられる。一部は父が少年時代に夏を過ごした麦畑の、一族の墓地に散骨される。私は計算を諦めた。なんだかすべて馬鹿げたことに思える。そして、父は馬鹿げた人ではなかった。

父は公務員だった。その好みはすべてにおいてシンプルだった。タック入りのポリエステルパンツに、レトルト食品。お気に入りは血なまぐさいアクション映画と、朝のコーヒーを飲みながら何時間も交わす哲学的な会話。ベトナム退役軍人の戦争後遺症を治療するセラピストだったが、父自身はベトナムで戦っていない。子どもの頃、父の仕事の話や、ベトナムの怖い話を断片的に聞かされた。だが父が「野郎ども」と呼んでいた患者たちは、ずっと謎めいた存在だった。初めてその一人を目にしたのは、父の死の数週間前に生前葬を執り行ったときだった。トラック運転手のキャップをかぶった気難しそうな男が、最後列で控え目に参列していたのだ。

一方、母はメロドラマ好きの神経質な女性だ。南部の美人コンテスト優勝経験者で、がっしりした体格とゴマ塩頭の母は、その気になればものすごく洗練されて見える。だが、普段はたいてい黄褐色のサンダルに黒い靴下を履き、皺くちゃなカーキのクロップドパンツと、十中八九は前の晩にパジャマ代わりにしていたおかしな重ね着のTシャツという格好を好んだ。昼頃にはシャツの裾を引っ張り、髪をくしけずりながら、「時代遅れな格好をしてる気分だわ！」と言うのだった。

母が生涯の伴侶を喪った今、私は一歩下がり、やや大っぴらな嘆きの表現をする母に舞台の中央を譲る。その日の朝、私はぎくしゃくと歩きながら、同情をこめた抱擁や「心を開きさえすれば」父の存在を感じることができるなどという話を避けて回っていた。

母と姉は嘆き悲しみ、それはその後何カ月も続くことになる。両親のベッドの端に座ったまま、二人は泣きどおしだ。クローゼットから父のＸＸＬのネルシャツやオックスフォードシャツ（ストライプのとチェックのと）、白のＶネックシャツを処分し、ワシが家の上を旋回するのではと空を見つめ続ける。父の守護聖獣《スピリット・アニマル》が遠くからのメッセージを運んでくると言ってきかないのだ。

私は泣かなかった。父は私の夢には現れない。私は両親の家を避けるようになった。何が変わったというわけではない。ただ、父が死んだあと、自分が動揺するだろうと思っていた。実際にはたいして何も感じることはなく、考えてみれば、ずいぶん長い間、何も感じることなどなかったような気がする。それを私は「不気味な平常心」と呼んでいる。スーパーへ買い物に行くときも、友人を訪ねるときも、オプラを観ている午後も、病室と化したあのダイニングルームにまだ座っているような気がしていた。物言わず微動だにしない父の体のそばで緑色のウィングバックチェアに座り、未完の会話が完結するのを待っているような気がするのだ。

ひとつ気になっていることがある。死の数週間前、父が言ったことだ。父は家族、友人、そして公務員としての仕事を中心に人生を組み立ててきた。人々ととても深い絆を築いていた。にもかかわらず、自分を敗者だと思っていた。なぜか？　十分な財産が築けたとは感じていなかったからだ。男性の多くがそうであるように、父も社会的地位というレンズを通して自分自身を評価していた。父の考えでは、賃貸の投資用不動産が二、三軒あるだけでは不十分だったのだ。

一方、私はと言えば、金を稼ぐのに苦労したことはない。だが、父がいなくなった今、何を目標とすべきかを思い出すのに苦労している。――この家――？　テッドと私は、写真撮影の背景用に自宅を設計した。白地に白地に白地の内装で、まるっきり何もないのがアクセント。イケアで半日過ごせば買えるような清らかさだ。凡庸この上ない。

私たちは夜ごとの外食時に仕事の話をするのはやめようと誓い、仕事以外の〝プライベートな時間〟を持とうと定期的に宣言したが、他に掘り下げる価値のある話題が見つかったためしがない。会話は常に制作プランのほうに流れていく。私の不安は一切話題にのぼらない。テーブル越しにテッドを見つめると、私の目を見ようとしないのに気づく。誰かとこれほど近くにいて、一日二四時間休みなくお互いのオーラを感じているのに、どうしてこれほど孤独感を覚えるのかが不思議でならない。

――リセットボタンを押しちゃいけないの――？

父の死後、私は仕事に復帰しなかった。また飛行機に乗って陽の降り注ぐ南カリフォルニアに向かう、ということができなかったのだ。今シーズンのバナナ・リパブリックの新作に身を包み（色は全身黒、サイズは一四号）、カメラの後ろに引っこんで、二〇キロも増えた体重を隠そうとすることができない。あいにく、太った身体はこう叫んでいる。――もう自分が誰なのかわからない。

私は消えてしまう——。モデルたちにもう一度「一、二、三、イェイ！」をやらせることができない。ストックフォトライブラリーの担当者が愛らしい少女モデルたちを「奇妙な格好」だの「馬面」だのとあざ笑うのを、黙って聞いていることもできない。

その代わり、後にテッドが労働分担についての議論で指摘することだが、私はただカウチに座り、まったく動かずに何カ月も過ごす。正確には、四カ月間だ。

そこで、私たちはパリに行ってみることにした。私の三〇歳の誕生日を祝うため、私がまだ訪れたことのないパリに行こうという計画だ。新たな一〇年の幕開けを、何か新しくていつもと違うことで始めたかった。密かに、今こそ逃げ出すタイミングかもしれないと思っていた……すべてから。

イギリスにいるテッドの家族のもとを訪れ、そこで私はひどい風邪を引いた。友人に会うため短期間の予定でベルリンに入る頃には、インフルエンザと連鎖球菌性咽頭炎を併発していた。自分の意志で体調がよくなるとでも言うように、ある夜出かけてみたが、煙っぽいベルリンの飲み屋で際限のない咳の発作に襲われてしまった。翌日、テッドが市内の美術館を見て回る間、私はベッドの中から、友人宅の薄暗い客室の中を移ろっていく影を見つめていた。幅の広い床板の線をたどり、本棚を眺めてドイツ語の題名を読み取ろうとし、うとうとと眠り、唾を飲みこまないようにする。テッドが戻ると、私たちは〝取り出し《イジェクト》〟ボタンを押した。翌朝にはパリへ飛ぶ予定だったが、代わりに家へ戻ったのだ。

私は、ポートランドのカウチでオプラを観る生活に逆戻りした。

二〇〇五年一月二四日、オプラの番組がコンゴの女性を取り上げた二〇分の特集をやった。

「第二次世界大戦中、多くの人々が、当時起きていたことに知らないふりをしていました。今、またしても大虐殺が行われています。今度は、コンゴ民主共和国で。もしあなたが他の多くの人々と同じなら、まったく知らなかったでしょうね」

――なんですって――？

特集の中で、一九九四年のルワンダ虐殺に端を発した紛争についてジャーナリストのリサ・リンが解説していた。大量虐殺のあと、加害者であるフツ族民兵組織が国境から西へ追いやられてコンゴへ渡り、森に逃げこんで地元の人々を恐怖に陥れるようになったのだという。それに対抗して結成された民兵組織たちは、間もなくお互いに争い合うようになった。やがて、この紛争に何カ国もが関与し、「アフリカの第一次世界大戦」とまで呼ばれるようになった。

オプラが言う。「そして今この瞬間も、暴力は続いています」。最大の被害者は女性だ。レイプや性的奴隷が横行し、いったん被害者となった女性は、そのほとんどが夫に拒絶される。

「四〇〇万もの人が亡くなっているんです。四〇〇万人ですよ。なのに誰もそのことを話題にしていません」とリサ・リンが伝える。「ここは地上最悪の場所だと思います。そしてもっとも無視された場所なのです」

――待って。待って、待って。はっきりさせよう。ルワンダ虐殺の加害者だった民兵組織がまだいると言うの？　そして人を殺していると――？

「現地の人々は、助けを求める自分たちの叫びを世界の誰かが聞いてくれることを願っています」とオプラ。

――私もその一人になれるだろうか――？

ワシントンＤＣに拠点を置く非営利組織《ウィメン・フォー・ウィメン・インターナショナル》の創立者、ザイナブ・サルビが登場した。この雄弁な三〇代のイラク系アメリカ人女性は、一カ月二七ドルでコンゴの女性を支援できると提案する。オプラはいつになく辛辣な口調で締めくくった。

「さあ、知ってしまったからには、聞かなかったふりはもうできませんよ」

――そうしよう。女性のスポンサーになろう――。

番組が終わった。テッドが隣の部屋から声をかけてくる。「お茶、飲む？」

そこへ電話が鳴った。母と数分会話を交わす。メールをチェックし、いつもの協議をするべく、隣の部屋にいるテッドに呼びかけた。「晩御飯、どこで食べようか？」

お茶を飲むために廊下を歩きながら、私は番組のことを思い出していた。どうなるかはわかっている。黄色いレポート用紙に走り書きした収支計算書が頭をよぎるのだ。撮影のアイディアをひらめかせてくれるような新顔がいないかと、モデル事務所のウェブサイトをチェックする。そうして日々を過ごす。数週間、数カ月、ことによっては数年が過ぎ、私はあの表情を思い出すだろう。オプラの番組で見たうつろな瞳を思い出し、こう考えるのだ。――もし手を差し伸べていたらどうなっただろう――？

――今やらなければ。「やるつもりだったこと」のひとつになってしまう前に――。私は足を止め、踵《きびす》を返し、パソコンの前に戻って二人の女性の支援を申し込んだ。オプラの番組を見て支援を申し込んだ、六〇〇〇人の視聴者の一人になったのだった。

それでも、女性たちの表情が頭の中から消えることはなかった。そして相変わらず、人生に何かが欠けているように感じ続けていた。何か自分だけのもの、《テッド・アンド・リサ・インク》以外の何かに飢えていたのだ。何かしたいが、何をすればいいかがわからない。どこか背後で、長年見ていない人物のかすかな気配がする。自分がずっとなりたいと思っていた人物の気配が。

一一歳のとき、姉のマリーと一緒にダウンタウンへ行き、そこで弁護士の秘書をしていた母とランチを食べた日のことを思い出す。ランチのあと、マリーと私はバス停まで歩いた。私は停留所のベンチにひとつだけ残っていた、黒人女性の隣の空席に腰掛けた。マリーは私の隣に立ち、バスを待っていた。数分後、だらしない格好のホームレスの男性が、酔っ払っているらしい様子で近寄ってきた。そして「小銭、めぐんでくれねえか?」と言った。

私たちのどちらだったかが答えた。「ごめんなさい、ないんです」

男は私の隣の女性を向き、女性は同じように丁寧に断った。

歩き去りながら、男は声をひそめようともせずに言い捨てた。「くそったれの黒んぼが」

事故に遭ったときのように、時間がゆっくりに感じられた。心臓が鳴り響く。何かの衝動が私を突き動かした。――こんなの黙っていられない――。私は勢いよく立ち上がり、口走った。「この人種差別主義者《レイシスト》!」

肌が熱くなった。バス停の周囲にいた全員が足を止める。姉はぎょっとしていた。黒人の女性もぎょっとしていた。私だってぎょっとしていた。だが、私は続けた。「あんたのたわごとなんか聞きたくない!」と叫ぶ。「肌の色で人を判断する権利なんか、あんたにはないんだから! 言葉に気をつけなさいよ!」

男はしばらく私を見つめ、そして背を向けて足を引きずりながら去っていった。「くそガキどもが……」とつぶやきながら。

　高校一年のときにも、こんなことがあった。体育のバレーボールの時間で、ネットの周りに男子が集まっているのに気づいたのだ。例によって学校一の変わり者、トレバー・サムソンが元凶だった。このときは、だだっ広いウェストヒルズの高級住宅街からぴかぴかのジープ・チェロキーで通学してくるような人気者と、言い争いをしていたのだった。トレバーと私には共通点が多かった。中学でも一緒だったし、同じ地域で育ったのだ。だが、そんなことはどうでもよかった。彼とは友達ではなかった。むしろ嫌いだった。変人の中でも特に変人だった。感じが悪いし、弱っちいし、みじめなやつだったのだ。

　何が起こっているのか見ようと少しずつ近づいていくうちに、対立は急速に激しさを増していた。あたりに教師は見当たらない。大半がウェストヒルズ育ちの男子が三〇人以上集まり、攻撃者をけしかけていた。けんかが見たかったのだ。誰かが小突き始め、乱暴な脅し文句が飛び出す中、トレバーは言ってはいけないことばかり口にしていた。受け身のたわごとばかりだ。集団の一人が叫んだ。「やっちまえ！」

　社会的リスクを考えもせず、私は集団の中をかきわけ、トレバーと人気者の男子の間に立ちはだかった。そしてチップだったかチャドだったかセスだったか、その男子の顔に指を突きつけて言い渡した。「やめなさいよ！」

　裕福な環境に育まれたに違いない、端正な顔立ちと艶々に焼けた肌の男子が集団の中から叫んだ。

「黙れよ、くそったれのヒッピー女！」

　私は一歩も引かず、トレバーの真ん前に立ち、女子を殴ることで高まる社会的地位などないという厳然たる事実をもって彼を護り続けた。やがて、集団はばらけていった。

その年の後半になって、学校の前に救急車が停まっているのを見た。包帯でぐるぐる巻きにされ、救急隊員に担架で中央廊下を運ばれてきたのはトレバーだった。誰かが更衣室に彼を追い詰め、血まみれになって昏倒するまでコンクリートの床に頭を打ちつけたらしい。彼を発見した教師が救急車を呼んだのだった。

私たちはたいてい、子どもの頃、野良猫が飢えているのを黙って見ていられなかったものだ。こんなのひどい、と思うのだ。何かしなければ、と。だが、一五歳から二五歳までのいずれかの時点で、そのような感情は薄れていく。口を閉ざすようになる。〝現実的に〟なる。他人のことに干渉しなくなるのだ。

私も例外ではなかった。

それでも、二〇代最後の日のパーティーから一週間ほどして、私は社交場のたしなみを捨てて、ことあるごとにコンゴの話をするようになった。「違うって、わかってないでしょう。四〇〇万人が死んでるの。何かするべきだと思わない？　募金を集めるためにパーティーを開くとか、お菓子を焼くとか、チャリティウォークをするとかしましょう……」

そして気まずい沈黙やぽかんとした表情、礼儀正しい話題転換といった反応に遭う。

自分自身のために新境地を拓こうという努力もむなしく、三〇歳の誕生日の朝、私は自分がどこへ向かおうとしているのか見当もつかないまま目を覚ました。テッドが、サプライズがあるよと言う。何であれ、変化は歓迎だ。

前年の誕生日には、サンディエゴで写真撮影の準備をしていた。だだっ広いショッピングモールで何時間も過ごし、ひとつのチェーン店からまた次へと車を走らせた。《ターゲット》、《ロス》、《サックス・フィフス・アベニュー》のアウトレットの商品棚をめぐってサイズ二号のサマードレスや水着を探した。日が暮れる頃には、雰囲気のいい小規模ショッピングモールのレストランで食事をするという計画を断念し、他よりもおしゃれな店にできた長い行列を避けて、駐車場の反対側にあるメキシコ料理のファストフード店《バハ・フレッシュ》で煮豆入りライスを食べた。ホテルに戻ると、テッドが誕生日プレゼントをくれた。撮影用の小道具を探す合間に買ったカードだった。その晩遅くまで、私は花柄やストライプの包装紙で空箱を包み、翌日に予定していた子どもの誕生パーティーという設定の撮影に備えてかわいらしいリボンをかけ続けていた。

だから三〇代がどこへ向かうにせよ、去年よりは確実にましということだ。まったく想像もつかない状態で、車に乗りこむ。海？　山？　砂漠？　列車？　車？　飛行機？　自分が制御できない状況には慣れていないのだ。「せめて、いつ教えてくれるかだけでも言ってくれない？」

「そのうちね」テッドがからかうように言う。

空港に到着しても私はまだ当惑している。サンフランシスコ行きのフライトにチェックインしても、まだ。

空港のターミナルで待つ間、私は売店でコンゴの女性に関する記事が掲載された『O・オプラ・マガジン』の二月号を見つけた。

数分後、混雑する待合所でその記事を読み、そして、その記事のオンライン拡大版「世界の果てからの絵葉書」を読む。一人の女性が、民兵に森の中へ引きずりこまれ、レイプされるか殺されるかしかけたときの経験を語っていた。彼女は命乞いをした。すると民兵の一人がこう答える。「俺がおまえを殺したからって、どうだって言うんだ? おまえは人間じゃない。動物と同じだ。おまえを殺したって、誰も哀しんだりしない」

私は、走ろうと決めた。

4　単独走行

私は、筋肉モリモリの燃焼タイプではない。気楽なランナーだ。ものすごくお気楽なランナー。

何年も前、当時のルームメイトと一緒に、人生初のマラソンに向けてトレーニングしようと決めたことがあった。私たちは一カ月ほど練習を続け、初めて一四マイル（約二二・四キロ）を走るトレーニングの計画を立てた。出発を午後の遅い時間までだらだらと引き延ばし、水を用意するのを忘れ、気温三五度の猛暑の中、どこまでも平らな、太陽が照りつけるコンクリートの道を走り始めた（私はいまだにあれを「地獄の回廊」と呼んでいる）。シャーベットの話で気を紛らせていられたのもごくわずかな間で、一〇マイル（一六キロ）を越える頃には、聞こえるのは荒い息遣いと足音だけになっていった。相棒が聞く。「そっちは調子どう？」

「へとへと」。私は認めた。

「やめようか？」と彼。

「携帯持ってる？」

「いや」と彼は言い、近くのコンビニを指し示した。「でも、あそこには公衆電話があると思うよ」

私たちは車のところへ戻るためにタクシーを呼んだ。タクシーの後部座席に倒れこみ、私は悪びれずに、今回のあきらめは、これまでの人生の中でも自分の身を守る英断の一つだったと正当化した。それが、私のマラソンにかける野望の終わりだった。

サンフランシスコ旅行から帰って真冬の寒さに慣れると、私は五マイル（八キロ）は確かに長いが、走れなくはないことに気づいた。しかし、コンゴの女性のためにチャリティランかウォークを企画するから一緒にやろうと友人たちを巻きこもうとはしたものの、誰一人として首を縦には振ってくれない。みんなコンゴでの紛争について何も知らないし、知ろうという気もないのだ。だから、私は独りで走ることにした。思いつく限りのあらゆる理由のために募金を集めようと五キロマラソンやフルマラソンを走る人はいくらでもいるのだから、もう一歩踏みこまなければ。うわべだけではない努力が必要だ、と私は気づいた。何か極端なものが必要なのだ。コンゴの現状を私がどれほど真剣に、個人的に受け止めているかを家族や友人たちに見せられる何かが。

そこで私は三〇・一六マイル（約四八・五キロ）を走ることに決めた。ポートランドのウェストヒルズを蛇行しながら走る、泥だらけで起伏の激しいワイルドウッド・トレイルという森の中の山道だ。目標は《ウィメン・フォー・ウィメン・インターナショナル》を通じてコンゴの女性のために一マイルにつき一口、計三一口のスポンサーシップを集めることだ。

できるかどうかはわからない。だから、最初は秘密にしておいた。

毎日、私は独りで山道を走った。週ごとに、人生で一番長い距離を走る。ウルトラランニングのコーチを雇い、彼女の立てたトレーニングプランを忠実に守った。朝には、テッドが山道の入り口まで送ってくれる。彼が何時間も働き、買い物を済ませ、洗濯をする間、私は山道を何マイルも走り、枝やクモの巣に顔から突っこんでいた。運がよければ、顔や髪からそれを払い落とすだけですむ。私にとってもクモにとっても運が悪いときは、思いもよらない高タンパクなおやつを食べる羽目になった。

強い尿意に襲われる。公衆トイレどころではない。最寄りの簡易型トイレだって一〇マイル(一六キロ)は離れているのだ。選択の余地もなく、私は山道を外れ、できる限り遠くに深い茂みを見つけてしゃがみこむ。ランニングを再開した私の走りはカタツムリのようだ。這いずり、足を引きずり、自分が何をしているのか忘れようとしながら何マイルも走る。脳を騙そうとして歩数を数えてみたり、父の死の床で歌ったヴェーダ語の祈りを暗唱してみたり、未来のコンゴ人の姉妹たちに書く手紙の内容を考えてみたりする。坐骨神経から発せられる焼けつくような痛みから気をそらしてくれることなら何でもよかった。何時間も他のランナーに出会わないような、公園の辺鄙な一角を通り抜けられることなら何でもいい。少し人の多い区間に到達すると、誰もが私より早く走っていた。ふさふさしたポニーテールの女子学生たちが軽快に私を追い越していく中、私は自分を慰めていた。あの子たちはきっとまだ二マイル目なんだわ。私はもう一八マイル目なんだから。

別のランナーがコーナーを回ってきて、通り過ぎざまに「がんばれ!」と声をかけていく。吐く息に乗せて「ありがと」とつぶやくと、どうしたことか目が潤んでしまった! このように長い距離を走っているとき、体中のエネルギーが枯渇してくると情緒不安定になるだなんて、誰も教えてはくれなかった。

最後の区間になると、風邪をひいた状態で走っているような感覚になる。自分のペースを、またしても過剰に楽観視していたのだ。テッドは律儀に車の中に座ったまま、私が山道の最後のカーブを回って汗だくで疲労困憊して戻ってくるのを一時間近く待っていてくれた。冷たい水のボトルとサンドイッチを用意して待っている彼を見た瞬間、私は思う。――これこそ愛だ――。足取りも乱れ、私はこわばった足を引きずりながら車へと戻った。

このように過酷なランニングのあとは一日中ぶっ倒れたままで、可能な限り人とは会わないようにする。それが無理なら、疲れすぎてまともにしゃべることもできないという事実を甘んじて受け入れるだけだった。

何カ月ものトレーニングの間に、足の爪が剥がれてしまった。中には、二回剥がれたものもある。マメや脚の激痛、靴擦れは日常茶飯事だった。汗がたまる唇の上にずっと太陽が当たっていて日焼け止めも効果がないため、この夏にはスペシャルなチャームポイントができた。口ひげ焼けだ。なんてセクシー。

雨が降っている？　それでも走る。体が痛い？　それでも走る。疲れている？　忙しい？　テッドとけんかした？　それでも走る。もう無理だと思ったら、コンゴ東部にいる女性たちの顔を思い浮かべた。その顔はいつもぼやけていたが、彼女たちが何をしているかを想像してみようとする。彼女たちは、携帯電話でタクシーを呼んで紛争地帯から逃げ出すことができない。だから私は走り続ける。

スポンサーとして申し込んだのは一月だったが、《ウィメン・フォー・ウィメン》から小包が届いたのは四月だった。同封されていたのは私の最初のコンゴ人姉妹《シスター》、テレーズが写った切手サイズの写真だった。写真は暗く、遠く、ピンボケしていた。彼女の頭部は私の小指の爪より小さくて、表情もほとんどわからない。白い壁の前に立ち、居心地悪そうに肩に力が入っているが、目ははっきり映っている。その写真を手にするだけで、魔法のようにコンゴが少し近くに思えた。テレーズは一九七〇年生まれ、既婚で、ちゃんとした教育を受けたことはない。それからは、長いランニングの間に彼女のことを思い浮かべ、いつか直接会うことができたら何を言おうかと空想するようになった。

トレーニングを開始して四カ月、本番まであと二カ月というところで、また現実を直視するときがやってきた。一万ドルを集めなければならないのだ。それまで、募金集めや人前でのスピーチなどやったことがなかった。唯一思いついたのは一斉メールを送信して、オプラの番組のコンゴ特集を見せるため、家に友達を一〇人呼ぶことぐらいだった。大親友の一人、ラナ――資金集めの能力が優れていることで評判の、経験豊富なポートランド在住のキャスティングディレクターだ――は、違う方法をアドバイスしてくれた。「自分の家に一〇人呼ぶんじゃだめ。その一〇人に、友達を一〇人ずつ、それぞれの自宅に呼んでもらうように頼むの」

頼める友人は一〇人もいなかったが、最終的には六人が承諾してくれた。人にお金をせがむと考えただけで落ち着かない気分になるので、私は簡潔で無理強いのない方法を取った。簡単な説明をして、オプラのビデオクリップを見せて、コンゴの女性を支援してほしい、寄付をしてくれるか、せめて紛争についてもっと知ってほしいと頼んだ。

別の友人から質問が出た。「一番大変なのは何？　走ることじゃないはずよね」。そのとおり。一番大変なのは、孤独感だ。コンゴの話をするとき、問題はみんなが紛争について知らないということだけではない。それが話題にものぼらず、誰も何もしていないのにはそれなりの理由があるに違いないとみんなが思いこんでいることだった。思慮深く政治意識も高い友人をお茶に誘い、ホームパーティーを開いてほしいと説得しようとすると、彼女は私の活動の理論に疑問を投げかけた。「そんなひどい状態の場所で女性を助けてどうするの？　もっと安定した場所で支援を必要としている女性たちを助けたほうがいいんじゃない？」

サングラスをかけていてよかった。あまりの歯がゆさに言葉もなかったからだ。感情的な議論がうまくいかないことはわかっていたが、私にはそれしかなかった。「彼女たちが人間らしい扱いを受けていると思えないからよ」

結局その友人はパーティーを開いてくれて、八口もスポンサーシップを集めることができた！　もっと詳しく知りたかったが、コンゴに関するニュースはおそろしく少なかった。

私が貪り読んだ本がある。アダム・ホックシールドの『レオポルド王の霊』という、コンゴの植民地時代を描いた印象深い一冊だ。一九世紀末、冒険狂のウェールズ人探検家ヘンリー・モートン・スタンリーの助けを借り、ベルギー王レオポルドはコンゴ自由国を自らの私領地とした。科学と改宗、そしてアラブの奴隷貿易者による保護と彼らの無知を後ろ盾に、レオポルドはコンゴの人々をひとからげに奴隷化し、ゴムや象牙といったコンゴの天然資源を搾取した。レオポルドはこれらの略奪品を使ってコート・ダジュールに快楽の殿堂を建て、ティーンエイジャーの愛人がパリで買い物をしまくる金を出してやった。この愛人は、一軒の店で三〇〇万フラン使ったと自慢していたことでも知られている。レオポルド王の支配下にあった三〇年の間にコンゴの人口は半減し、一〇〇〇万人というすさまじい数の人口が失われた。小説家ジョゼフ・コンラッドはそれを「人間の良心の歴史を永遠に損なってしまった、もっとも下劣な略奪」と呼んだ。

だが、奇妙かつ感動的なことに、世界初の大規模な国際的人権活動が始まったのはこのレオポルド王による圧政に対してで、始めたのは船荷の記録に隠された意味合いを読み取ったという以外、コンゴに何の関係もなければ実績もなかった謙虚なイギリス人の出荷担当者だった。ゴムやその他の天然資源が絶えずコンゴから輸入されてくるのに、戻っていく船に積まれるのは銃と兵士ばかりだったのだ。それが意味することはひとつだけだ、と彼は気づいた。つまり、奴隷だ。E・D・モレルは証拠を固め、世界中の一般市民や要人に呼びかけ、レオポルド王による現地住民に対する非人道的行為を終わらせる活動を率いた。この活動によってコンゴ自由国は一九〇八年にレオポルド王からベルギー政府に明け渡された。その後はずっと植民地だったが、一九六〇年に独立を果たした。

コンゴのために活動を続ける草の根活動家が他にもいないかとインターネットを探しまくっていた私にとって、E・D・モレルの話は純粋にインスピレーションを与えてくれた。スーダンのダルフールでの暴力をやめさせる活動が宗教団体や学生、母親、映画スター、ジャーナリスト、大規模報道機関を動員することで本格化した一方、私が見る限り、コンゴの人々を助けるという分野は痛々しいほど手薄なのだ。

初めて二二マイル(約三五・四キロ)のトレーニング走行を終えると、テッドが写真を撮ろうとカメラを構えて待っていた。二二マイルも走ったあとで、どれだけ私が美しく見えるか想像してみてほしい。顔は真っ赤で、体中塩を吹いているのだ。だが、地元紙の『オレゴニアン』に載せる写真が必要だった。娘のランニングを特集記事にしてほしいという母の呼びかけに応じてくれたのだ。『オレゴニアン』が二〇〇五年にコンゴについて載せた記事は、これが最初で最後だった。だが記事の掲載後、会ったこともない人々からの小切手が郵便受けに入り始める。金額は五ドルから五〇〇ドルまでさまざまだった。

やがて、テレーズから初めて手紙が届く。スワヒリ語で書かれた手紙には、《ウィメン・フォー・ウィメン・インターナショナル》のコンゴ職員が翻訳した英語訳が添付されていた。

私の姉妹《シスター》へ

こんにちは！　こうして手紙を書けてうれしいです。あなたに一〇ドルを送ってもらって、とても喜んでいます。五ドルで炭売りをして、三ドルでニワトリを買って育てて、一ドルを病院代に使います。今は仕事で二ドルの利益を出しています。

私の夫は、インテラハムウェの兵隊に森の中へ連れて行かれました。

あまり書くことがありません。

あなたの友
テレーズ

スワヒリ語のくずれた書体で埋め尽くされたくしゃくしゃの紙が、私が走っている理由のすべてを、突如として揺るがぬものにしてくれた。

本番当日、私はトレーナーの厳しい指示に逆らって全行程を走ると決意した（「坂道は歩きなさい。坂道は絶対に歩くのよ」)。二五マイル(約四〇キロ)地点で、他の箇所に比べてはるかに厳しいピトック・ヒルに差しかかる。全長一・五マイル(約二・四キロ)ある過酷な急斜面だ。足を引きずるようにしてじりじりと坂を上がる。足をもう一歩前へ出すために、自分の脳をごまかすあらゆる方法を駆使する。それでも絶対に歩かず、走り続ける。ついに、姉と姪のアリアが坂のてっぺんで水とプレッツェルを手に待っているのが見えた。

道が平坦になるにつれ、自分にもできるのだとわかった。これでもう大丈夫。よくなった。最後の数マイルは文字どおり這うように進んだものの、私には火がついたのだ! ハイカーが私の横を通り過ぎる。おばあさんと太った犬がすぐ後ろに迫っている。それでも私は歩かなかった。三〇・一六マイルの全行程を走ったのだ。最後の下り坂で、初秋のひんやりとした小雨の中、三〇人くらいの集団が目に入った。家族、友人、募金集めの手作りケーキを売るガールスカウト。大半がまったく知らない人たちだ。みんな歓声を上げている。

私は満面の笑みでゴールした。

そして、最終的に集まった募金額を発表する。二万八〇〇〇ドル以上が集まった。八〇人のコンゴ人女性とその子どもたちが、これで新しい人生を歩むことができる。しかも、この活動はまだ始まったばかりなのだ。

5 ミス・コンゴ

マンハッタンのリバーサイドパークでタクシーを降りると、外はまだ暗かった。特大サイズのスーツケースをトランクから引っ張り出す間にも、雨と激しい風で薄手のジョギングショーツがぐっしょりになる。隣には、不屈の精神を持つただ一人のボランティア、つまり母がいる。

タクシーが走り去り、母と私は《第一回ニューヨーク・ラン・フォー・コンゴ・ウィメン（コンゴ女性のために走ろう）》を、激しい風雨の中で準備することになった。

誰も警告してくれなかったわけではない。前の晩、公園の管理事務所から、悪天候による中止は考えているかと電話で聞かれたのだ。とんでもない、と私は答えた。

話題は広まっていた。一人で完走したあと、自分も協力したいという人たちからのメールが私のもとへ舞いこむようになった。ざっと計算して、私は新たな目標を設定した。三〇〇〇口のスポンサーシップに相当する一〇〇万ドルだ。たった一〇〇人のランナー（またはウォーカー、スイマー、サイクリスト、あるいはパン屋、その他何でも）が一人三〇口集めるだけでいい。あるいは三〇〇人が一人一〇口。でなければ、一〇〇〇人が一人三口。

母は、私のフルタイムのアシスタントを自任した。夢が実現したかのような話だが、母娘の力学はなかなか難しい。私が五歳のときから母をきちんとさせようと努力してきたことを考えればなおさらだ。母には最近、ちょっとした癖ができた。私が公共の場で質疑応答をしている最中にマイクを奪ってコンゴの苦悩の奥深さについて語り、最後は必ず泣き崩れるのだ。問題ではあるが、長時間熱心に活動してくれていることは間違いない。母の行き過ぎた努力と定期的なパニック発作(組織的な仕事は母の神経に負担を与える)にもかかわらず、私たちはうまくやっていた。

ワイルドウッド・トレイルの完走から一年の間に、《ラン・フォー・コンゴ・ウィメン》は米国内一〇州、国外四カ国で開催された。単に一人で走ったものもあれば、コミュニティやグループで走ったものもある。テキサス郊外に住むトレイシーは夏の間、気温四三度の猛暑の中でトレーニングを続けた。ノースカロライナの主婦ロビンは、息子と一緒に走っている。アイルランドのキャリーは領主の邸宅《マナーハウス》で許可を取り、四〇人以上が参加して彼女と一緒に領地内を走っている。ロンドンにいる私の友人たちは、チャリティウォークを支援するよう、通っている教会に働きかけている。《第二回ポートランド・ラン・フォー・コンゴ・ウィメン》には一〇〇人以上が参加した。

関心が高まってきたところで、私はこのイベントを他の地域でも開催することにした。ムーブメントに火をつけたくて、ニューヨーク、サンフランシスコ、シカゴ、そしてワシントンＤＣで許可を取ったのだ。

《第一回ニューヨーク・ラン・フォー・コンゴ・ウィメン》の登録者は四〇人を超えていた。だがこの日の朝の天気では、参加率にあまり期待はできない。すでに、イベントを開催するかどうかについて問い合わせるメールも何件か受け取っていた。

——もちろん、開催する——。コンゴで雨が降っても、女性たちは民兵から逃れるために森で身を隠しているのだ。雨に打たれて眠っているのだ。子どもたちが病気になって死んでいるのだ。今日走るとも。言い訳も、制止も聞かない。

母がスタートラインから数ブロック離れたコーヒーショップに一時避難している間、私は露出度の高いランニングウェアと、母の大きすぎるくるぶしまで届くトレンチコートを着て砦を守っていた。シミだらけで鳥肌の立つ赤い脚に、コートの裾がばしばしと当たる。

一人ぼっちで、自分の言葉に辟易して、私は心の中で自分を叱咤激励するのをやめた。雨風が目に入るのを防ぐため、目を細める。横殴りの雨は痛いほどで、雨粒が針のように突き刺さった。あまりに寒いので、身体が勝手に震えないようじっとするだけでもかなり集中しないといけない。横断幕が吹き飛ばされる。私は壁をよじのぼり、木の枝にもぐりこんで凍てつく指でそれを結び直した。夜の薄闇が少しずつ明るくなる中、私を見下ろすエレノア・ルーズベルトの像にも安らぎやインスピレーションを感じることはできない。雨は衰える気配がない。今この瞬間が二九マイル目より絶対つらい、と私は思う。この寒さは、まだあと何時間も続くのだ。

開始時間の八時になっても、そこにいるのは母と私だけだ。タクシーが横づけし、《ウィメン・フォー・ウィメン》の各国ディレクター全員が降り立つ。組織のコンゴ担当ディレクターであるクリスティーンに会ったのはつい数週間前、シカゴでだった。活気に満ちて率直な、堂々としたコンゴ人女性だ。私も彼女も三一歳で身長一七七センチなので、彼女はすぐさま私を「双子の姉妹」と名づけた。

ブロンドの髪を短く刈りこんだ、ピンク色のジョギングウェア姿のランナーがやってくる。彼女はリサ・ジャクソンと名乗った。念のため、もう二〇分だけ待ってみる。そしてついに、悪天候の中、五マイル（八キロ）の往復コースを走った。走り終えると近所の食堂に逃げこみ、そこでリサは彼女が手がけている制作中のドキュメンタリーの宣伝用絵葉書をくれた。タイトルは『最大の沈黙——コンゴでのレイプ』だった。

リサ・ジャクソンの他に出会った草の根のコンゴ活動家は、ごく少数だ。ワシントンDCに拠点を置く《フレンズ・オブ・コンゴ》は、最初の《ワシントンDC・ラン・フォー・コンゴ・ウィメン》の実行に加わってくれた。あるキリスト教長老派教会員のカップルが代表を務める、シカゴに拠点を置く総勢六人の同盟もある。そして、ブカヴのパンジー病院にいるレイプ被害者に送るため、ティーバッグや櫛《くし》を集めているカリフォルニアの女性。コンゴのためのムーブメントは、これで全部と思われた。

だが、近くの町に暮らす活動家候補からメールが届いた。彼女もオプラの番組でコンゴ特集を観て《ウィメン・フォー・ウィメン》のスポンサーになった一人だ。件名は「もっとやりたい」。ムーブメントに発展するという期待が持てるリーダーシップを育てようと、私は車に飛び乗って三時間の道程を走り、その女性、ケリーが彼女の通う教会を《ハイク・フォー・コンゴ・ウィメン》プロジェクトに参加させるよう働きかけるのを手伝った。非常に理路整然としてよどみなく話す、元モデルで敬虔なキリスト教徒のケリーは、ヨガスタイルの垢抜けた女性で、オルタナ系女子に必須の鼻ピアスとたなびく髪をしている。ピラティスのインストラクターとして生計を立て、空き時間はブログを書いている。自分を「平和の架け橋、正義の探求者、癒す者、そして夢見る者」と表現する。郊外で夫と愛の巣を築いてはいるが、その理想主義と情熱は、三五歳の彼女がどこの大学で女性学の講座に出席していても違和感を感じさせないだろうと思わせた。

コンゴ仲間を見つけた私は大喜びだった。私たちはワシントンDCで開催された草の根活動支援会議に参加し、ホテルの廊下で政策通を追いかけてはムーブメントの起こし方について質問攻めにして回った。ダルフールについてのパネルディスカッションが終わると、私は部屋の後方から「どうしてコンゴには擁護の動きがないんですか?」と質問した。会議が終わっても活動を続ける私は、そのうち「ミス・コンゴ」というあだ名をつけられるまでになった。

ケリーと私はワシントンに戻り、話を聞いてくれるアフリカ関連、救援関連、虐殺防止関連組織に片っ端から会っていった。コンゴ訪問の計画も立て始める。その間、テッドを家にほったらかしにしていたが、彼は異論を唱えなかった。そのくらいの距離があってもいいと思っていた。

その日七件目の打ち合わせを終えてくたびれ果てたケリーと私は、ペンシルベニア・アベニューをよろよろと歩いていた。目の前には連邦議会議事堂が非の打ち所のない壮大さでそびえているが、一日が終わって脳みそが煮え切った私にはその美しさが伝わらない。黒いウールのビジネススーツは汗でべたべたで、耐え難い湿気で重たくなっている。今日の疲れを払い落としたかった。だが私たちはぐるぐると歩き回りながら、今日の会合で聞いたことをすべて反芻《すう》し、消化していた。私たちが会ったほぼ全員が、ダルフールかHIVか債務救済で手いっぱいだった。なかには協力的で、できることはしようと約束してくれる人もいたが、他の人たちはすぐに教えてくれた。「わかってませんね。コンゴを救うことはできないんですよ」

あまりに疲れていたので、自分が今言ったことも覚えていられなかった。もう会話を切り上げようとしていたとき、ケリーが私の活動を「単なる同情」と言うのが耳に入った。

――単なる同情――？　ニューエイジ世代の子どもとして（母に感謝）、私は内省するにやぶさかではない。だが、ケリーの柔らかな物腰を考えると、彼女自身の動機分析から私の動機の判断への極端な飛躍は意外だった。彼女の言葉に、私はひっぱたかれたような思いだった。

なるほど、顕微鏡の下にいるような気分というのはこういうことか。一歩踏み出した今、プレッシャーは避けられないということだ。魂の中の厳密に完璧な場所、なによりも賢明で政治的に公正な場所を基準として活動することが求められるのだ。間違った方法や動機は監視され、記録される。これはまずい。私は活動家になる方法を勉強するために何学期も費やしてきたわけではない。自分が何をしているのかまるでわかっていないのだ。多くの人と同様、変化をもたらせないことを恐れてもいるが、それよりも怖いのは、やり方を間違えることだ。それも公衆の面前で。

胎児のように体を丸めてみようか？　自分のエゴに対処するため、活動を中断してセラピストか霊能力者に診てもらうべきだろうか？　活動を始める前に、自分が完璧な人間になれるのを待つ？　エゴとナイーブさに汚染され、壮大な夢に浮力を得た活動はどうする？　コンゴを救うことができなくても、やってみたらどうなる？　何もしないよりはましだろうか？

奴隷廃止論者たちは、本当に奴隷制を終わらせられると思っていたのだろうか？

反アパルトヘイト活動家たちは、本当にアパルトヘイトを廃止できると思っていたのだろうか？

《セーブ・ダルフール》は、本当にダルフールを救えると思っているのだろうか？

――みんな、自分が何様だと思っているのだろう――？

自己防衛的に、私は強い口調で言い返した。「私は関心があるからこれをやっているのよ」

ワシントンにいる間、コンゴの姉妹たちから手紙の束が届いたと母が電話で知らせてくれた。手紙には子どもたちのこと、プログラムで一番好きな講座のこと、仕事のこと、祈り、そしてこの夏に予定されている、一九六〇年以来コンゴ初となる民主的選挙にかける期待などが綴られていた。母が近所のキンコーズから手紙をファックスしてくれた。その中の一枚が目を引いた。

私の姉妹へ

ブカヴではみんな元気にしています。あなたから手紙をもらって、私が生き続けられるよう気にかけてくれている誰かがいると知って、とてもうれしかったです。私は片脚に障害があるので、私が家族のためにできないことを、あなたがしてくれるように主はしてくださいました。そのことで、あなたに神の祝福がありますように。

二〇〇五年の夜に、私たちの家に泥棒が入って夫を殺し、私の脚を切り落としました。泥棒たちは私の子どもも一人殺して、家を焼き払いました。ブカヴで、私は国内避難民になっています。私が元いた場所は、ブカヴから六〇キロほど離れたところにあります。

私は四人の子どもの母親です。

戦争はとても悪いことです。でも主が私たちに安らぎを与えるためにあなたをつかわしてくださったので、感謝しています。

ありがとう。

ジェネローズ

その手紙をひっさげ、私はオレゴン州の上院議員ロン・ワイデンの事務所へ向かった。ワイデン議員は毎週そこで有権者と会って話をするのだ。その日やってきたのは私だけだったので、コンゴの話を三〇分ほどすることができた。議員がジェネローズの手紙を読む。

「脚を切り落としたって！」ショックを受けて議員が言った。「このようにひどい状況は他にも多くあるが、コンゴが突出しているのはその残虐さだな。コンゴへはいつ行かれたんですか？」

認めるのを恥じながらも、私は答えた。「コンゴへはまだ一度も行っていないんです」

コンゴの女性が書いた手紙が米国上院議員の手に渡ったことに、私は非常に満足感を覚えた。ユニオン・ステーションで足を止め、桜の花に囲まれたワシントン記念塔の絵葉書を買って、ジェネローズに手紙を書く。アメリカ政府の構造を簡単に説明する図を描き、手紙がどれだけ上まで届いたかがジェネローズにわかるようにした。喪失のあとに多少なりとも訪れるはずの希望の兆しを、彼女に提供したかった。愛する者の死はすべてを奪ったわけではなく、そこから有意義な何かが生まれるかもしれないというささやかな慰めを与えたかったのだ。

ちょうど同じ頃、新しいスポンサーシップパックの束が届いた。新たな姉妹たちはみんな、写真を撮られ慣れていない人特有の照れくさそうな表情をしているが、そこにある四枚の写真は、まったく違う何かを訴えている。書類だけ見れば彼女たちは他のコンゴ人女性となんら変わりないが、写真の寄せた眉と伏せた目は苦悩を表している。彼女たちは打ちのめされ、消えてしまいそうに見える。彼女たちが通う《ウィメン・フォー・ウィメン》のセンターがある、ワルングという場所周辺では、何かものすごく悪いことが起こっているに違いない。

《ウィメン・フォー・ウィメン》のワシントンDC本部に戻ると、組織の広報担当者スマナから、全国誌に私の記事を載せたいと言われた。その日の午後、私たちは何かネタになりそうなものを探して、道を渡ったところにあるボーダーズ書店で雑誌コーナーを漁った。女性誌をめくっていると、スマナが身を寄せてきて囁いた。「あの女の人、知ってるわ。XXX（大手全国展開雑誌）の人よ」。またたく間に、彼女は長らく音信不通だった元同僚を捕まえた。ホワイトハウスの記者団で一緒に働いていた頃以来の数年間の近況を報告し合う。それからスマナは《ウィメン・フォー・ウィメン》の売り口上に突入し、私を招き寄せた。「リサの話は聞いておかなくちゃ。ほら、リサ、あなたが一番うまく説明できるんだから……」

——自分自身を売りこめって——？　うげ。記者が礼儀正しく耳を傾ける間、私はどもりながら、文字どおり喉を詰まらせながら、話をした。私が話し終えると、彼女はスマナに向き直った。「立派な大義名分のために四つん這いになって国中を這いずり回った人の話は何百とあるのよね」。そして品定めするように私を見た。「コンゴへは行かれたんですか？」

「いえ。まだです」

彼女はまたスマナのほうを向いて言った。「女性たちの文通についての記事は載せてもいいかもしれないけど、あなたが載せたいと思ってる人じゃないほうがいいわね。ほら、グラノーラ［穀物とドライフルーツ入りのシリアル］ばっかり食べてるような感じの人じゃなくって」

——ちょっと待ってよ、お嬢さん。私、グラノーラなんか食べてないわよ。糖分が多すぎるから——。

せっかくの機会を逃すまいと、スマナが飛びついた。「それならぴったりのスポンサーがいるわ……」

私はマガジンラックのほうへ撤退し、『エル』だか『グラマー』だか『コスモ』だかの後ろに隠れ、サックス・フィフス・アベニューで購入した、この完璧にアイロンのかかった黒ずくめのスーツのどこがグラノーラを連想させたのだろうと考えた。唯一思い至ったのは、一九二〇年代アール・ヌーボーのシルバーチョーカー（コレクターズアイテムだ）は、アン・テイラーが主流のこの町では見るからに〝ヒッピー〟っぽいだろうということだけだった。いずれにしても、私の話が全国誌にはふさわしくないと言われる理由にはならない。スマナが言い出すまで、そんなことは夢にも思っていなかったのだから。

幸いなことに、『ランナーズ・ワールド』、『O・オプラ・マガジン』、そして後には『フィットネス・マガジン』も、違う見解だった。スマナとの打ち合わせから九カ月後、それらの雑誌がすべて私のランニングについての記事を掲載してくれ、そのタイミングも最高だった。コンゴ法案が満場一致で上院を通過したあと、下院の委員会で止まっていたのだ。法案の共同提案者はバラク・オバマとサム・ブラウンバック両上院議員だった（これ以上対極的な組み合わせはないだろう！）。だが噂によれば、オバマの人気上昇を後押ししないように、委員長が法案を止めているらしいという話だった。私は国会議事堂から数ブロック離れたワシントンDCのユニオン・ステーションに向かい、バッグに入りきるだけの『O』と『ランナーズ・ワールド』を買いこむと、シカゴから来た総勢六名ほどの小さな政治団体による自称「コンゴ・ロビー・デイズ（コンゴ陳情の日）」に参加した。雑誌を抱え、私たちは議事堂の廊下を行ったり来たりして法案の支持を訴えた。

数人の共和党の職員と話をしたときには、コンゴを支援する全国的な草の根活動の高まりがあるのだと証明するために雑誌を手渡した。彼らは記事をざっと読んだ。「一〇〇万ドルね」と一人が言う。「これまでにいくら集めました？」

「五万ドルです」と私は言い、急いで話題を変えた。

何が役に立つかわからない。数人の共和党職員が法案の状況を調べるために電話をしてみると約束してくれて、それが委員長への圧力となり議場での投票まで持ちこませた。翌週には、立法スタッフからメールが届く。連邦議会議事録の最後の記述は法案の満場一致による通過の直前に記録されたもので、《ラン・フォー・コンゴ・ウィメン》と、それがコンゴ民主共和国の女性を支える世界的活動へと発展したことに対する称賛だったそうだ。


ワシントンDCでは得点を稼げたかもしれないが、家ではまったくだめだった。自分の〝戦争をやめさせるためならすべてを投げ出す〟行為は、過去五年間片時も離れずにいた相手との関係を再活性化させてくれると思っていた。だが、すべてをボランティアに費やす私の活動スケジュールと、コンゴ第一、仕事は第二という態度にテッドは飽き飽きしていた。彼の言いたいこともわかる。私は二人の貯蓄目標を棚上げしてしまったのだから。だが、何カ月も休みなしで一日一六時間働くような生活が何年も続いたのだから、多少のゆとりは許されてもいいはずだった。

いずれにせよ、周囲が気づき始めた。ポートランドでのランニングイベントが終わってからだいぶあとになって、当時からすでに、テッドの気持ちが冷めているのが一目瞭然だと耳打ちするボランティアが何人かいたのだ、と母が白状した。その兆しは確かにあった。イベント終了後、彼は友人と飲みに出かけ、私は隣人に家まで送り届けてもらった。三〇マイルを走り終えたあとのもうろうとした意識の中で、私は車の窓から吐いてしまい（隣に座っていた一〇代の子どもたちの気分を相当害してしまった！）、午後はずっと一人ぼっちでバスルームの床に転がっていた。

この時点で、もう解決策はなかった。テッドの冷たい沈黙が雄弁に語っていた。私は契約違反を犯してしまったのだ。フランスの別荘、ドゥカティのスーパースポーツバイク、それに新しいロレックスが買えるまでは、自分のことをする自由などなかった。それ以下のもので手を打とうとするなど、身勝手きわまりないことだ。

じわじわとこみ上げる裏切られた気持ちは、双方に生じていた。私はなんとか関係を修復しようと躍起になった。だが二人の関係が、度重なる、怒りに満ちた激しい口論へと堕ちていくうちに、私は自己防衛的に噛みつく自分に気づいていた。「私は人間なのよ、ライフスタイルじゃないわ」

結婚するはずだった六月某日、私は騙されたような気分にしかなれなかった。もうひとつの地球にいる私は今頃イタリアのヴァル・ドルチャにいて、歴史あるオリーブ園を見下ろす中世トスカナの宿の中庭で、降り注ぐ光に包まれて踊っているはずなのに。

テッドがプロポーズしたのは、一月一日のことだった。長期間婚約していても仕方ないと考えていたので、私たちは日取りを六月に決めた。だが、三月になってイタリアの田舎の宿が予約をキャンセルしてきた（交通事故か何かが理由だった）。新たに予約を取り直す時間はもうなかった。だから来年仕切り直そうと言っていた。きっと。

そして今、テッドはいない。彼はベルリンで長い〝休暇〟を取っていて、その間私は誰とでもデートできる自由を与えられている。私が求めたわけでも、ほしかったわけでもない自由だ。

今日は絶対に電話してこないだろう。待っていても仕方ない。走りに行く時間だ。

電話が鳴った。友人のラナだ。「今日、メールチェックした？」

「どうして?」

「いいから見て」

受信トレイを開くと、おそらくは招待客リストの全員に送られたであろうメッセージがあった。オンラインの招待状発送サイト《イーバイト》からの自動リマインダーだった。件名は、「テッドとリサの結婚式」。

今日何が実現しないかを、私の家族と友人がみんな確実に思い出せるように。ありがたいことに、受信者は誰一人反応せずにいてくれた。

ふさぎこんでてどうするの? 私は走りに出かけた。

山道の入り口で車を降り、川と空港に挟まれた二車線道路の脇でストレッチをする。そこは工業団地や幹線道路への裏道として、主にトラックが通る道だ。ここからのコースは舗装されて平坦なので気に入っている。〝あまり走る気分じゃない〟とき用のコースなのだ。

遠くに、自転車に乗った男がいるのに気づいた。趣味のサイクリストと、この道路沿いに点在する孤立した駐車場を徘徊する車泥棒との見分け方は学習した。この男は車泥棒の部類に見えたので、通り過ぎるまで車のそばで待つことにした。ステレオを持っていかれたら困る。

だが男は通り過ぎなかった。まっすぐ走って来て、目の前で停車する。見た目はいたって普通だが、裾のあたりがぼろぼろで汚れており、放浪者だと思われた。私の行く手を塞ぎ、握手をしようと手を突き出す。

「俺はジェームズだ」

「こんにちは、ジェームズ」。私は答えたが、手は差し出さなかった。

「なんだよ？　俺の手は握らないのか？」落ち着かない、険のある声だ。「あんたの名前は？　どうして握手しないんだ？」

頭の中で警報が鳴り響く。人気のない道で、前にも後ろにもちゃんとした逃げ道がない。猛スピードで通り過ぎるトラックは何も気づいていない。

私は両手を上げ、「下がりなさい」と言うように道のほうを示した。

だが、通じない。

「なんだよ？　俺とは握手もできないくらいお偉いってのか？」男は敵意をこめて、また手を突き出してきた。「握手したら消えてやるよ。やあ。俺はジェームズだ」

私は男の手を握った。

「私はリサ。はじめまして」

私の手を握ったまま、男は怒鳴った。「俺の名前は？」

「ジェームズ」

「もう一回言ってみろ。俺の名前は？」

「ジェームズ」

「ほらな？　そんなに難しいことか？」

私の手を離し、男は自転車の向きを変えて歩き出した。私も山道のほうへ数歩踏み出す。すると男が立ち止まり、振り向いて吐き捨てた。「おまえみたいな人間は大嫌いだよ」

急に心が落ち着く。これは狂人の無意味な錯乱ではなく、冷静で明白な怒りだ。私を見据え、男は言った。「女は嫌いだ」

かんしゃくを起こす子どもを見ているかのように、私は事態を傍観していた。男を落ち着かせようと、こう言おうとした。「気の毒に思うわ、そんなにつらい思いをして」。だが「気の毒に思う」まで言ったところで男が遮り、叫んだ。「気の毒だと？　違う。違う。とっとと失せろ！」

素早く計算する。車までの経路は男が塞いでいる。数百メートルでも山道を駆け上がれば、道路から見えなくなる。完全に孤立してしまう。簡単に自転車で追いかけてきて襲いかかることができる。前にも後ろにも逃げられず、私は立ち尽くした。

「とっとと失せろって言っただろうが。痛い目に遭いたいのか」。男は脅した。

私は氷のような冷静さで男を見つめていた。私を試しているのだ。私をコントロールしようとして、私が従わないことに明らかに苛立っている。ここで踵を返して走れば、追いかけてくださいと言っているようなものだ。

私はあとずさった。男から目を離さず、着実に山道のほうへと移動する。男の叫び声はどんどん大きくなっていった。「走ったほうがいいぞ！　歩くんじゃない。走れ！　走ったほうがいいぞ！　早く！」

そして鬼軍曹のようにまくしたてた。「走れ！　走れ！　走れ！」

私は道路のほうへ向きを変え、二車線の高速道路に踏み出した。投降する囚人のように両手を上げる。黄色いセミトラックがスピードを緩めて私の正面で停車した。もう大丈夫。交通を妨害したまま、私はジェームズが自転車に乗って道路をこそこそと去っていくのを見ていた。

家に向かう車の中、私は挙式当日に自分勝手で欲張りな花嫁《ブライドジラ》に変貌してしまう新婦たちのことを考えていた。雨が降ったり、ケーキの黄桃の色がフラワーガールのサッシュのピンク色と合わなかったりしただけで「最悪！」と叫ぶのだ。そんな彼女たちに、事態はもっとずっと悪くなり得るのだと教えてやりたかった。今日が「世界最悪の結婚式当日」に該当するかどうか考える。結婚式は中止。イタリアではなくポートランドにいる。花婿はベルリンに行ってしまった。花嫁は変質者に絡まれた。

その後の数週間でこの日の出来事を友人たちに冗談めかして話していたら、そのうちの一人がこう指摘した。「そんなの最悪の結婚式なんかじゃないわよ。最悪の結婚式ってのはね、当日は完璧にうまくいくんだけど、結婚した相手が間違ってたってやつよ」。うまいことを言う。だが、私も彼女も間違っていた。世界最悪の結婚式がどういうものかを私が知るのは、コンゴに行ってからだ。

そうは言ってもこの日、私とテッドのビクトリア様式のバンガローでキッチンから中に入りながら、私は面白くない気分だった。母に電話し、ラナに電話し、ベルリンにいるテッドにまで電話する。誰も出ない。空っぽの家で、私は撮影用のカウチに座りこんだ。ここが我が家のようには思えない。どちらかというと、病気のように思える。

そうこうしているうちに、コンゴは私を惹きつけていく。何を失ってもかまわない。心が麻痺したおかげで、渇望の余地ができたのだ。自分の人生をずたずたに引き裂いて、何が残るか見てみたくなった。

6　世界中の人たちにコーラを買ってあげたい

　ブリティッシュ・エアウェイズ〇〇六五便、ロンドン発ナイロビ行き。私は四つ並んだ空席の〝ベッド〟で目を覚まし（幸い、この週はアフリカの楽しい休暇のピークではなかった）、まとわりつく化繊の毛布を引き剥がし、機内表示の飛行地図を確認した。もうアフリカ上空だ。その地域を見てみる。モガディシュ、ダルフール山、キガリ、キヴ湖。
　ナイロビに到着したのは夜で、その土地らしさを感じるには暗すぎた。夜明け頃、ルワンダ行きの飛行機に乗るために空港へ戻る車の中から、近代的なオフィスビルやホテル、高級車ディーラーが立ち並ぶ幹線道路の向こうに、風に吹きさらされた木々が点々と生えているのが見えた。アフリカが大好きだ、と私は思った。飛行機が離陸し、延々と広がるケニアとタンザニアのサバンナやなだらかな赤土の丘、そして海のように広大な、目の覚めるように美しいビクトリア湖の上空を飛んでいくにつれ、その思いが強くなる。湖の上を飛ぶと、見渡す限り水しか見えなくなる。私は恥も外聞もなく興奮していた。他の乗客が同じ興奮を感じているかとあたりを見回してみる。機内の全員に向かって大はしゃぎで「私たち、アフリカにいるのよ！」と叫びたいのを、かろうじて我慢していた。

その感情を抑え、私は意志の力で窓から目をそむけると旅行ガイドの『ロンリープラネットルワンダ』を開き、訪れたいと思っている虐殺の記念碑を解説したページに印をつけ、歴史についてのコラムを読んで記憶を新たにし、知らなかった知識を仕入れた。コンゴの戦争は一九九四年のルワンダ虐殺に端を発しているのだから、私の旅を始めるにはふさわしい場所だ。

何百年も前から、ルワンダは三つの民族で構成されている。フツ、ツチ、そしてツワ。歴史的に、この民族間の境界線はあいまいで、民族間結婚も普通に行われてきた。だが、ベルギーからの入植者たちは民族性を書面ではっきりさせたがった。彼らは人々の鼻の高さを測り、家畜の数を数え、それぞれに民族証明書を発行した。そして少数派だったにもかかわらず、ツチ族を支配階級に仕立て上げたのだ。二〇世紀中に数々の大規模な民族紛争が勃発したが、緊張が最高潮に達したのは一九九四年のことだった。ルワンダのフツ族大統領を乗せた飛行機が四月に撃墜されると、フツ族の過激派は「ゴキブリ」（彼らはツチ族のことをこう呼んでいた）を皆殺しにすると誓い、四カ月に及ぶ殺戮の火蓋が切られた。インテラハムウェと言う名で知られるフツ族過激派は、八〇万人のツチ族と穏健派のフツ族を虐殺したが、国際社会からの介入はなかった。

最終的に一九九四年に国を制圧し、殺戮を終わらせたのは、ツチ族主導の反乱軍だった。ツチ族がルワンダ政権を手に入れると、二〇〇万人の難民が国境を越え、当時ザイールと呼ばれていた（そして今はコンゴ民主共和国として知られている）国へなだれこんだ。その中には何千人ものインテラハムウェ（フツ族の虐殺加害者《ジェノシデール》）がおり、国連難民高等弁務官事務所（ＵＮＨＣＲ）が設営した難民キャンプに紛れこんで身の安全を確保した。後悔の念がしみこんだ援助資金がルワンダ再建のために世界中から流入する中、コンゴの難民キャンプに隠れた何千人ものインテラハムウェを炙り出して裁きを受けさせるための努力は、一切なされなかった。

そして彼らが、やがて「第一次アフリカ大戦」の引き金となった。

飛行機が降下し始めると、風景が見えてきた。青々としたなだらかな丘には切手サイズの畑がパッチワークのように点在し、そこに泥壁の小屋、トタン屋根、バナナ畑もくっついている。ルワンダは美しいところだ。首都のキガリは急斜面に築かれている。道路は花咲く並木に縁取られ、整然と車が走っている。すべて、順調に修復されたように見える。一九九四年の虐殺が信じられないくらいだ。

「ホテル・ルワンダ」の異名を持つインターコンチネンタルとはいかないが、私の宿泊先も、土産物屋やテラスつきで庭園が美しい、すてきな四つ星ホテルだ。アフリカ人高官やヨーロッパからの実業家で賑わっている。

私は遺体や遺骨が今も展示されている虐殺記念館の学校や、遺品が殺戮当時のままに残されている教会を訪問したいと思っていた。

一息つくと、キガリ虐殺記念センターへ行くためタクシーを雇った。しかし、運転手が二時間の道程に二〇〇ドルを要求してきたので、教会へ行くのは諦めた。まっすぐ伸びる小道と庭園に囲まれた、巨大なコンクリートの建物にタクシーが横づけする。記念センターは、二五万人を超える虐殺被害者の集団墓地の上に建てられている。大きなコンクリートの厚板が正面に並び、金属の小窓があって、見学者はそこから積み重なった十字架の装飾が施された棺を見ることができる。遠くの丘から、友達とおしゃべりに興じる子どもたちの声がそよ風に乗って運ばれてくる中、セロファンで包んでリボンをかけた花束がいくつか、風に揺れていた。

中に入り、私は壁一面に並ぶ被害者のスナップ写真の前を歩いた。子どもの写真にはそれぞれ、その子の人生についての情報がわずかながら記されている。

フランシーン・ムレンゲジ・インガビレ
年齢　一二歳
得意なスポーツ　水泳
好きな食べ物　目玉焼きとフライドポテト
好きな飲み物　牛乳とファンタ・トロピカル
親友　姉のクローデット
死因　ナタによる斬殺

コンゴにも、このような記念館ができる日がくるのだろうか。

帰り道、私は英語を少し理解する運転手に話しかけた。自分の最終目的地を告げると、彼は口を開いた。「俺は一九七〇年代にゴマとブカヴで学校に行ったけど、あれから一度も戻ってないよ」。そしてしばらく間を置く。「ローラン・ヌクンダが問題を全部片づけてくれてる。ヌクンダが対処してるよ」

ローラン・ヌクンダのことなら知っている。ヌクンダの攻撃についてはニュースで読んでいた。だが、運転手の意見は驚くようなことではなかった。ヌクンダがルワンダの支援を受けているというのは周知の事実だ。反乱軍の人民防衛国民会議（ＣＮＤＰ）の指導者で、同胞であるコンゴ人ツチ族をインテラハムウェの攻撃から護ると主張している。しかし、彼の民兵たちも他の民兵と同じ残虐行為を行っていることが知られており、ヌクンダのＣＮＤＰのために七五万を超える人々が故郷を追われたのだ。

運転手はしばらく考えにふけったあと、こうつけ加えた。「コンゴでは、ルワンダ人は嫌われている。行けば、殺される」

しばらく、車内に沈黙が続いた。

運転手が再び口を開いた。「俺があんたをブカヴまで乗せてってやるよ。飛行機なんか乗らなくていい」

このタクシーの後部座席に身を沈め、コンゴへと国境を越える自分を想像してみる。ルワンダのナンバープレートをつけて、車体に太字で「キガリ・シティー・キャブ」と書かれた車で注意を引かないようにしながら。

「連れてってやるよ！　問題ない！」

「ご親切に、どうも。でも結構よ」

ホテルのテラスで夕食を取りながら、私は他の客を観察した。一人で座っている女性旅行者を見つけてほっとする。――アフリカでの女性の一人旅なんて、当たり前なんだわ。私も大丈夫――。

だが数分すると、男性の連れが彼女に合流した。

ホテルでの短い滞在中もキガリ周辺でも、女性一人の旅行者は一度も見かけなかった。

それでも、朝になって鳥のさえずりに耳を傾け、心地よいそよ風を楽しみ、花咲く庭園でおいしい朝食をとっていると、少しずつ自信が湧いてくる。南国向けのいかにも植民地的なビジネスウェアに身を包んだビジネスマンたちを見ながら、私は考えた。――ルワンダ、楽勝だ。アフリカ、なんてことない。オーキッド・サファリ・クラブはきっとこの四つ星ホテルにとても似ていて、テラスからの眺めとおいしいビュッフェがあるに違いない。ブカヴもキガリにすごく似ているかもしれない。清潔で、秩序だっていて、落ち着いたにこやかな人々がいるのだ。ひょっとすると、コンゴの話をするときは、みんな大げさに言っているのかもしれない。たいしたことじゃないかもしれない――。

チェックアウトしようと、フロントに向かう。同じく宿泊客らしい、年季の入ったアフリカ旅行者風の年配の紳士が会釈をしてきた。「こちらでの滞在はいかがでしたか?」

「短かったです。私、あと数時間でコンゴへ向かうんです」

紳士は淡々と言った。「ほう。それはまた一味違った体験になるでしょうな」

ホテルの外へ出ると、ドアマンがタクシーを呼んでくれた。路肩で同じくタクシーを待っていたのは南アフリカの白人で、真っ赤に焼けた革のように硬い肌に、カーキ色のサファリベストを着ていた。伝統的なアフリカのジャーナリストの証しだ。だからテレビのプロデューサーだと自己紹介されても意外ではなかった。南アフリカのテレビ向けに、アフリカのフランス語圏に関するドキュメンタリーを撮影しているのだそうだ。昔フランス大使館に勤めていたという私のタクシーの運転手も、取材対象に入っているとのことだった。私は、彼のルワンダ人スタッフを空港まで相乗りさせることに同意した。待っている間、プロデューサーが聞いてきた。「どこへ行かれるんですか?」

「コンゴです」

正面を見据えたまま、いつものようにじろじろ眺められるのを待ち受けた。だが路肩で並んで立ったまま、私も彼も正面を向いたままだった。しばらく黙っていたあと、彼はこう言った。「あそこは……気をつけてください。誰も信用できませんから。去年の春、僕もゴマに三日間いました」

私は正面を見つめ続けた。

「滞在期間は?」と彼が聞く。

「五週間半です」

短い移動時間の間に、私の行き先がカメラクルーの関心を引いた。「コンゴだって?」

「紛争についてのあなたの意見は?」と聞いてみる。

「コンゴ人が自分で蒔いた種だね。ほら、自分たちで虐殺加害者をかくまっただろう。殺人者を自分たちの国に受け入れたんだ。だから今は連中が問題を抱えてる。誰が悪いって言うんだ?」

コンゴに罰が当たったかどうかはさておき、事実に反論するのは難しい。だから私は反論しなかった。そこへカメラマンも口調を合わせる。「ルワンダではコンゴについての格言があるんだ。理屈が通じなくなるところ、コンゴが始まるってね」

ちっぽけな飛行機が上昇し、雲の間を三五分間飛び跳ね続けた末に、コンゴ国境の、ルワンダ側にある丘のてっぺんに削られたちっぽけな滑走路に降り立つ。絵のように美しく、人里離れたアフリカの空港は、簡素なフェンスに囲まれている。赤と白に塗られたコンクリートの建物がひとつあるほかは、さびだらけの格納庫がいくつか遠くに見えるだけだった。

国境越しに初めて見たコンゴは、キヴ湖と周辺の青々としたなだらかな丘陵地帯という、息を飲むような光景だった。荷物を回収し、私は空港を出た。

「コンゴの双子」のクリスティーンが迎えに来てくれることになっていたが、外に出ると誰もいなかった。自分の荷物の上に腰掛け、他の乗客が迎えの車に乗りこんだり丘をのんびりと降りていったりするのを眺める。空港警備員が近くをぶらついている。女性がキーをくるくる回しながら、赤い制服とバックパック姿で手をつないで歩く児童たちの後ろをついて行った。

ケリーも今日ブカヴに到着しているはずだ。正直、キヴ湖の対岸で故郷からの懐かしい顔が待ってくれていると思うとほっとする。彼女はカリフォルニアに住む海外居住コンゴ人が率いる教会からの派遣団と一緒にキンシャサ経由でゴマに入り、私が到着次第会う予定になっている。

ようやく、《ウィメン・フォー・ウィメン》のロゴをつけたレンジローバーがやって来た。クリスティーンが飛び降り、歓迎の抱擁をしてくれる。「カリブ！　ようこそ！」

アメリカで会ったときから、ずいぶん変わったような気がする。彼女が生まれ育った環境で会っているからかもしれない。その姿勢は実に印象的だ。アフリカの王族のような威厳を持って振る舞っている。ウィメン・フォー・ウィメンでは、クリスティーンがそのうちコンゴ民主共和国初の女性大統領になるだろうという話がいつも冗談半分に囁かれているが、それもあながち大げさに思えないほどだ。翌月に結婚式を控えた彼女は、五〇〇人を招待する披露宴の準備の真っ最中だった。

車はキヴ湖を見下ろしながら走る舗装された並木道を下っていく。クリスティーンが教えてくれた。「オーキッド・サファリ・クラブでちょっと問題があって。しばらく団体客で予約がいっぱいだから、他のところに泊まれるよう手配したわ」

　ウィメン・フォー・ウィメンの本部で、スタッフのリッキーにきつく警告されていた。「オーキッド以外に泊まれるところはないわよ。他はどこも危ないから」

　実際、ケリーが数日間ホームステイをしてみたいと言い出したときも、それが大きな議論の的になった。私も同じことをベテランのコンゴ旅行者に話してみたら、みんな口を揃えてこう言った。冗談じゃない。危ないよ。

「第一、ケリーはコンゴで何をするつもりなの？」と誰もが聞いた。

　彼女の言葉をそのまま引用して、私は答えた。「女性たちと一緒に泣きたいから。彼女たちと一緒に嘆き悲しみたいから」

　政策通の友人たちは鼻で笑ったが、かまうものか。ケリーの健闘を祈るだけだ。人々と一緒に「クンバヤ」［もともとはアメリカ南部の黒人によって歌われた讃美歌］を歌う時間はたっぷりある。友人と一緒に滞在して費用を割り勘するのにも異存はない。だが、私には具体的な目標がある。コンゴにはムーブメントが必要だ。《ラン・フォー・コンゴ・ウィメン》が二年目に集めた募金は、六万ドルにしかならなかった。ムーブメントを起こすために必要な一〇〇万ドルにはまったく届かない。だが、この恐怖に人間の顔が見えれば、そして紛争のあらゆる側面を映像に記録することができれば、支援会合で使える武器になる。映写会やホームパーティーで目標の一〇〇万ドルを集め、コンゴのための草の根活動のきっかけとなる活気を生むことができる。出発直前、受信トレイに幸先のいいメールが入ってきた。大手ニュースネットワークのプロデューサーが、紛争に対するアメリカからの視点に関心を示しているのだった。私の取材と映像をほしがるかもしれない！

目標はさておき、安全上の脅威は本物だ。出発前、リッキーが自分のコンゴ訪問について教えてくれた。物事がどれだけあっという間にうまくいかなくなるかという説明に、私は驚いた。

「私たちがコンゴに行ったのは二〇〇六年四月だったんだけど」と彼女は話した。「ザイナブがオプラの番組用に追跡取材をしていて、私は人道的活動に与えられる大規模な賞、コンラッド・N・ヒルトン人道支援賞の審査員にプログラムを視察させることになっていたの。初日にザイナブはブカヴの貧民街へ追跡取材に行って、私たちは農村部で女性たちに会うために出かけた。

でも、行けなかったのよ。

運転手とクリスティーンと一緒に車に乗りこんだら、彼女が四つも持っている携帯電話のうち、危険情報を受けるためだけに持っている携帯が鳴ったの。ブカヴへ向かう主要道路を進むことができないって言うのよ。イースター休暇の最中だったんだけど、学生たちが抗議活動をしていて、警察が誰かを撃ったの。抗議者たちは犠牲者の遺体を州知事の自宅まで運んで、玄関先に置いたらしいわ。

すぐさまUターンしたら、三〇秒もしないうちに道の向こうから国連のばかでかい戦車が二台、抗議者たちのいる方角目指して走ってきたの。一台目の戦車が通り過ぎながら、銃口を私に向けてきた。私の頭から六〇センチもない近さでよ。でも私は、大丈夫、彼らはプロなんだから私を撃ったりしない、って自分に言い聞かせてた。

一台目が通過して、二台目が向かってきてた。私たちと戦車の間には、バイクにまたがった男性がいたんだけど、戦車が反対車線にはみ出して、バイクが潰れる音がした。乗っていた男性が悲鳴を上げたわ。

戦車はその場で停止した。男性の両脚が下敷きになってるのに、国連の戦車はどこうとしないのよ。国連軍の一人はただ冷静にあたりを見回して、たっぷり何分かは何の感情もなく状況を観察してただけだった。男が叫び続ける間、その国連兵は一方向ずつじっくりと観察を続けてたの。私たちの車の真横には女の人がいて、男の人の上からどきなさい！　って国連軍に叫んでた。五〇人くらいは人が集まってたかしら。誰もが叫んでた。戦車はようやく男の人の上から降ると、彼をそこに放置したまま、先へと進んでいったのよ。コンゴ人たちが被害者の男性を抱えて道路から運び出した。そこでみんなが私たちの車のほうを向いて、助手席に座ってる私を見たの。大きなサングラスをかけた私を。クリスティーンが、みんな私のサングラスをビデオカメラの一種だと間違えてて、私が撮影してると思ってるんだろうって言った。人々が口々に叫びながら、車の周りに集まり始めた。運転手は即座にアクセルを踏んで、未舗装の道路へそれて逃げ出したの。その間、コンラッド・ヒルトン賞の審査員はずっと後部座席に座ってたわ。

それで、取材は現場じゃなくて、私たちのオフィスでやることになったの。

でも翌日オフィスに行ってみたら、治安がますますひどくなっているって聞かされた。ザイナブに、ホテルに戻って荷造りするように言われたわ。数時間後に出る飛行機に乗れるからって。『車の後部座席で体を伏せたまま、オーキッドまで戻りなさい』ってね。ウィメン・フォー・ウィメンの車が道の真ん中に停まって、私がオフィスの門から車に向かって歩いてたら、突然『パン・パン・パン・パン』って音が聞こえたの。そして死ぬほどおびえたコンゴ人が一〇〇人くらい、こっちに向かって走ってきた。クリスティーンが『走っちゃだめ！　走っちゃだめ！』って叫ぶのが聞こえたわ。

でも、私はまっすぐ門まで駆け戻った。そしたら大勢の人たちが門に群がってて、警備員が門を閉めようとする中で敷地内に戻ろうとしてた。

人ごみの間から腕を突っこんだら、誰かが引っ張り入れてくれた。ザイナブはそこに立ち尽くしたまま、『何があったの？』って聞いてた。

私はどこにも行かないって決めて、ザイナブのインタビューの続きを撮影し始めた。そしたら門のすぐ外でまた銃声が聞こえた。どこにも逃げ場がないもんだから、私はカメラを放り出して敷地内を無闇に駆けずり回ったわ。それなのにザイナブはただ笑って、『イラクよりひどいわね』って言うのよ。

『何がおかしいのよ。笑い事じゃないわよ』って言ってやった。

そしたら、『こういう状況じゃ、笑うしかないでしょ』って言われたわ。

その日の午後、私たちは脱出したの」

リッキーの警告が頭の中でスポットライトのようにぐるぐる回っているものだから、オーキッドがオーバーブッキングされたという話がうまく受け入れられない。アメリカにいるときでも、私は不機嫌になると自制がきくほうではない。いまや、アクセルとブレーキを両方いっぺんに踏んでいるような気分だった。コンゴ入りへのカウントダウンと警告の両方が、アクセルとブレーキをそれぞれに力いっぱい踏みつけている。

だが、事前に警告されていたことがもうひとつあった。コンゴ人は怒らないのだ。怒ると、かんしゃくを起こしていると思われる。役員会で泣き出すのと同じで、普段するようなことではないのだ。ある経験豊富なコンゴ旅行者は、口うるさくこう警告した。「堪忍袋の緒が切れたら、黙って荷造りして、出てくるんだ。なんなら、もう二度と戻らないほうがいいかもしれない。コンゴ人からの敬意を永久に失うことになるからね」

だから、私はクリスティーンに笑みを向け、声を上げて笑った。「コンゴじゃ柔軟性が肝心よね」と言う。「問題ないわ」

道路脇に車を停め、初めて国境を目にする。簡素な橋で、一ブロック分もない。リサ・リンのレポートで見た光景だと思い出す。私は放送品質のHDVカメラを引っ張り出した。

橋をバックに立つ。私の代わりにクリスティーンがカメラを構えてくれるが、できるだけ目立たないようにしている。国境を撮影するのは違法だからだ。顔がひきつりそうになるのを抑えながら、すぐにレポートを始めた。「今、私はコンゴとの国境に立っています……」

ルワンダをあとにして橋に近づくと、ルワンダとコンゴを隔てているのがベルギー領コンゴ時代からあるこの古い、腐りかけた木製の橋だけだという事実に驚きを禁じ得ない。橋の向こう側で、男が古ぼけた金属の門を上げて、私たちを通してくれた。

——ふう。たいしたことなかったわ——。

丘を二ブロック分ほど上がっていくと、コンゴ側の本物の国境が現れた。ぼろぼろのトレーニングウェアを着てカラシニコフを構えた男たちが、道路脇にたむろしている。私は車を降りてコンクリートブロック製の小部屋に入り、コンゴ人の入国審査官にじろじろ眺められ、書類にスタンプを押され、部屋から追い出された。車に戻ると、三人の男たちが近づいてきて車の中を点検した。不快なほど窓に接近し、睨むように見ている。中の一人が、私の同伴者たちになんだかわからないが迫っている。その目つきが、これが伝説ではなく真実なのだと教えてくれた。ここがコンゴだということを私に教え、その目が何を見てきたのか、何をしてきたのか、その中に魂は残っているのかと思わせるような、どんよりと曇った険しい目つきだ。

クリスティーンが笑顔で答えている。——相手をからかっているのだろうか——？　それはわからないが、ともかく心に留めておく。——笑え、笑え。危ないときは、笑え。みんな友達だ——。

彼らは、車の中を捜索したいらしい。運転手が男に現金を押しつけて、何か言う。クリスティーンが通訳してくれた。「コーラでも買って来いって言ったのよ」

走り出す車の中で、私は一九八〇年代にはやったコカコーラのＣＭソングを口ずさんだ。土曜の朝、アニメ番組の合間に流れていた曲だ。

世界中の人たちにコーラを買ってあげたい
そして愛を一緒に与えたい……
なんとか、かんとか、キジバトが……
これこそが本物。

7　これこそが本物

ルワンダとは似ても似つかない場所、ブカヴへようこそ。私はレンジローバーのぴったりと閉ざされた窓の中から、ブカヴのメインストリートを食い入るように見つめていた。景色はルワンダで見たものとまったく同じだ。湖に突き出すように広がる丘が、緑生い茂る凹凸を描いている。家屋が点在する丘のどれもが、隣の丘と瓜二つだった。

だがブカヴでは、すべてがうまくいってはいないということが至るところに見られる。粗野で埃っぽい感じがする。朽ち果てた商店や古い湖畔の別荘が、チョークで描いた輪郭線のように浮いて見える。威厳のある過去や壮麗さの名残は引き剥がされ、混沌に絞め殺されて腐ってしまった。行楽客でいっぱいだった頃の別荘を思い浮かべる。休日に緑の生い茂る庭園で人々がモブツ元大統領の傍らに控え、南国のフルーツや砂糖とミルクをたっぷり入れた紅茶を味わっている光景だ。今、古ぼけた別荘は屋根がないか、外壁が崩れ落ちているか、あるいは鉄条網やガラスの破片を上部に埋めこんだコンクリートの高い壁に囲まれて、中古の警備服姿の男たちがさびついた門に配備されているかだ。

「UN」と書かれた屋根のないジープが、通りをゆっくりと行ったり来たりしている。その後部には巨大な機関銃が設置され、パキスタン軍の兵士が常に引き金に指をかけている。物売りが道沿いに木箱を並べている。売っているのはテレホンカード、キャッサバの粉、石鹸、あるいは支援物資の箱から拾ってきたような古着だ。舗装が剥がれた道路は、どちらかと言うと涸れた川床のように見える。ブカヴから一歩でも外へ出たかったら四駆でなければだめだと警告されていたが、こうして見たところ、ブカヴの中でも四駆がなければ無理そうだった。ここは空気が違う。ルワンダは呼吸していた。悪魔が追放され、優しい雨と政府の革新的な計画に浄化され、期待に満ち溢れていた。コンゴは違う。ここの空気は猜疑心に満ちており、まるで通りすがりの誰かが庭先に捨てていき、そのまま腐って悪臭を放つ生ゴミのようだった。

女性たちは荷運び用の騾馬《らば》のように、キャッサバの粉や薪、石、その他の日用品を背負って急な坂を登っていく。中には、自分の二倍もあるかというような荷を背負った女性もいる。

通行困難な道路と痩せ衰えた地元経済のため、残っている車両は少なく、家畜や自転車はすべて盗まれてしまっている。運搬の最終手段は、女性たちの背中だ。彼女たちは日常生活と地元経済をどうにか前進させ続けるため、こまごました品を運ぶ。その荷の重さはどれくらいだろう、七〇キロはあるだろうか？　前かがみになって額に引っかけた紐で荷物を担ぎ上げると、皮膚に紐が食いこむ。彼女たちは汗をかきながら、しっかりと前を向いて歩く。ジャーナリストのテッド・コッペルは、この労苦をギリシャ神話のシジフォスにたとえた。岩を山の頂上まで押し上げるという罰を与えられたが、押し上げた岩はまたふもとまで転がり落ちてしまい、それを永遠に押し上げ続けるという神話だ。

意外なことに、コンゴの人々はかなりファッションに敏感なようだ。服は清潔でアイロンが当てられ、髪には色とりどりの編みこみやウィッグが施されている。伝統的なアフリカの巻布やワンピースを着ている人も、Tシャツやファッションジーンズ、スポーティーなテニスシューズといったアメリカの古着を身にまとっている人もいる。ディーゼルの広告にでも出られそうな人ばかりだ。トラ柄のカウボーイハットにフェイクファーの裏地つきの上着を着て、粋なサングラス越しにあたりを見ながらぶらついている地元の洒落者など、今すぐにでもインディーズのロックコンサートが開けそうだ。

だが、それだけめかしこんでも、人々の目に刻まれた紛れもない戦争の傷跡は隠しようがない。白塗りの二階建ての建物の周囲を藁と木材で造られた円形の野外教室が取り囲むウィメン・フォー・ウィメンの事務所に到着したときも、その目つきに気づいた。朝の授業は少し前に終わっていたが、コスモスとマリーゴールドが咲く中庭の花畑に三人の女性が残っていた。

そのうち二人が、好奇心を示して私に少しずつ近寄ってきた。乗り越えられない言葉の壁が立ちはだかり、周りに通訳してくれる人が見当たらなかったため、私たちは笑顔を交わしたあとは「こんにちは」以上に進展しない会話を何度か試みた。

「私の名前はリサです」。自分を指さして言う。「リサ。リサよ。私はスポンサーです」

彼女たちがスワヒリ語で何か答えたが、まったくわからない。私たちは諦めの笑みを浮かべた。そこで、警戒するように距離を置いている年配の女性のほうに目をやった。彼女は微笑んでおらず、こちらをろくに見ようともしない。その目は、国境で見たあの男のように、どんよりと曇っていた。

私は彼女に近寄った。だが言葉は交わさなかった。

建物に入ると、スタッフが食べかけの昼食をほったらかして熱狂的な抱擁で迎えてくれた。「あなたがリサ・シャノンなのね！」みんな、ありとあらゆる個人情報を聞いてきた。私の家のこと、猫のこと、いつ結婚するのか。彼女たちは私の手紙を何百通と翻訳し、私の写真を数えきれないほど見てきたのだ。長身のでっぷりとした女性が言う。「あんたの双子の姉妹にあたしからよろしく言ってね！　あたしたち二人とも体が大きいから、あたしが彼女のコンゴでの双子なの！」

温かい歓迎には感謝したが、ワシントンの本部ではっきりと言われたことがある。本部のスタッフが他の国の事務所を訪問するときは、三日以上は滞在しない。ここのスタッフに五週間半も面倒を見てもらうことなどできないのだ。コンゴ事務所は多忙をきわめていて、人手不足だ。クリスティーンが空港まで迎えに来てくれて、事務所でインターネットを使わせてくれて、来週まで始まらない姉妹たちとの面会をすべて手配するスタッフを割いてくれただけでも十分寛大だったのだ。あとは、自力でやるしかない。

私はそれでかまわない。モレスキンの手帳を開き、裏表紙にきちんと印刷しておいた連絡先一覧を見た。現地で活動しているＮＧＯの情報をかき集めたものだ。クリスティーンが携帯電話を一台貸してくれた。私は金属の額縁のような窓からキヴ湖が見える二階の事務所に腰を落ち着け、午後中ずっとリストを順に当たっていった。国際救援委員会、国際医療隊、ＣＡＲＥ、ＵＮＩＣＥＦ、赤十字、パンジー病院、少年兵センター、そして自然保護団体。すべてにメールと電話で連絡を取り、ウィメン・フォー・ウィメンの運転手につき添ってもらって事務所を出ると、国際救援委員会と国際医療隊を訪れた。まるでそれぞれが堅牢な小島であるかのように、事務所から近くの事務所へと飛び移るような移動だった。

災害から災害へと渡り歩くNGOの若き駐在員たちのなかで、最初の電話やメールに応えてくれたのは半分だけだった。残りは挨拶をして、私に見せたいプログラムについて熱っぽく語り、その後は二度と電話もメールもくれなかった。理解するまでに何週間もかかったが、私の資質、あるいはその欠如のため、彼らは時間を割いてくれないのだった。だが、リストに載っていたコンゴの人々は、私が彼らのプログラムについて学べるよう、すぐに訪問を手配してくれた。

クリスティーンが私の作業を中断させ、ぼさぼさ頭のシングルマザー、オルテンスを紹介してくれた。大きな目、薄い唇、そして大きすぎる仕事服に埋もれるような小さな体は、ルネッサンスの絵画に描かれる女性を思い起こさせる。情熱的で、限界を知らない女性のようだった。オルテンスを紹介するクリスティーンの顔は輝いていた。「オルテンスは女性全員のことを知っていて、全員の背景を知っているわ。彼女が姉妹たちとの面会をすべて手配して同行します。この人、本当によくできるのよ。昇進させなきゃいけないわね」


結局、オーキッド・サファリ・クラブには私の予約が入っていた。安全なだけでなく、このクラブはブカヴ随一の人間観察スポットらしい。コンゴ東部の有力者が皆ここを通過するのだ。官僚、鉱山会社の重役、援助活動家、ウクライナ人の辺境地専門パイロット、ジャーナリスト、軍司令官。中へ入るとき、入り口に掲げられた注意書きが目に入った。「ご宿泊の皆様へ、レストランへは銃を携行されませんようお願いいたします。支配人」

クラブの中には、額に入れたラン《オーキッド》の絵が傾《かし》いでかかっており、その縁にはカビが生えていた。

石暖炉の上に飾られた水牛の頭部が、白いテーブルクロスとセミフォーマルなしつらえのレストランを見下ろす。観音開きのフレンチドアを開くとレストランからテラスに抜けられ、花咲く庭とキヴ湖が眺められる位置にラウンジチェアが点々と置かれている。丘の向こうからアフリカの部族の歌が流れてきて、クラブがBGMに流しているクラシックと入り交じっていた。

七〇代半ばとおぼしき男性が、書類を見ながらテーブルで一人昼食を取っていた。彼がオーナーで、私に〝コンゴの最後のベルギー人〟を連想させた。彼は毎日テラスとレストランを歩き回り、宿泊客に挨拶したりコンゴ人スタッフに指示を出したりしている。私とも何気なく笑みを交わした。フランス語で何か言われたが、わからない。言葉の壁に阻まれ、その後彼と言葉を交わす機会は二度となかった。

だが噂は飛び交うものだ。オーナーについての情報が断片的に耳に入ってきた。事実かもしれないし、都市伝説かもしれない。聞くところによれば彼はベルギー人入植者の息子として大農場で生まれ、結婚したことはなく、数年前に死去した兄と二人でこの場所を所有していたらしい。あるときは反乱軍がホテルに侵入し、彼はスタッフたちと一緒に客室の天井に隠れた。また別のときには、足を撃たれて治療のために九カ月間ベルギーで過ごさなければいけなかったという。ルワンダの支援を受けたRCDの民兵がホテルに長期間滞在し、今も六万ドルが未払いだともいう。

〝最後のベルギー人〟は、博物館の生きた展示品のようだ。彼の種族最後の生き残り、テネシー・ウィリアムズの小説に出てくる登場人物や、タラ屋敷に現れるスカーレット・オハラの南国男性版としてコンゴが出した答えのような人物だ。色あせた植民地時代の夢が演出する最後の舞台で、悲劇の主人公としてこの小さなランの王国で最後の抵抗を試み、赤いオックスフォードシャツと黒のパンツ、そして蝶ネクタイという制服姿のコンゴ人スタッフに指示して回っているのだ。スタッフたちは堅苦しいお義理の好意を示すが、常連客と私語を交わす際には雇い主を嫌悪していることを認めるらしい。私ならまったく気づかないだろう。彼らの優雅さは確かに「マダム、お茶はいかがでございますか？」と、いかにも取ってつけたようではあるが。

オーキッドの安全性に関しては、誰が見ても明らかだ。この日は、軍の司令官が宿泊していた。入り口の注意書きなど意にも介さず、彼らは銃と、そして女性を携えてきた。食後の膨れ上がった腹のせいで制服のボタンが飛びそうな司令官の一人を観察する。三人の女性が静かに傍らに控え、タイミングを見計らって微笑んだり笑ったりしていた。照明が暗く、客が目を細めて部屋の隅々までじろじろ見ることなく、会話があいまいな内容にとどめられ、誰も質問しすぎさえしなければ、ここは優雅さや影響力や権力の幻想が維持できる場所だ。

オーキッドのスタッフが私を部屋に案内し、鍵を渡してくれた。鍵には反逆のつもりか単なる懐古の情か、まだ「ザイール」と記されていた。ヌーボー・エリザベス様式のサファリコテージで、一九七〇年代ふうのオレンジと緑と黄褐色の大きな花柄がプリントされたベッドカバー、チューダー様式の木製装飾、ほのかな照明、ゆっくりと回る扇風機が配された部屋に荷物をどさりと下ろす。ベッドを覆う蚊帳には小さな穴や破れがある。バスルームの、黄ばんだプラスチック製のバスタブの縁は、水漏れ防止材がカビて剥がれかけていた。

クリスティーンが迎えに来てくれて、夕食へ向かう前に彼女の自宅に立ち寄った。国際的NGOの国担当ディレクターである彼女だが、実家に暮らし、翌月に結婚式を控えている。私は薄暗いリビングに座っていた。一月も下旬だが、部屋の隅にはまだクリスマスの飾りが残っている。部屋にはクリスティーンの幼い弟妹たちと、あの見紛うことのない、空虚でどんよりと曇ったコンゴ特有の目をした、六歳の孤児がいた。

クリスティーンは、その孤児の少年を引き取るよう家族を説得したばかりだった。少年はひどい育児放棄をうけ、さらに病気に苦しみ、ほんの数日前にクリスティーンの家に来た。大人たちは隣の部屋にいて、他の子どもたちはコンゴのテレビ番組を食い入るように見ている。質の低いビデオカメラで撮影されたとおぼしきその番組は、男たちが女性の家に押し入るような話だった。孤児の少年を呼び寄せると、彼は無表情のまま、おとなしく私の隣に来て座った。それきり動かない。交流しようともしない。笑顔すら引き出すことはできない。まるで小さな孤島だった。

その後、コンゴでその目つきに気づくことはなかった。だがアメリカに戻り、撮影した映像を見直していると、取材したほぼすべての人々の目の中に、それはしっかりとあるのだった。

クリスティーンと私は、ケリーが同行者たちと一緒に泊まっている、国境近くのブカヴの大通り沿いに位置するゲストハウスに向かっていた。今回の滞在の詳細を詰めるため、夕食に呼ばれたのだ。疲れる一日を過ごした私はくたびれ果て、旅の道連れという拠り所を切望していた。

ケリーがクリスティーンと私を迎えてくれたゲストハウスの扉は、警備員がいない金属の門の奥で、鍵もかけずに開けっ放しになっていた。荷物も、ドアが大きく開け放された大部屋に丸見えの状態で置かれている。私は手を後ろにやって、自分のカメラバッグを確かめた。滞在中ずっと私の背中にへばりつき続ける、重量一一キロというこの怪物の存在を忘れられるわけがないのに。ケリーがそれまでの旅について話してくれた。「キンシャサは荒っぽいところだったわ」と言う。「すごく攻撃的で、ものすごくたくさん人がいて。でもここはみんなとても落ち着いてるわ。快適で、安全に歩き回れるし……」

——私たちは違う国にいるの——？

ゲストハウスはがらんとしていて、蛍光灯で照らされていた。テーブルにつきながら、教会の派遣団を紹介される。夕食は魚の丸揚げという伝統的なコンゴ料理だが、私はベジタリアンなので遠慮した。何かがずれている。生白い、汗ばんだ布教者たちとの会話は張りつめた、緊張したものだった。アメリカ人の医師が《ラン・フォー・コンゴ・ウィメン》やワシントンＤＣにいる私の知人たちについて矢継ぎ早に質問を浴びせ、正確な綴りを気にしながらメモを取る。グループのリーダー、パトリックが時折口を挟んでは質問をするが、私が答えようとするたびに、よそを向いて他の誰かに話しかける。

ケリーが何気なく話に加わり、自分専属の運転手と車を雇い入れ、ブカヴにいる間は例のホームステイをするつもりだと言った。だがその期間は、私の滞在予定期間よりも数週間短い。私は彼らの皿の上に残る魚の骨や、他の宿泊客が骨をつつく様子を眺めていた。

パトリックが私を見て聞いた。「あなたの予定は？」

私の予定。私たちの予定ではなく。

これでわかった。私はケリーと一緒にコンゴに滞在するわけではないのだ。私の活動がケリーにとって魅力的な場合に時々便乗するのはかまわないが、二人旅をするつもりはないというわけだ。

彼らが丸揚げの魚の頭やパン粉のついた目玉をつつくのを眺めながら、現実がわかってきた。

——私はコンゴで一人ぼっちなんだ——。

私を知る人なら誰でも、私は「自立した女性」だと言うだろうが、私だってこんな状況を好んで選びはしない。「最強の女」という評判を勝ち取ろうとするのはもう何年も前に諦めた。二五歳のとき、一〇時間かけてオレゴン州を横断し、アイダホとの州境に位置する辺境の峡谷で単独キャンプを強行した。到着してテントを張り、焚き火で最高の夕食を作り、峡谷の向こうに日が沈むのを眺めたあとで、一人でなければもっといいのにと思った。その思いは夜の間ずっと心に引っかかっていて、ついに、こんなの最悪だと思うまでになった。やがて、最寄りの舗装道路から一時間以上も離れた私の野営所の近くを、ライトバンが通りかかった。寝袋の中で目を覚ましたまま、この場所がどれだけ人里離れているか、考えずにはいられなかった。何かあっても、私の不在を誰かが疑問に感じ始めるまで何日もかかるだろう。その晩、私は思った。――間違いない――。そして深夜には荷物をまとめて家へ帰った。

別に私は自立できないわけではない。一年もしないうちに、私はテッドとつき合い始めていた。ただ、一人でいるのを好まないだけだ。夕食に一人で行くか友人と行くかを選べるとしたら、誰かと行くほうを選ぶだろう。《ターゲット》に撮影用の小道具を買いに行く必要があったら、テッドと行くほうが絶対楽しかった。その嗜好はやがて習性となり、仕事・昼食・仕事・夕食・ベッド・仕事という一日のパターンが、密着した数年間へと発展していった。じきに、友人たちは私の自立よりも、私たちの理想的なパートナーシップに言及することのほうが多くなった。時々、口が滑ったりワインを飲みすぎたりしたあとでは、頭文字を取り違えて「ティサとレッド」と紹介されることまであったのだ。

オーキッドに戻り、私は懐中電灯だけで武装して敷地内を横切っていた。被害妄想は伝染する。私は凍り暗闇の中で鍵を探していると、長さ一二〇センチくらいの斧を持った男が通りかかった。私は凍りつき、相手を観察した。判断能力もなく、混乱した状態で思う。――おびえるべきだろうか――？　だが疲労が勝った。諦めと共に、私は気にするのをやめた。どうか彼がホテルの従業員でありますように。

機材をすべて充電器につなぎ、私はベッドに入った。

真夜中、また目が覚める。パソコンと携帯の時間を直すのを忘れていて、夏時間の調整も含めた時差がわからない。日記をつける気分にもなれないので、明け方近くに知らず知らず眠りに落ちるまで、横になったまままずっと起きていた。

近くの通りで叫ぶ群衆の声に目を覚まされる。――これは暴動、それとも祝福――？　どちらとも判別できないが、聞き取ろうと耳を傾ける。新たに選ばれたカビラ大統領が来ているらしい。――ということは集会に違いない――。私はずっと耳を澄ましていた。まるで、注意深く聞いてさえいれば、ずっと追い求めている「ここは安全なの？」という質問に対する確かな答えが得られるとでも言うように。

みんな、ホテルに着いたらすぐに友達ができるよと言っていた。朝食にフルーツと、イチゴジャム（母が作っていたのとまったく同じ味だ）を塗ったトーストを食べながら、私はおせっかいなフランス人女性と、女たちを引き連れたコンゴ人の軍司令官とに挟まれて座っていた。他に数人の宿泊客があちこちに固まって座っている。ここでは誰も他人に話しかけたりしない。みんな話すことはあるのだろうが、それを他人と共有する気はまったくないらしい。私も同様だ。代わりに、水辺の離着陸場からヘリが離陸するのを眺める。オーキッドの敷地内に本部を置く鉱業会社のヘリだ。

ガイドと通訳を求めて何本も電話をかけたが、すべて空振りだった。だが朝食のあと、国連職員のジャン＝ポールと会った。彼自身は国連の仕事で忙しいが、兄弟のモーリスを連れてきていた。メガネをかけ、シミひとつなくアイロンがびしっとかかったTシャツの裾を、同じくアイロンを当ててベルトをしたジーンズの中に入れ、磨き上げた靴を履いた温厚な男性だ。モーリスはルワンダで英語を教えていて、優しい雰囲気を醸し出している。ジャン＝ポールよりも穏やかな話し方で、控え目だ。学校が休みなので手が空いていると言う。二人は、運転手のセルジュも連れてきていた。彼はどちらかと言うとズボンには裾を入れない、男の中の男という感じで、がっしりとした体格に禿げ頭で、控え目なクールさを持っていた。英語は話せないか、少なくとも話せるとは認めようとしない。私はその場で彼らを雇った。コンゴ滞在中、モーリスとセルジュは毎日私と一緒にいることになる。加えてオルテンスが傍らに控え、英語を話さない相手とのあらゆる会話、あらゆる瞬間、あらゆる交流を通訳してくれる。ここはフランス語とスワヒリ語の国なので、通訳の相手とはすなわち全員ということになるが。このメンバーが、一日一〇ドルで働いてくれる。ただ同然だ。

だがその前に、片づける仕事がある。私はウィメン・フォー・ウィメンの運転手の車に一人乗りこみ、ブカヴのメインストリートへ向かった。携帯電話屋の向かいに車を停める。レンジローバーの中で、二人とも座ったままでいた。電話の通話時間を購入したかった。どちらかが車を出なければいけない。

通りに、西洋人は見当たらなかった。どちらか一人。運転手が行けば、私一人でレンジローバーを守らなければならない。私が行けば、私は一人無防備に、護衛も安全の保証もなく、安全な場所を離れて道を渡らなければならない。服を脱いで全裸で買い物に行って来いとでも言われたような気分だった。運転手に向かって、言葉の壁を越えられるようにと大きな仕草で訊ねた。「あなたが行く、それとも私が行く?」

「あんた」。彼は車を離れてはいけないのだ。

私はドアハンドルに指をかけた。中学時代、初めて高飛びこみ台に立ったときの気分を思い出す。周りで友達がはやし立て、けしかける中で水面を見下ろし、撤退した場合の社会的代償を計算していたのだ。ここでくじけて梯子をこそこそ降りていったら、屈辱に痛いほど赤く染まった頬に気づかれるだろうかと考えていた。

時間が経つほどに、その場の気まずさが大きくなっていく。

――どうしたっていうの――?

体が動かない。

――車を降りなさいってば――。

私はドアを開け、たった一人で道路に踏み出すと、全速力で通りを渡った。

8　思い出

ブカヴの少年兵リハビリセンター《子どもと健康のためのボランティア事務所（ＢＶＥＳ）》を初めて訪れた朝、あどけない顔の殺人者たちにびっしりと取り囲まれた私は、人ごみの中にいるノエラに気づかなかった。少年たちの半数が、ここでの二カ月にわたる生活を終えて故郷に帰る準備をしているものだから、大変な騒ぎだ。少年たちは出発にあたって支給される贈り物の毛布、サッカーボール、テニスシューズ等を受け取り、彼らを南部にいる家族の元へ送り届けるバンに乗りこんでいった。

ノエラの刈り上げられた頭は、九〇人の少年たちの集団に溶けこんでいた。がりがりの一一歳の体が、大きすぎるパジャマのズボンを持て余している。だから見つけられなかったのかもしれない。女の子に見えないのだ。あるいは、経験が彼女を目立たずにいる名人にしたのかもしれない。

彼女が私の視界に入ったのは、彼女の弟、リュックのせいだった。たった九歳のリュックは、ここでは最年少だ。膝まで届く大人サイズのTシャツを着た彼が、車に乗りこむ準備をしている年長の少年たちの間を行ったり来たりしているのが見えた。――どうしたら、あんな小さな子どもまでが少年兵になれるのだろう――？

スタッフに訊ねると、違うと言われた。リュックとノエラは、森で迷子になってさまよっていたところを援助関係者に拾われたのだった。二人が話すのは、ルワンダの言語であるキニャルワンダ語のみだった。二人がどれだけ話をころころ変えようとも、南キヴでそれが意味するところはひとつだけだ。

インテラハムウェの子どもをセンターが保護したのは、これが初めてではない。実際、一九九五年にセンターが設立されたきっかけは、フツ族難民の子どもたちが流入し始めたからだった。当初のプログラムは二つのプロジェクトに分岐し、片方が保護者のいない子ども難民を、もう一方が元インテラハムウェの子ども六五〇人を保護することになったのだった。

一年前にポートランドで会っていたセンター長のムルハバジ・ナメガベは、尊敬を集める真面目な気質の、情熱的な人物だ。

「対立する民兵組織の子どもたちを一カ所に集めるというのは、どういう感じなんでしょう？」と聞いてみる。

「コンゴ東部では、子どもは自分の部族や民族以外の人間は敵だと教えられて育ったものです」と彼は答えた。「センターの子どもたちの間でも、フツ族とツチ族で対立が起こりました」

ムルハバジによれば、センターでは魔術を使うと言われるコンゴ生まれの民兵組織マイマイの子どもたちと、ルワンダが支援する民兵組織コンゴ民主連合（ＲＣＤ）の子どもたち両方を受け入れていたそうだ。「マイマイの子どもたちは汚れていて、ＲＣＤの子どもたちはきちんと清潔にしていました。清潔な子どもたちは、マイマイが魔術を使うという理由で相手を呪術師と思っていたんです。カードゲームをしていても、マイマイの子どもが勝つとすぐに、『魔術を使ったから勝ったんだ』とけんかが始まりました。ＲＣＤの子どもが勝てば、けんかのきっかけは『ルワンダからの入れ知恵があったんだ！　近代技術があったから勝ったんだ！』でした。

本当に伝えたいのは、『君たちは子どもなんだ』ということです。君たちの間に違いはない。みんなで一緒に暮らして、みんなで共有していかなければならないんだ、と。子どもたちにこう訊ねます。『この中に、ルワンダで生まれるか、ブルンジで生まれるか、コンゴで生まれるか、自分で選んだ人はいるかい？』

手を上げて『僕は自分で選んでこの国に生まれました』という子は一人もいません。そうすると、意識の変化が起きます。そして一週間もすれば、仲良くなるのです」

バンが走り去り、残された子どもたちが敷地内にぞろぞろと戻っていく。騒ぎが収まると、彼らの関心は唯一残された娯楽、つまり、私に向けられた。

長距離を走っている間中、私はこの瞬間を想像し、何を言おうかと練習を繰り返していた。少年たちに取り囲まれて質問攻めにされている今、その瞬間が訪れたのだ。私は正面の階段を上がり、山道で練習した話の要点を書きつけた頭の中のファイルをめくり、スピーチを始めた。希望について！　思いやりについて！　癒しについて！　選択肢について！　そして、「あなたたちは一人じゃない！」と。

一人の少年が後方から叫んだ。「ごちゃごちゃとよくしゃべる！」

みんながどっと笑う。

別の少年が口を開いた。「白人はいつも俺たちのことを気にかけてる。助けてあげたいって言う。でも助けはどこだ？　結局何もしないじゃないか！」

――大失敗だわ。十代の少年たちと腹を割った話し合いなんて、うまくいくわけがない。これがいわゆる「率直な対話」なんだろう――。

ストックフォトを撮るとき、子どもには必ず効く使い古された技がある。ありふれたネタだが、やってみる価値はあるだろう。私は聞いた。「写真を撮ってもいい？」

すると少年たちが群がってきてポーズを取った。シャッターを押し、ファインダーを覗かせてやる。少年たちが「シャネラ！」と叫んだ。どうやら、リサ・シャノンのスワヒリ語版らしい。誰もが、「僕を撮って！」と叫んでいる。

虚栄心。いつでも有効だ。ウォームアップが終わったところで、私は何人かの少年たちと個別に話をした。

他の子がいない教室で、ジュニアと向かい合う。ジュニアは一七歳、身だしなみはきちんとしていて、他の状況であれば読書に没頭しているか大学予備コースを受けていそうな、一見いい子ふうの少年だ。

「家族のことを教えてくれる？」

「うちの家族はとても貧乏だったけど、僕は家族と一緒に暮らしてた。無理やり連れて行かれたんだ。隊長が僕らにやらせたことはよくないことだった。人を殺したり、誰かの奥さんや子どもを強姦したり、暴力を振るったりさせられたから。今はそれが僕を苦しめてる」

彼がいきなり本題に入ったので、意表を突かれた。「マイマイに入った日はどんな様子だった？」

「僕は生徒だった。あの日、マイマイが来て兵士になれと言って……選択の余地はなかった。仲間にならなかったら殺されるんだ。一度、山の中で……僕は病気になった。それが治って初めて、マイマイの一員になったんだ。僕は字が書けたから、グループの書記をやらされた。あいつらにやらされたことのせいで、今でも気分が悪くなる。僕たちは民間人に暴力を振るったから、村に帰っても歓迎されないんだ」

「あなたに自分の村を襲わせたの？」

「村の人たちは多分、僕たちが自分の意思じゃなくて、隊長の命令でやったんだってわかってくれると思う。時々、自分の村で暴力を振るうのは避けたりもした。女の人をレイプしたのは、他の村でだった。問題は寝るときだった。毛布も何もなしで、ただ山の中で寝なきゃいけなかったんだ。食べるものもなかった。食べ物はまずいし、ろくに眠れないし。トイレもなかった。野蛮人みたいな生活だった。だから人妻を襲ったり、食料を奪うために村を攻撃したりしたんだ」

まるで私が彼の懺悔を聞く司祭でもあるかのように、ジュニアが自分から性的暴行の話を何度もしたことに驚かされた。「彼らは、あなたにレイプを強要したの？」

「復讐みたいなものだったんだ。少女や人妻を見たらすぐに襲わなきゃいけなかった。僕にとっては、軍にいる間に抱えてた問題を拒絶して忘れるための、なんていうか、自分を守る手段だった」

「将来に何を期待してる？」

「僕は貧しいけど、勉強すれば状況は変えられる。学校を卒業して、ＶＩＰになりたい。とても重要な人物に」

パイパイは坊主頭で、筋肉を際立たせる白のタンクトップを着ていた。他に何も証明できるものがない故の強靭性を備えている。一七歳の彼の態度は穏やかだが、彼が辛い時期を強いられたという事態は想像ができない。「俺にちょっかいを出すな」という空気がにじみ出ているのだ。

「俺は政府軍に入ってた。月給は少なかったよ。月に二五ドルぽっちだ」

「入隊したのは何歳のとき？」

「一二歳」

「軍には五年いたのね」

「そう、五年」

「イエス」と「ノー」だけではあまり詳しい話は聞けない。話を引き出そうと、こう聞いた。「どうして一二歳で軍に入ったの？」

「ルワンダ兵がやって来て、荷物を運ぶために俺を森の中へ連れて行った。森の中へ行くと、ＲＣＤに訓練を受けた。そのうち、待遇が悪かったから政府軍に乗り換えた。状況が変わるかと思ったんだけど、結局同じだった。俺の頭の中には、自分が人に対して行った暴力の名残が引っかかってる。今は軍で自分がしたことを忘れて、そんな思い出を消し去ってくれることがしたい」

「暴力も振るったの？　それについて聞かせてくれる？」

パイパイは顔をしかめ、舌を鳴らした。「うーん。問題は、俺が大勢の人を殺したってことだ。

でも、自分の意思じゃなかった。ルワンダ人の命令に従っていたんだ。そのせいで自分の兄弟まで殺さなきゃいけなくて、時々思い出して気分が悪くなる」

「そのときの話を教えてもらってもいい?」

「いろんな話があるよ。大統領の故郷で、村を消し去れってルワンダ人に命令されたことがある。村人を家の中に入れて、外から鍵をかけなきゃいけなかった。そして家にガソリンをかけて火をつけた。家から逃げ出そうとしたやつは、すぐさま撃ち殺された」

「自分が何人くらい殺したかわかる?」

「この目で死ぬのを見た人数ってことか? 三〇〇〇人くらいかな」

誤訳があったに違いない。私は聞き直した。「三〇〇〇人?」

彼は強調した。「自分の目で見たのが三〇〇〇人。死体を運んで、川や湖に捨てさせられた」

「子どもも含まれてた?」

「何だって?」そんなの当たり前だろ、というように私を見る。「子どももいたし、赤ん坊も……」

「どうして五年で軍を辞めようと思ったの?」

「年齢のせいだよ。除隊しろって言われたんだけど、願ってもない話だった。俺が軍でしたことは悪い思い出ばかりだ。勉強はできないと思う。脳に問題があるんだ。力仕事の見習いになりたいと思ってる。時々、同じ年のガキどもと自分が、頭の中ではものすごく違ってる気がする。今はずっと暴力のことばかり、自分がしてきたことばかり考えてるから。もしかしたら将来、俺は暴力を振るうかもしれない。今はそんなことできないけど、頭の中でその思いとずっと闘わなきゃいけない」

幼いリュックと話したいと思った。スタッフが彼を呼びに行っている間、私は二人の少女に気づいた。八歳くらいの小さいほうの子は、スカートをはいている。一一歳のノエラはもう一人の少女から離れず、救命ボートにつかまるようにしてくっついている。三人一緒に話を聞こう。

センター長の執務室からしか行けない木製の急な階段を上り、センターの最上階にしつらえられた小部屋に入る。女子用のこの部屋は、お姫さまを閉じこめる高い塔のてっぺんのようだ。ただし、かなりくたびれたアフリカ紛争地帯バージョンだが。私は窓から、ルワンダの丘や野原を眺めた。

ノエラとリュック、それにもう一人の少女の間に身を割りこませ、私の家族の写真やニューヨークの絵葉書、オレゴンコーストの絵葉書を見せる。運転手のセルジュがキニャルワンダ語を話せるので、通訳してもらった。森の中を走る自分の写真を見せ、会話の糸口を作る。「この森は、あなたたちがいた森に似ている？」

リュックが答えた。「うん。でもどこだかわかんない……」

するとノエラがあとを引き継いだ。「あたしたち、お母さんがいないことだけが嫌なの。お母さんのところに帰りたい」

「お父さんは？」

「どっちも大好き」

「アメリカの人たちに、あなたのことを知ってもらいたい？」

ノエラが手をもじもじ動かし、リュックが笑った。「白人の人が僕たちにごはんを食べさせてくれて、お父さんとお母さんのことが何かわかったら、白人の人に『バイバイ』って言っておうちに帰るんだよ」

「インテラハムウェのことは何か知ってる？」

姉弟はひそひそ話をして、リュックのほうがしゃべった。「インテラハムウェのことはわかんない。でも通りかかったらいつも金づちを持ったおじさんたちが、ダイヤモンドなんかの高い金属を探してたよ」。ノエラが弟を肘で小突き、睨みつけた。リュックが話し続ける。「そういう金属を探す人たちがいるって聞いたことがあるから、おじさんたちが山の中にいるのはきっとそのせいだよ……」

二人はまた囁き合い、相談し始めた。セルジュが言う。「何を話して何を言わずにおくか、相談している」

二人の態度を軟化させようと、私は言った。「時々、本当のことは言っちゃいけないって小さい子に言う人がいるけど、危なくない大人には言ったほうがいいのよ。本当のことを言えば気が楽になるかもよ」

ノエルが眉根を寄せた。ずいぶんと悩める少女だ。

そこへスタッフが口を挟んだ。「ルワンダから来て、道で警察に捕まったと話すこともあります。山から下りてきたと言うこともあります。村から来たと言うときもあります。二人を引き離すと、話題を変えてしまいます。二人を見つけたのは森の中でしたから、両親がインテラハムウェに関係しているのは間違いありません。ただ、そのことを話してはいけないと言われているのでしょう」

モーリスもつけ加えた。「インテラハムウェの両親がいる森から来たと言うと、自分の命を危険にさらすことになる。だからルワンダから来たと言うんだ。だが、僕たちはルワンダのことならわかる。向こうで仕事をしているからね。何かを隠しているんだ。この子たちは、秘密を守ることに関しては一流だよ」

別のスタッフが言った。「この子たちは森から来ました。家族の誰かに宛てた伝言を持って来ているんです。状況が落ち着いたらここに来い、というような」

最年少の少女が、トイレに行きたいと席を外した。

「僕も行きたい」。リュックが英語で言って私を驚かせたが、次の言葉はキニャルワンダ語だった。

「おしっこしたい」

残ったのはノエラ一人だった。私はベッドに移り、彼女の隣に腰掛けた。「私の姪も、あなたと同じくらいの年なのよ」と教える。「一三歳なの」。アリアの写真を見せてやった。「ご両親が早く見つかるといいわね」

ノエラは無関心そうに、危険を感じた動物のようなゆっくりとした守勢で動いていた。

「大きくなったら何になりたい?」

「ずっと子どもでいたい」

建物を出て正面の階段に立ち、群がる少年たちにアメリカから持ってきた写真や絵葉書を見せてやった。モーリスが通訳してくれる。「仕事をがんばれって言ってるよ。君はいいことをしているんだ」

少年の一人が、姪の写真を指さした。彼女が一〇歳のときに撮られたものだ。そしてこう言った。

「おっぱいはどこ?」

「そんなことは話したくないわ」私はつっけんどんに答えた。「そんなことは考えるもんじゃないわよ」

そこでノエラに目をやる。

翌日に再訪すると、最年少の少女がいなくなっていた。家族のもとへ送り返されたのだ。ノエラがここでたった一人の女の子ということになる。敷地内を歩く間、彼女はずっとセルジュの手を握っていた。写真を撮ったり、銃や軍服の絵ばかりが描かれた少年たちのスケッチブックを見たりする合間にも、私はトイレまでの道筋を確かめ、敷地内の死角を探し、集団の外側にいるノエラをしょっちゅう目で探した。

最後に、ムルハバジに聞いた。「男の子ばかりのところに女の子を置いていて、本当に大丈夫だと思いますか?」

人を殺すだけでなく、その、他にもいろいろ、いろいろしてきた男の子たちと一緒に。

ムルハバジの長い沈黙とまなざしから、出過ぎたことを言ってしまったのだとわかった。「彼女には個室が与えられています。女性スタッフもいる。あの子は大丈夫です」

9　私が泣くとき

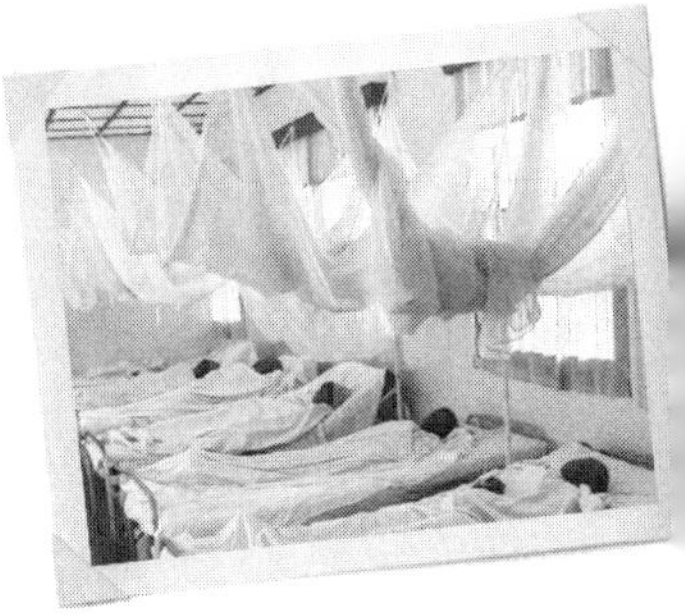

髪を針金製のアンテナのように折れ曲がったちりちりの編みこみにして、歯が抜けた笑顔を見せる七歳くらいのマリーという少女が、通路の反対側から私とカメラをじっと伺っている。彼女は回廊を縁取る不揃いなバラの茂みの間に立ち、派手な柄のアフリカンドレスに身を包んだ女性たちと一緒に待っていた。この場所の持つ重みと、集団暴行による膣瘻《ちつろう》患者としてはパンジー病院で最年少という自分の立場を、まったくわかっていないようだ。一瞬、彼女を撮影するか取材するかしようかと考えた。だが、とんでもないと結論づけ、カメラを隠す。少女はよそいきのスカートであちこち飛び回り、看護師たちとのおしゃべりに戻っていった。

　コンゴが女性にとって地上最悪の場所だとしたら、パンジー病院は性的暴行のグラウンド・ゼロだ。ケリーも同行しているこの病院は、膣と腸管または尿道を隔てる壁に孔が開いて塞がらなくなる、外傷性膣瘻という症状の治療センターとして名高い。膣瘻になると、常に尿や便が膣から制御不能に漏れ出すことになる。患者は悪臭を放つようになって、家族や村から追い出される。

通常、瘻は出産時のトラブルによってまれに発生するものだ。コンゴでは、外傷性膣瘻は銃や木の枝、割れた瓶などを挿入されるような性的暴行の結果としてよく見られる。

膣瘻病棟の外に立っていると、確かに悪臭がする。ほっそりとした白衣姿の、静かな気品をたたえたロジャー医師が、私たちを案内して病院の屋外通路ときれいに刈りこまれた芝生を歩き、「食事がよくない」（栄養失調の）子どもたちの脇を抜け、銃創に包帯を巻いた男性患者の列の横を通り、分娩室と帝王切開病棟を通り過ぎ、最後にこの膣瘻病棟まで連れてきてくれた。間違えようのない、長いこと掃除をしていない便器のような悪臭が、屋外通路にまで漂っていた。

この場所の空気は重い。センターに到着して、駐車場でセルジュがエンジンを切ったときに聞こえた泣き声と似ている。隅のほうで少女が体を折り曲げ、泣きじゃくる合間にスワヒリ語の嘆きの言葉を叫んでいたのだ。私は目をそらし、少女の泣き声を黙って聞きながら、フロントガラスに雨が当たるのを見つめていた。

ロジャー医師がマリーを呼び寄せ、彼女が五歳のときに集団暴行を受けたのだと説明した。彼女と仲良くなろうと試みる。「私のお姉ちゃんもマリーって言うのよ」と言う。「ロジャー先生が、あなたは私の国に来たことがあるって教えてくれたわ」

マリーがいったん部屋を出て行き、戻ってきたときはキンコーズで印刷されたような手作りふうのアルバムを持っていた。「アメリカのお友達」が作ってくれたものだろう。アメリカの誰かが彼女のことを知って、治療のために祖母につき添われて渡米するのを支援したのだ。教会だろうか？一般家庭だろうか？　テキサスの誰かだろうか？　よくわからなかった。

郊外の誰かの家にいるマリー、アメリカの家庭の台所にいる彼女の祖母、病院にいるマリーの写真をぱらぱらとめくって見る。彼女は何カ月もアメリカに滞在し、何回も手術を経て、体内を作り直すために最高水準の治療を受けた。

だがコンゴに帰国して一年後、彼女は合併症を起こして病院に戻ってきた。アメリカでの手術は失敗したのだ。彼女がなぜここにいるのかは、みんな知っている。私はそれ以上彼女に質問をしなかった。

膣瘻病棟では、ベッドの上に吊られたガーゼの蚊帳のように、患者一人ひとりの頭上に重苦しい沈黙が漂っていた。飾り気のない鉄製の病床が一二台並ぶ薄汚れた黄色い部屋で、女性たちが顎まで引き上げた白いシーツに包まれて横たわっていた。見えているのは頭だけだ。彼女たちは膣瘻手術からの回復を待っていて、抑えた好奇心でこちらを観察している。

看護師が私を促した。「何か彼女たちに伝えたいことはありますか?」

ケリーを見やると、あなたがどうぞと合図された。姉妹たちへの何百通もの手紙という後ろ盾があっても、暴行を受けた女性でいっぱいの部屋を目の当たりにして、これ以上ないというくらいの無力感を覚える。慌てて、訓練で長距離を走っていた間に頭の中で練習していたスピーチを思い出そうとした。

こうなったら、何でも思いつくことをつなぎ合わせて切り抜けるしかない。私たちが《ラン・フォー・コンゴ・ウィメン》を通じてどんなことをしてきたかを説明し、回復力と美しさとインスピレーションについて語る、彼女たちが私の英雄だというくだりまでたどり着こうとした。「みなさん……」

できない。何も出てこない。真っ白だ。

その上、言葉に詰まってしまった。私は泣き出していた。

いまや、部屋中の関心が私に向けられている。彼女たちは起き上がり、一心に私を見ていた。

私はもう何も言えなかった。

看護師が女性たちに何か言う。

何と言ったのか通訳に聞いてみた。

「看護師は、『この人はあなたたちのことをとても気の毒に思っている』と言ったんだ」

英雄ではない。美しさではない。回復力でもない。同情だ。私が言いたかったこととまったく逆のことだ。

看護師に促され、弱々しい拍手が起こる。――お辞儀でもするべきだろうか――？

私は、コンゴでは二度と泣くまいと心に誓った。


病院の活動センターとして使われている屋外の倉庫スペースに連れて行かれると、何百人もの女性たちがテーブルに沿ってすし詰めに並んでいた。ヘッドスカーフや色とりどりのドレスが美しいモザイク模様を描いているのに、工場式農場の家畜小屋にいるような印象を受ける。リサ・ジャクソンが撮影したドキュメンタリーで見た光景だと思い出した。彼女が「この人たちは全員がレイプされたんですか？」と聞くと、ガイドが答えていた。「全員です」

看護師がプログラムの説明をしてくれた。「毎日、最初にお祈りをして讃美歌を歌います。そして読み書きと算数、その他の技術を習います」。女性たちが織った蛍光色の黄色、ピンク色、オレンジ色のナイロンのバッグやマットを掲げてみせる。「これを売っています。裁縫もします。活動が始まる前は、みんなとても、とても悲しがっていました。心理的な問題がたくさんありました。隅っこで座って、ただ泣いていたのです。ですがこの活動をしていると、みんなとてもうれしそうです。とても、満足そうです」

カメラのファインダー越しに、彼女たちを観察する。ジャーナリストたちがこの倉庫に列を成して敬意を表しにやってくるのが、ここの慣例になっているのだ。頭のどこかで、親友のアンの警告が聞こえた。「コンゴに行って『レイプされた女性たちを見せてくれ！』なんて言うジャーナリストは腐るほどいるのよ。人間らしく行動しなさい。女性らしく行動しなさいよ」

彼女たちは、観察されていることがわかっている。撮影されることに同意しているのか、許可を求められることがどれほどあるのか疑問に思った。家畜扱いされているように、自分が誰でもないように感じているのだろうか。この倉庫に座っているというだけで、最大の屈辱を世界中に公表されて？　彼女たちの目を見つめる。そこにあるのは憤慨、無感覚、疑念、疲弊、怒り、退屈、防御……だが、満足？　それは見受けられない。

今度はちゃんとスピーチしたい。今度こそうまくやりたい。私はモーリスに向き直って聞いた。

「例の〝英雄〟のやつ、やってもいい？」

「ああ、英雄……」

「自分が尊敬する人みたいな。わかる？　自分が憧れる人のこと」

伝わっていない気がする。

私はケリーのほうを向いた。「スピーチなんかするのは恥ずかしいけど、この人たちはずっと待ってたの。期待されてるのよ。あなたもしゃべったほうがいいわ」。だがケリーは一歩下がっていた。

まるでしゃべるのは私の役目だという暗黙の了解がずっと以前に、多分ワシントンDCあたりでできていたかのように。

「みなさん！」わざとらしい陽気さで自分を鼓舞し、私は女性たちに向き直った。自分があまりにチアリーダーっぽく、部下の注意を引こうとしているように聞こえるのでぎくりとした。聴衆を見定めようとする。ナイロンのかごを編むのに集中している女性もいる。懐疑的に私を見ている女性もいる。「こうしてパンジー病院を訪問することができて、うれしく思っています。私たちのことを待っていてくれてありがとうございます」

社交的な看護師は明らかに集団をまとめるのに慣れていて、適切な口調――〝レイプ被害者に話しかけるときの〟口調を知っている。モーリスが英語をスワヒリ語に通訳し、看護師が安全のためにもう一段階フィルターをかけた。

「私はアメリカでテレビを見ていて、コンゴのことを知りました。そのときから、私の人生は大きく変わりました……」

二人の通訳を介して私の言葉が伝えられる間、私は聴衆を見渡し、これがどのように受け入れられるのか測ろうとした。どうもうまくいかなさそうだ。

そのとき聴衆が拍手し、笑顔もいくつか見えた。勇気づけられ、私は一段と熱をこめて、言葉の壁をできる限り低くしようと大きな手振りで話を続けた。「みなさんはきっとここでとても寂しい思いをなさっているでしょうが、アメリカではもっともっと多くの女性があなたたちのことを知って、手を差し伸べています。みなさんは一人ではありません。私たちがみなさんのことを思っていて、できる限りのことをしています」

喝采が起こった。私はケリーに微笑みかけた。うまくいっている。

「ありがとう！　でもみなさんに知ってほしいのは、コンゴの女性たちが私の、私たちの英雄だということです。みなさんのような経験を経て生き続けるということは、とてつもない力と内面の美しさを必要とすることだからです。みなさんの一人ひとりには、民兵など手も触れられないような美しい何かがあるのが私には見えます」

歓声が沸いた！

私は両手を上げて拍手をし、女性たちを指さして宣言した。「私たちはみなさんに対して拍手します！」

通訳も必要ない！　喜んでもらえた！　大喝采が湧き起こり、笑みが浮かび、「ンディオ！　そうよ！」という叫びまで聞こえた。

通訳がこちらに身を寄せた。「君の存在が彼女たちに大きな影響を与えているよ」

ざわめきが収まると、私は問いかけた。「誰か、ぜひアメリカの女性たちに言いたいことがある、と思っている人はいますか？」

かさばるピンク色のセーターを着てヘッドスカーフを巻いた、控え目で素朴な雰囲気の若い女性が前へ進み出て、直接カメラに向かって口を開いた。

「あります。この場所に来てくれて、お二人に感謝します。アメリカの他の女性たちにも、私たちのひどい状況について考え続けてくれるよう伝えてください。そしてコンゴの女性のためにあなたが作ったこのプログラムも途中で挫折しないで、最後までやり通してください」

女性はこみ上げる感情を隠すかのように両手で顔を押さえ、そして唐突に泣き出した。

私は涙をこらえながら、女性の肩に手を置いた。彼女はすすり泣きの間もしゃべり続け、「ママ・アメーリカー」と繰り返していた。

通訳が簡潔に、「アメリカの女性からの支援を求めて泣いている」と説明する。

涙ながらに彼女は叫んだ。「私たちはレイプされたから治してもらうためにここに来ました！でも、村に戻ればまたレイプされるかもしれないんです。四人、五人、六人の男たちに！」

本能的に私は女性を抱き締め、泣き続ける彼女をあやすようにした。

そこへ看護師が割って入った。「この心理的問題から脱するため、楽しくなる歌を歌いましょう」女性が自分の席に戻ると、看護師がテーブルを太鼓代わりに叩いて女性たちを先導し、歌い始めた。歌詞には私でもわかる言葉、「アーメン」が繰り返された。

スタッフが私たちを膣瘻病棟の外れにあるマリーの個室に案内し、集会で発言したピンクのセーターの、素朴な顔立ちの女性と話をさせてくれた。彼女は二二歳、口調も穏やかな内気な独身女性だった。

「パンジー病院にはどうして来たの？」

「治療のために」という答えが返ってきた。

「何の？」用心深く伺うような口調で聞く。

「尿です」

「どうして膣瘻になってしまったの？」できるだけ優しく訊ねた。

「家で寝ていたら、悪者たちがやってきました。そして両親と兄弟たちを起こしました。うちは八人家族で、私だけが女の子だったので、やつらは兄弟たちと両親を殴りました」

彼女は泣き出した。「それから、やつらは兄弟や両親の前で私に性的行為を行い始めました。終わると、金属を取り出して私の膣に入れたので、それで膣が破けてしまいました」

「それはいつのこと？」

「二〇〇四年六月です」

「パンジーにはいつからいるの？」

「二年前からです。私の家は遠いので、家族とは連絡を取っていません。看護師さんたちと先生が面倒を見てくれるだけです。家族に会いたいけど、またあの悪者たちに連れて行かれるのが怖いです」

「『悪者』って言ったわね。あなたをレイプしたのは何者なの？」

「フツ族です」

「インテラハムウェ？」

「ンディオ」。イエス。

「将来のことを考えて、何か望むことはある？」

「治ることだけです。将来については、神に委ねます」

頬を濡らし、彼女は窓の外を見やった。「今になっても、私の心は治っていません。私は、とても不安定な状態です」

ドアが開き、誰かがマリーのおもちゃのカエルを取りに入ってくる。

女性は泣き続け、スカーフで目を拭った。「私は生きてはいますけど、自分が人間だとは感じられません。自分に起こったことについて考えると、心が遠くにあるように感じます。私に性的行為を行った五人の男たちのことを考えて、自分が殺されたような気分になります。アメリカに戻ったら、私のことを思い出してください。この状態から抜け出せるとは思っていませんから。この先一生、パンジー病院が我が家になるような気がしています。問題はたくさんあります……私の膣には、傷がたくさんあります」

――どうすれば優しく話を終えられるだろうか――？　看護師のやり方を真似て、私は頼んだ。

「歌を歌ってくれる？」

彼女は愛らしい、親しみのある声で歌った。

自分が受けた苦しみを思い出すと、私は本当に泣いてしまう私が泣くとき、自分がどのように苦しんだかを思い出すそれは本当の意味での苦しみだったから……

荷物をまとめていると、針金のような編みこみとよそいきのスカートがドアの隙間から覗いているのに気づいた。小さな手が取っ手にかかっている。マリーが頭をちょっとだけ覗かせて、壁をこすった。笑みを浮かべてドアの後ろに隠れ、手だけを見せる。

私は歌うように呼びかけた。「こんにちは、マーリー……」

少女の指がそろそろと戻り、ドアの隙間で止まる。

「マーリー、どこかなあ？」

カメラを取り出し、廊下でドアの後ろに隠れている彼女を見つけた。彼女に見えるよう、カメラの液晶画面を向けてやる。大喜びで夢中になり、彼女は歓声を上げた。撮影される自分を見ながら、カメラを追いかけてくる。私は彼女をもてあそんでいるのかもしれない。自分の思い出のためだけにしているのかもしれない。だが、この映像だけは絶対に誰にも見せまいと、私は心に誓った。

10　ピーナッツと少女

ピーナッツとパンを買おうと、私たちは市場に立ち寄った。私は後部座席でメモに没頭しながら、セルジュが戻ってくるのを待っていた。ふと顔を上げると、年の頃一一歳くらいの少女がすぐ横の窓の外に立って、私を見つめていた。手を差し出しこそしなかったが、物乞いのように見えた。書類に視線を戻す。だが、書類を見下ろしながらも、少女の顔が頭に焼きついていた。こけた頬、剃られた頭。そして痩せている。再び顔を上げ、少女の骨のような肩と腕を観察した。飢餓状態の痩せ方、ホロコーストのような痩せ方だ。

モーリスに、もう一キロ余計にピーナッツを買ってくれるよう頼むと、はち切れそうな、サッカーボール大のビニール袋を持って来てくれた。少女は任務を放棄して数歩下がっており、私は彼女に向き直って視線を合わせた。かすかにうなずき、彼女を招き寄せる。ピーナッツを目にした少女の目が、一瞬飛び出しそうになった。

窓を下ろし、少女の手にピーナッツの袋を渡す。彼女がタンパク質とカロリーの山をわしづかみにすると、モーリスがうれしそうに、歓声に近い笑い声を漏らした。混み合うブカヴの道を走り出し、環状交差点に向かいながら、私は考えていた。

——あの子は飢え死にしかけているのに、私があげたのは何だった？　ピーナッツだ。パンがないなら、ピーナッツでも食べさせればいいわ——。

数秒後、車がオーキッドに向けて曲がるときに、彼女がまた視界に入った。中央分離帯に立ち、大事な赤ちゃん人形のようにピーナッツの袋を抱きかかえ、手を突っこんでは豆を一握りずつ口いっぱいに頬張っていた。

11　民兵は霧のかなたに

でこぼこで、埃まみれで、穴だらけの「ブラずらしロード」（と、ある友人が呼んでいた）を五〇キロ走ったあとで四駆から降り立った私は、すっかり車酔いしていた。地元の自然保護活動家であるエリックと一緒にブカヴからカフジ＝ビエガ国立公園まで五〇キロ走るのに、一時間半もかかった。ここはコンゴ東部の森林で、動物学者のダイアン・フォッシー（映画『愛は霧のかなたに』で知られる）が霊長類研究を始めた場所だ。後に、彼女はコンゴでの政情不安から国境を越え、ルワンダへ研究の場を移すことを余儀なくされた。

カナダ人環境保護活動家の友人に、検討中のカーボンオフセット事業の候補として、エリックの活動を見てきてほしいと頼まれていた。コンゴ盆地の森林は、アマゾンに次いで世界第二の規模を誇る熱帯林だ。コンゴ民主共和国は世界中の二酸化炭素蓄積量の八％を有しており、世界の気候危機解決にはこの場所の保全が肝要なのだ。

エリックは私よりほんの三歳年上で、その明るくて「みんな友達」というようなアフリカふうの笑顔からは、戦争の爪痕を見ることはできない。一九九二年、二〇歳のときにエリックは小さな非営利団体を立ち上げた。目標はゴリラを保護し、国立公園とそのすぐ外にある自分が生まれ育った村との間の摩擦を緩和することだ。

国立公園のすぐ外にあるエリックの現地事務所で、私は彼の隣に立ってコンゴで初めて目にする記念碑を見つめていた。壁に、額に入った八×一〇サイズのゴリラの写真が並んでいる。「これはみんな公園内で殺されたゴリラだよ」とエリックが言い、最愛のペット犬について語るときにしか見ないような情愛をこめて一頭一頭説明してくれた。「ニンジャ、一九九七年四月に反乱軍に殺された。マヘシェ、一九九三年に密猟者に殺された。ソソは赤ん坊と一緒に、一九九八年に反乱軍によって殺された」

実物よりも大きなゴリラたちの壁画が反対側の壁を飾り、それぞれの下に名前が書かれている。棚には手彫りのゾウやサイ、チンパンジーの置物が並んでいる。これは活動開始初年度にエリックが立ち上げた取り組みで、観光客向けの土産物を彫るよう、密猟者たちに技術指導を行った成果だ。彼ら地元住民がエコツーリズムを通して他に生計を立てる手段を見つければ、密猟をやめてくれるだろうという狙いがあった。だが問題は、森林を訪れる観光客のほとんどがルワンダ経由でしか来ないことだった。一九九四年四月には観光業が消滅し、エリックが簡潔に言うことには、「木彫プログラムはだめになった」

一九九四年七月、この森林にルワンダから大量の難民が流れこんだ。そのときのことをエリックはこう説明する。「公園から三キロのところに、三つのばかでかい、とにかく巨大なキャンプが設置された。UNHCRが政府と協力して運営を支援した。人々はやってきてキャンプで生活するだけじゃなく、村の中で木を伐り始めた。密猟が盛んになり、炭を作るために公園内の木まで伐るようになっていった。彼らは物資を求めて村に来た。バナナとか、木切れとかを求めて。最初に言ったのは『助けてください、私は難民なんです』。次は、『仕事はないですか？ バナナで払ってくれればいいです』。たまには盗みを働く者もいたけれど、大半は礼儀正しかった。僕たちも、難民を尊重していた。彼らは国連の取り決めに従ってここに来ていたわけだから。

キャンプは一年半そこにあった。

僕たちは、彼らが国連の枠組みで難民と定められた人々だという以外には、何も知らなかった。だが一九九六年、カビラがルワンダ軍と共にモブツ大統領に戦いを挑み、キャンプから難民を追い出しに来た。兵士たちはこう言った。『やつらは難民なんかじゃない。ルワンダで殺戮を行ったインテラハムウェだ』。僕たちは混乱していた。彼らは難民なんだろうか、インテラハムウェなんだろうか？

キャンプは僕たちの村の中にあったから、難民が追われるとき、ついでに僕たちまで追われてしまった。朝の九時だったよ。村で両親と一緒にいたら、『タタタタ』って音が聞こえた。銃声だ。持てるものだけ小さい袋に詰めこんで逃げた。僕も両親もそれぞれ荷物を背負って、公園のほうへ向かった。そこに隠れようと思ったんだ。でも、途中で前方の森林から爆撃の音が聞こえてきた。『だめだ、だめだ。あそこに行けば死んでしまう』

僕たちは、公園の境界線に沿って北へ向かった。どこに向かっていたのかもわからない。とにかく進んだよ。もう疲れ果てていた。丸一日歩いていたからね。あたりは暗くなり始めていた。その頃には、もう難民たちと一緒じゃなかった。みんな、自分の身を守るだけで精いっぱいだったんだ。

公園の中へ行けば、爆撃に遭う。村へ行けば、戦闘に巻きこまれる。だからこう決めた。「ここにいよう。ここで殺されるなら、それも仕方ない』

戦闘は翌日も続いていた。軍が追っているのは難民と戦闘兵であって、ザイール人じゃないことはわかっていたから、僕と三人の友人が帰宅を試みることにした。村に着くと、兵士が大勢いた。そのうちの一人に行き会うと、『おまえら。止まれ』と言われた。

僕たちは両手を上げた。『僕たちはザイール人だ』

『どこへ行く?』と聞かれた。

『家に戻って、家族のために取ってきたいものがある』

ルワンダ人兵士が家の場所を聞いて、鍵を見せろと言ってきた。そして玄関を開けさせた。それからこう言ったんだ。『ここに戻って来てもいいと家族に伝えろ。俺たちはザイール人の敵じゃない。俺たちの敵はインテラハムウェとモブツの軍だ』

その晩、僕たちは森へ戻り、家に戻れるとみんなに伝えた。でも、大勢が殺されたよ。『私はザイール人です、私はザイール人です!』って言ったのに、兵士が『いや、おまえはインテラハムウェに見えるな。殺してやる』って言ったんだ。

僕の村では、九人の男性がルワンダ人かカビラ軍に殺された」

「その後、ルワンダ難民を見ることはあった?」と聞いてみる。

「みんな、いなくなったんだ」

衝撃的な話だった。一年半の間、二〇〇万人の難民がコンゴのキャンプに暮らしていた。それが、たった一晩で消えてしまうなんて。「どこへ行ったんだと思う?」

「ラジオで、全員殺されたかどうかしたって言ってたよ」

公園の入り口にあるコンクリートのビジターセンターには、「ユネスコ世界遺産登録地」と書かれた看板がかかっていた。中はがらんとしていて、あるのはプラスチックの椅子がいくつか、部屋の隅で画質の悪いビデオ映像をリピートし続けるモニター、そして土産物が二種類だけだった。Tシャツ一枚と本一冊だけの土産物のうち、私は本を購入した。

次に足を踏み入れた部屋は、胸の高さまで頭蓋骨で埋め尽くされていた。すべて、密猟者や民兵に殺されたゴリラ、ゾウ、レイヨウ類の頭蓋骨だった。エリックによれば、一九九八年から二〇〇三年の間だけで、四五〇頭のゾウが殺されたのだそうだ。公園内のゴリラの頭数も戦争が始まってから今までの間に、二六〇頭いたものが一三〇頭まで半減した。

「二回目の戦争、RCD戦争のほうが壊滅的だったよ」とエリックが教えてくれた。「大勢の人が殺された。インテラハムウェや兵士だったからじゃない。ビジネスマンってだけで殺されたんだ。つまり、勉強したからという理由で殺されるんだよ。少しでも影響力を持ちそうな人間はすべて排除するっていう作戦みたいだった」

そして、エリックはしばらく口を閉ざした。

「……そうだな。ものすごくたくさんの人が死んだよ」

彼は話を続けた。「あれ以来、公園の中が危険になった。さまざまな理由から、公園内での活動が難しくなっていった。公園内で略奪が起こったり、中を通過してきた人が森に難民がいると言ったり。（難民は）安住できず、食料を求めていた。そのために人殺しをしたり、鉱山で盗掘するようになっていた。やがて公園のレンジャーを襲い、殺すまでになって、さらに周辺の村へ行って強姦し、略奪し、殺し、そして森へと戻るようになっていった。

僕たちの仕事はとても、とても……悪くなったよ。略奪に遭って、多くのものを失った。怖かったし、ストレスも受けていた。そして一種の共存関係を築くようになった。近隣に新しい軍司令官が来たと聞けば、会いに行って仲良くなって、問題が起こらないようにするんだ。

一度、コルタン鉱石の採掘について情報を得るため、ジャーナリスト二人と森へ入った。建前上、そこにRCDはいないはずだった。だけどそこにいるのは全員がルワンダ編隊だったんだ」

――ルワンダ軍がコルタン採掘現場の責任者？　ふむ――。

コンゴについて人前で話すとき、きまって後ろのほうに座っている熱心な出席者が挙手して聞く。

「で、これで誰が利益を得ているんですか？」

コンゴ民主共和国は、地球上でもっとも鉱物資源が豊かな国のひとつだ。一一〇〇種類以上の鉱物が地中に埋まっており、その中にはダイヤモンド、金、銅、コバルト、タングステンなどが含まれる。そして、携帯電話やノートパソコン、ビデオゲーム、デジタルカメラなどの電化製品に使われる重要な半導体であるタンタラム（別名コルタン）に至っては、世界の埋蔵量の一五・二％がコンゴにあるとも言われている。

国連は、紛争に関与したすべての国に対し、戦争を隠れみのにして略奪を行ったと非難を浴びせた。コンゴの鉱物資源の違法貿易によって、武装集団が年間一億八五〇〇万ドルもの利益を上げているると見積もる者もいる。ルワンダのような国は、コンゴからの略奪品で何億ドルも儲けているのだ（たとえば、ルワンダ最大の錫鉱山の生産量は月間五トン程度だ。だがルワンダは、六カ月間で二六七九トンの錫輸出量を計上している）。国連の調査によれば、ルワンダが一九九〇年代後半にコンゴ東部を制圧した際、何百万ドル分ものコルタン、錫石、ダイヤモンドをルワンダへ密輸したと言う。『ニューヨーク・タイムズ』が、あるルワンダ政府高官の発言を引用している。「空港で、将校たちが現金をいっぱいに詰めこんだスーツケースを持ってコンゴから帰ってくるのをよく見ました」

エリックが話を続けた。「RCDは、空港も支配下に置いていた。僕とジャーナリストたちを逮捕して、空港へ連れて行ったんだ。六〇〇ドル渡したけど、それでも解放してもらえなかった。小さな部屋に閉じこめられてね。妻が、キガリにいるパートナーに電話した。そのパートナーがロンドンに電話をして、そこからキンシャサの大使館へ連絡が行った。大使館が国連に電話をして、翌日、国連が僕たちを解放しに来てくれた」

「あなたが活動している地域では、誰かが攻撃を受けたり殺されたりしたことはあった？」

エリックは大きな笑みを浮かべた。きっと、質問のナイーブさに失笑したのだろう。「何千回もね」というのが彼の答えだった。

二〇〇一年一月、ローラン・カビラが暗殺され、息子のジョゼフ・カビラがコンゴ民主共和国大統領として後を継ぐ。紛争は形式的には二〇〇三年をもって終結し、多くの国の軍や代理民兵組織が引き揚げていったが、インテラハムウェは公園内に居残っている。南キヴ州全域の住民は、一五年間絶え間なく続く共同殺戮行為から、今でも「共に殺す者《インテラハムウェ》」という名で彼らを呼び続けている。

「公式には――建前上は――戦闘は終わったことになっている」とエリックは言う。「だけど、裏ではいろんなことが起こっている。パークレンジャーには、以前のように公園を管理できるよう、銃の携行が再び許可された。時々、レンジャーが公園内でインテラハムウェと鉢合わせすることがある。レンジャーは武装している。インテラハムウェも武装している。相手は敵だ。だからお互いに発砲する。軍の定法だよ。そして戦闘が起こる」

「インテラハムウェに殺された公園の保護官は何人?」

「六人」

「あなたもインテラハムウェに遭遇したことがある?」と踏みこんでみる。

「二年前にね。僕は農村開発の学位のために勉強を続けていた。二〇〇五年に、公園西側の高地におけるコルタン採掘について調査をしたんだ。住民や鉱山労働者たちがキャンプを張っている採掘場に、現場まで、三時間かけて歩いていった。労働者たちに話を聞いて情報収集していたら、突然銃を持った男たちがやって来た。軍服は着ていなかった。民間人が銃を持っていたんだ。

鉱山労働者が言った。『心配しなくていいよ、あれはインテラハムウェだ。税金を払わなきゃいけなくてね』

ここで税金を回収するのは彼らなのか、と聞くと、鉱山労働者が答えた。『ああ、たまにね』

そしたらインテラハムウェが鉱山労働者に、僕のことを訊ねた。『こいつは何だ?』

『ブカヴから来た学生だよ』

インテラハムウェが僕に聞いた。『おまえ、ここでパークレンジャーに会うのか? おまえは何かの役人か?』

僕はこう言った。『すみません、僕は学生なんです。よくわからないんですけど……』

そしたら、『何も知る必要はない。ただ採掘者の話を聞いていればいい』と言った。

怖かったけど、幸いにも僕は学生っぽい格好をしていた。連中は金を回収して去っていった。乱暴ではなかったし、住民に圧力をかけているわけでもなかった。初めてじゃなくて、前からなんらかの取り決めがあるような感じだった。連中がいなくなってから、僕はコンゴ人たちに聞いた。『あの人たちはどうしてここに来るんですか？　どういう関係で？』

『この鉱山キャンプが彼らのものなんだ』という答えが返ってきた。『ここで掘り出す鉱物資源から得た収入の一定割合を、彼らに渡す約束になってるんだよ』

『どうやって？』

『俺たちが持ってる採掘現場と、やつらが持ってる採掘現場とがあるんだ。やつらの採掘現場でも、俺たちは掘る。たとえば一〇キロ採れたとするだろう。きっちり半分に分けて、連中が五キロ、俺たちが五キロ取る。だが俺たちの採掘現場なら、ただ税金を払うだけですむ』

『いくらぐらい？』

『場合にもよるけど、交渉次第かな』

『どうやって交渉するんですか？』

『交渉はな……収量の一部を隠すんだ。たとえば、一〇〇キロ掘れたのに、一〇キロだけ見せて一〇ドル払うとかな。でもその話はあまり聞かないでくれ』

『わかってます』と僕は答えた。『でも僕はただ調査に来ただけの学生ですから』

そしたら『調べた情報をどこに持ってくんだ？』と聞かれた」

ここで、エリックは笑みを浮かべた。「だから答えてやったよ、『大学にですよ』ってね」

民兵組織が鉱山地域を支配している。彼らは自ら鉱物資源を輸出したり、採掘作業を行う地元住民から〝税金〟を徴収したりしている。誰もが一枚噛んでいるようだ。いかがわしい契約を画策する腐敗した官僚。他国の民兵組織。民兵組織を支援する他国政府。コンゴ軍。マイマイなどの地元出身民兵組織。そしてもちろん、南キヴ州の鉱山の大半を支配するインテラハムウェ。

『ニューヨーク・タイムズ』は後に、コンゴ軍から離脱した部隊が、鉱物資源が豊富な辺境の地を支配して運営する事業の取材記事を掲載した。ジャーナリストのリディア・ポルグリーンによれば、その部隊は「視界に入るすべての丘を支配している」。対抗者もない彼らは超低賃金で地元住民を雇って採掘させ、原鉱を担がせて、辺境の森の中から山道を通って最寄りの道路まで運ばせる。そこでトラックに積みこんだ荷は滑走路代わりの直線道路まで運ばれ、ソビエト時代の貨物機に積み替えられて首都のゴマやコンゴ国外へと運び出されるのだ。

このパイから分け前を取るとなると、どのくらい儲かるのだろう？　ある当局者は、この事業では〝税金〟だけで三〇万から六〇万ドルが稼げると推定する。年商八〇〇〇万ドル相当の事業だと考えられているのだ。

商品はルワンダやウガンダといった国々に違法に輸出され、そこから主にアジアの処理工場に運ばれる。そして最終的には大企業がそれを買い、この〝紛争資源〟をダイヤモンドの婚約指輪やソニーのプレイステーション、おしゃれな新品のマックブック・エアー、もう手放せないブラックベリーなど、私たちの大好きな消費財として世界中に流通させるのだ。

だが、反乱軍が鉱物資源を支配するには、その地域を支配しなければならない。地域を支配するためには、人々を支配しなければならない。そして人々を支配するには、昔からある定番の方法、すなわち恐怖が用いられる。あるハーバードの研究者いわく、まるで「誰がもっとも残忍か、武装集団同士で競争しているかのようだ」

歩き続けながら、エリックはこの地域での紛争にまつわる話を次から次へと教えてくれる。彼らの事務所は襲われ、略奪された。二〇〇四年には、ヌクンダの民兵が自宅までやって来た。「妻と三人の子どもたちがいる自宅を襲ったんだ」とエリック。「『ヌクンダの配下からエリックに伝言だ』と言った」

「あなたの名前を知っていたの？」

「ああ。連中のほとんどが空港かその周辺で働いていたんだ。一万ドルよこさなければ殺すと脅してきた。連中は僕の妻を見つけた。妻は、服の中に全財産を隠し持っていたんだ。妻を小突き回した挙句、連中は金を見つけた。連中が金を数えて分け合っている間に、妻は男たちの脚の間から逃げ出して隠れた。

女性たちは全員レイプされた。思い出したくもないよ。僕たちは運良く助かった。みんなが、『エリックがどこにいるかなんて知らない』と僕たちをかくまってくれたんだ。ある家に二週間も隠れていた。パスポートと車、そして家族は無事だった。他はすべて失ってしまった。自分が死ぬところが見えるようだったよ。それから、ブカヴに移ってきたんだ」

今、エリックは毎日公園まで通勤している。

私は訊ねた。「解決策はないの？」

「一番の懸念事項はインテラハムウェだ。やつらが問題の中核を成しているから。ねえ、リサ、『そんなのコンゴ人の問題だろう』って言うのは簡単だよ。でもインテラハムウェをここに連れてきたのは国連なんだ」

――国連が彼らをここに連れてきた。私たちが彼らにバナナを与えた――。

「仕事を辞めようと思ったことはない？　こんなに危険なのに」と聞いてみる。

「僕の母国は、五〇〇万人の国民を失った。僕が彼らより優れていたわけじゃない。僕はこの仕事を二〇歳からやっている。苦境であろうと貧乏であろうとずっと働いてきたから、何も止めるものなんかない。環境とは何か、僕はわかっている。自分の故郷を支援しなければ」

「怖くはない？」

「解決策はいつだってあるさ。故郷の村にある自宅で襲われたから、家族を連れてブカヴへ移り住んだ。故郷に戻って捕まったら、交渉すればいい。殺されさえしなければ、どんな問題にだって解決策は見つけられるよ」

そして彼は微笑んだ。「そう、殺されさえしなければね。コミュニティのために死ぬのなら、本望だ」

――私はと言えば、リサイクルしただけで自分を褒めていたというのに――。

12　サトウキビ

エリックが四駆を降り、カフジ＝ビエガ国立公園の端にあるピグミーの村へと私たちを案内していくと、きれいに刈りこまれた茶畑の間を小さな頭がひょこひょこと上下しながら、こちらへ抜けてきた。

子どもたちが現れる。うん、確かに小さい。ただ、お互いに並んで立っているのを見ると、そこまで背が低くは見えない。私たちは曲がりくねる長い小道を通り、不揃いに伸びたお茶の茂みの真ん中に孤島のようにぽつんとある、村と呼べないこともない崩れかけた小さな泥壁の家の集落へとたどり着いた。男も女も、興味津々で私のあとをついてくる。エリックが子どもの頃からこの村を訪れているので、私は歓迎され、藁と棒切れで作られた小さな円形の小屋に通された。男たちが室内を埋め尽くし、私はタック入りパンツと薄汚れたTシャツ姿の村長に紹介された。最初は、戦争が村に及ぼした影響について、一般的な話をする。略奪、レイプ、そして選挙後に生まれつつある安心感について。村長は単刀直入に言った。「サトウキビがあるなら、置いていってくれていい」

――ちょっと砂糖をちょうだい、って――？　つまり、現金をよこせ、と。

「サトウキビは持っていないんです」と答える。

ほとんどの人はそこでやめるだろう。エリックは礼儀正しすぎて、寄付が求められていることを私に教えられないので、私は相手の機嫌を損ねることも含め、好きなようにやれる。森林の澄んだ空気のせいか、気分が大きくなった私はつけ加えた。「サトウキビを差し上げてもいいんですが、それではあなたの尊厳を奪うことになってしまいます。私は自立の精神を信じているんです」

おっと。あんまり感心してはもらえなかったらしい。

村長が会合の唐突な終了を合図した。小屋を出ると、村の女性たちが地面に座ったまま、私を睨みつけてきた。知るはずがなかった。一九九〇年代前半に出版された『ロンリープラネット　ザイール』でどうやら見落としたらしい、ちょっとした旅のコツだったのだろう。ピグミーを訪ねるときは、伝統あるサトウキビの捧げ物を絶対に拒まないこと。

エリックに、森での生活を覚えていそうな年配の女性を探してくれるよう頼んだ。数分後、村の外側にある小さなベンチに、二人の女性が並んで腰掛けた。五〇歳のシファと六〇歳のセシルは二人とも、額から鼻の中ほどにかけて傷が走っている。私はビデオカメラのスイッチを入れ、そのことを聞いてみた。「二人とも同じ場所に傷跡があるのね？」

「おしゃれのためだよ」。シファがぶっきらぼうに答えた。そして話し始める。「暮らしは大変だった。食べるものがなくってね。まるで動物のように暮らしていたんだ。エイドリアンって名前の白人の男が、あたしたちを森から連れ出した。もっといい生活をさせてやるって約束したんだ。それでここに来たけど、思ってたほど快適な暮らしはしてないね」

シファは、相当辛辣な女性だった。白人のやり口に対して長々と不満を訴えながら怒り続け、一項目挙げるごとに叩く手はリズミカルですらあった。「畑はない。耕す場所もない。今でも野生動物みたいな生活だ。収入源も、家畜もない。ここにある家じゃあたしたち全員には足りないんだから、住む場所を与えてくれたわけでもない。あたしたちの村を持たせてくれなかったんだから、約束を破ったんだ。バントゥー族はあたしたちが混じるのを嫌がるから、バントゥー族と一緒に暮らすこともできない。あたしたちは毎日ここで過ごしてる。食べ物を手に入れるには、ザイール人の農場で働かなきゃいけない。他に頼れる相手がいないんだ。自分の家にいたって安全じゃない。小さな商売を始めたり、農業をやるために家畜を手に入れたりするには金がいる。あたしたちがどれだけ痩せてるか、見てごらんよ」と言って彼女は袖をまくりあげ、自分の細い腕をつかんで見せた。「野蛮な生活をしてるからだ。貧しいからだ」

私は、シファの生意気で遠慮のない態度が気に入った。「服だって大変なんだよ」と彼女は続けた。「子どもたちの教育について考えてくれて、エリックの組織にはほんとに感謝してる。男たちにちょっとした仕事を与えてくれて、公園にも感謝してる。でも、それじゃ足りないんだ。あたしら女たちは、いまでも何にもしてない。あたしたちだって、よその女たちみたいに小さな商売を始めたいんだよ。カヴムでは女たちが行商をしてる。あたしたちも商品を仕入れて、他の人たちみたいに売りに行きたい。カヴムやブカヴの女たちみたいに元気に仕事ができれば、あたしたちだって大満足だ」

「どうしてそれができないの？」

「ここに来るのはエリックだけだからさ。他の連中は、あたしたちのことなんか考えちゃいない」

「私は、あなたたちに一人二〇ドル渡すつもりよ」。私は言った。「その話はこれくらいにしましょう。インテラハムウェのせいで村に何か問題が起きたことはある?」

「問題は大ありだよ、人が殺されてるんだから。時々連中がやってきて……」

「最後に来たのはいつだった?」

「昨日はあっち側に来たね」と言い、彼女は村の向こうの丘を指さした。

「インテラハムウェが? 昨日ここに来たの!?」

シファはうなずいた。「月曜にね。五軒回ってった。あいつらは今も公園に住んでるから」

二人は、不満げに首を振った。シファがまた手を叩いて言う。「家の中に入ると、やつらは食器も持ってくし服も持ってくし、人の上で寝てったりもする」

「インテラハムウェに『上に寝られた』女の人は、どれくらいいるの?」

「やつらはザイール人を狙うからね。あたしたちの中でレイプされたのは一人だけど、それでかかったんだよ。HIVをうつされたんだ。それで、彼女の夫がHIVで死んじまった」

「インテラハムウェが、村の人を殺したことはある?」

「あたしたちの仲間を殺したことはないけど、隣の住民が殺されたらそのうちこっちにも殺しにくるのは確かだね。あたしたちの仲間は誰も殺されてないよ……今のところは」

「最初にエイドリアンと会ったときのことは覚えている?」

シファが再び答える前に、女性二人は言い争った。「あの男は客みたいにしてやって来たんだ。鳥を撃ちに来てた。一回ヨーロッパへ帰って、次に来たときは武器を持ってた。それで、ゾウを撃ち始めたんだ。あの白人がゾウを殺してあたしたちに肉をくれたから、あたしたちはザイール人の村に行って、普通の人みたいに食事ができるよう、肉をバナナと交換した。そのうち、エイドリアンは公園が自分のものになったんだって言い出した。そのうち戦争が起きるかもしれないとも言った。逃げ出さなきゃ殺される、って。

あたしたちが暮らせる広い土地を他に探すって約束した。あたしたちが公園を彼のものにさせるようにね。森を出たのは一九七二年だったよ。セシルにはもう二人子どもがいた。大きな山を二つ越えて、あたしたちは他の人たちと一緒になった。父親たちや祖父たちはもう死んだよ。約束された土地は見ないままにね。

そしてここへやって来た。ザイール人たちは、あたしたちのせいで自分の土地が狭くなるのを拒否した。あたしたちがずっと森の中にいればいいと思ってたんだ。あたしたちは結局、ここに住む場所を与えられた。

あたしたちの声が他の人たちに届くよう、どうか助けておくれ。あんたがいてくれると、あたしたちは忘れられたわけじゃない、あたしたちのことを気にかけてる人が他にもいるって思える。希望が持てるんだよ」

私はカメラのスイッチを切った。そして、曾々々々祖父のジョージ・ハーキンスの話をした。一八三一年に、アメリカ先住民のチョクトー族の首長だった人物だ。強制移住が行われた「涙の旅路」の時代、いわゆる「文明化五部族」［チェロキー族、チカソー族、チョクトー族、クリーク族、セミノール族］が故郷の土地を捨て、何百キロも歩いて新たに作られた特別保留区へと移り住んだ。私のご先祖様は、有名な抗議文を書いた。私は、その内容を思い出しながら噛み砕いて、シファとセシルに話して聞かせた。

「我々チョクトー族は、我々の声が聞き届けられない下劣な法の影響下で生きるよりは、苦しみながらも自由でいることを選ぶ……我々はあたかも行き暮れた旅人のようで、偽りの道標に従って進み、気づけば周りを炎と水に取り囲まれていたようなものだ。炎は明らかに破滅の道であり、水から逃れる希望はわずかしか残されていなかった。かすかに見える対岸の景色が、希望をかきたてる。そのまま残れば、必ずや全滅してしまう。誰がためらうだろう、誰が自ら進んで水に飛びこんだと言うだろう？　究極の苦痛は、我々に移動を強いた命令だ。その命令が、友人を名乗る者の口から出たことが悔やまれてならない……我々の周囲に杭を打ち、線を引くと言った者……そのような線は守れないと真っ先に言い、杭を引き抜いて線をすべて消した者……我々にかまわないでくれ。我々はあなたたちを傷つけたりしない、ただ安らかに過ごしたいだけだ……迫害の手が我々に対して伸ばされるとき、合衆国の全土から警告の声が響き、山や谷を埋め尽くすことを願いたい……そしてこう言うのだ。やめろ、おまえに支配する権利はない、君主は我々であり、我らの友人をこれ以上煩わせてはならない、と」

彼女たちがものすごく考えているのが見て取れる。こんなことが過去にもあったのか、と思っているのだろう。他の場所で、他の人たちに。関心を覚えたようだ。新しい情報を消化しようと、シファが質問した。「その『涙の旅路』のときは、ピグミーも歩いたのかい？」

「いいえ」。私はカメラに保存してあったチベット人女性の写真を呼び出した。「アメリカ先住民は、あなたや私よりも、どっちかというとこの女の人に似ているの。ただ、白人は世界中どこでも、同じようなことをしてきたってこと。だけど曾々々々祖父の娘は白人の男と結婚して、その子も白人と結婚して、その子も白人と結婚した。だから、私は白人なの。全部、私が生まれるずっと前の話。でもあなたたちは孤独じゃない。アメリカで、私たち白人はまったく同じことをアメリカ先住民にしてしまった。何もない土地だけを与えて、他に何も与えなかったの」

驚いたような表情で、二人は熱心にうなずいた。「あたしたちと一緒だ」

二人はしばらくの間、考えこむようにして私を観察した。

そしてシファが言った。「まるであたしたち、おんなじみたいだね」

13　遠くの友

まるで挙式当日の花嫁のように、私はブカヴにある《ウィメン・フォー・ウィメン》の事務所二階の窓から、来訪者たちを待ちかねて外を窺っていた。今日、初めて姉妹《シスター》たちと会うのだ！　女性たちがぽつぽつと中庭に入ってくるが、知った顔は見当たらないし、見てもわかるかどうか自信がなかった。何しろ、私が持っているのは彼女たちのちっぽけな写真だけなのだから。鮮やかな緑色のギフトバッグが積み上げられたコーヒーテーブルのところへ戻る。バッグの中には、じっくりと選んだささやかな贈り物を詰めてある。彼女たちの子ども用にはシール、きらきら光る鉛筆、風船、本人用にはパステルカラーのプラスチック製カチューシャ、小さな日記帳。不安になって、モーリスを見る。「こんなプレゼント、くだらないと思う？」

「いや」と彼は答えた。「初めて女性たちに会えてうれしいという、その気持ちを表しているだけだからね。君は毎月彼女たちに現金を送っているんだから、喜ぶと思うよ」

私は立ち上がり、再び窓のそばに立った。中庭にいる三人の女性がこちらを見上げて指さし、手を振った。

「あれがそう？　あれが私の姉妹たち？」

「そうです」とスタッフが言う。

もう待ちきれなかった。彼女たちに抱きつこうと、階段を駆け下りる。一分後にはウィメン・フォー・ウィメンの登録者たちに取り囲まれ、全員で抱き合っていた。大半が、私の支援している女性ではないというのに！　決してコンゴに来ることができない他のスポンサーのために、一人ひとりと温かい抱擁を交わした。

私は、自分の姉妹たちと会議室に入った。とても意外だったのが、写真から全員の顔を判別できたことだ。取っておいた手紙を見せ合い、スポンサーシップの小冊子を一緒に見る。小冊子には彼女たちの名前が記されたパスポート大のカードが入っていて、毎月の仕送りを受け取ったときにサインする欄があり、こう書かれていた。「スポンサー　リサ・シャノン（ラン・フォー・コンゴ・ウィメン）」

隣に座っている女性が、背中に赤ん坊をくくりつけていたので、「このかわいい子は誰？」と聞いてみる。

モーリスが答えを通訳してくれた。「彼女はこの子を妊娠していたときに、ここに登録したんだ。君の名前を取ったそうだよ。赤ん坊の名前はリサと言うんだ」

母親から赤ん坊を受け取り、膝に抱く。この小さなコンゴ人のリサに私の名前がつけられたのは、《ラン・フォー・コンゴ・ウィメン》のためではなく、母親が妊娠しているときに私がアメリカから手紙を書いていたからなのだ。

この二〇人の女性たちは、ウィメン・フォー・ウィメンのプログラムのうち、ちょうど教育部門を終えたところで、これから職業訓練に入るところだった。全員がブカヴ出身だ。一人目の姉妹が自己紹介した。「私は薪売りになったけど、子どもが病気になったのでお金は全部薬に使いました」

私は聞いた。「それじゃ、薪売りをいったんやめなければいけなかったけど、子どもがよくなったからまた再開できるの？」

「はい、また仕事ができます。お金があれば……」

「スポンサーシップの仕送りは全然残っていないの？」私の懸念は、顔に表れた。

こうして私はドアを開き、この顔合わせの雰囲気を決定づけたのだった。

「私には八人の子どもがいて、メイズ（トウモロコシ）の粉と薪を売っていました。でも病院にお金を払ったらそれも難しくなりました」と女性は言った。「子どもたちが病気になったから、薪を売るのも難しくなりました。六〇ドル払って、それで持っていたお金が全部なくなりました。もう収入がありません」

奇妙なことに、姉妹たちはみんな薪か魚か服を売っていて、プログラム卒業時に受け取る六〇ドルの資本金をすべて子どもたちの医療費に使ってしまい、もう働けないのだと口を揃えた。もっと資本金がもらえなければ働けない、と。

ああ。こんなことを聞かされるとは思っていなかった。

気分が沈み始めた。順に話を聞いていったが、誰の話もすべて、もっと金が必要だという方向に流れていく。私は、自分が根本的な期待に応えられていないのだと気づいた。「アメリカ人のスポンサー」という言葉は、どうやら〝無限の資金源〟を意味するらしい。だが二〇〇人以上の姉妹たちが登録していては、一人五ドルずつさえ与えることができない。多くを期待するなんて考えが甘いということはわかっているが、私は期待してしまっていた。ワシントンDCの政策通から、「何もかもが楽しいことばかりだと期待して行かないほうがいい」と警告されていたのに。

その上、ここでは汚職が基本だ。疑惑はどこにでもある。コンゴでは、騙されているかもしれないという感覚が、荷物を背負う女性たちの数と同じくらいある。当然だろう。コンゴ人は、ほぼ途切れることなく腐敗政治に支配され続けてきたのだ。ベルギー人が去ったあと、一九六五年には典型的なアフリカ人腐敗独裁者、モブツ・セセ・セコが権力を握った。モブツは一九六五年から一九九六年までの在任中、最低でも五〇億ドルをザイールから吸い上げて自分の懐にしまいこんだ。この国の人々は、権力者や、大銀行の口座の暗証番号を持つ人間を信用しない。その中には、慈善活動家も含まれるのだ。

疑惑がいかに普遍的なものかは、この何日か前に国連の友人ジャン＝ポールとお茶を飲んだときに認識した。彼が身を寄せてきて、こう言ったのだ。「ウィメン・フォー・ウィメンの実態を暴露してほしいんだ！」

当惑して、私は聞いた。「何を暴露するっていうの？」

「スポンサーは毎月一〇〇ドル送ってくる。だが、女性たちが受け取るのは一〇ドルだけだ！　残りは盗まれているんだよ！　これは犯罪だ！」

ジャン＝ポールは素晴らしい人だ。生まれながらにして祖国に対する情愛を抱き、同胞を護りたいという気持ちにあふれている。だが、それ以上言わせるわけにはいかなかった。「アメリカ人のスポンサーで、姉妹一人に対して月一〇〇ドル以上送っている人はいないわ。ウィメン・フォー・ウィメンは資金に関しては透明性を保っているの。スポンサーが毎月二七ドルを送る。登録した女性は一人一〇ドル受け取って、それは受け取りの際にスタッフ二名と登録者本人のサインによって確認されてる。それとは別に毎月五ドルが預金口座に入れられて、プログラムの終了時には六〇ドルが受け取れるようになっているの。残りは教育費や通信費、プログラムの経費に使われているわ。秘密や陰謀は何もないのよ」

ジャン＝ポールはしばらく黙っていた。私が話題を変え、会話がインテラハムウェのことに移っても、彼は信用度ゼロの陰謀説という危険な話を続けた。インテラハムウェの上層部の一人が、ルワンダで学生時代だった頃からの親友なのだそうだ。今でも連絡を取っているという。ジャン＝ポールが中国人を激しく非難するのを聞きながら、どうやら彼がインテラハムウェはまったく問題ないと思っているようだという嫌な予感がした。「巷で知られているルワンダ虐殺の話は、僕が見たこととは違っている」と彼は言った。

もし彼がインテラハムウェもルワンダ虐殺の被害者なのだという話に持っていこうとしているなら、私はそっちの方向につき合うつもりはない。早々に話を切り上げた。そして翌日、モーリスに聞いてみた。「ジャン＝ポールはインテラハムウェに好意的なの？」

「そうだね、リサ。ものすごく好意的だよ」

——それはいい——。つまり私は、インテラハムウェに好意的でウィメン・フォー・ウィメンを嫌っている人物の兄弟を雇ったわけだ。なんて幸先のいいスタートだろう……。

何事も軽く見てはならないと思い、私はモーリスが偏った意見を示したりしないよう、彼の言動にも気をつけることにした。

フラハという名の姉妹が、遅れて会合にやってきた。最後の参加者だ。会合の雰囲気、つまりもっと現金を要求しようという合図に気づいていない。彼女は話し始めたが、急に泣き出した。

「私はブカヴから八〇キロ離れた、ニンジャという村から来ました。家族のほとんどが殺されました。毎月殺されたんです。ある月にやってきては家族の誰かを殺し、また別の月にやってきてはまた別の家族を殺し、というふうに。最後に家族が殺されたのは三カ月前、一一月のことです」

「フラハというのはね」。彼女の絶望的な表情に皮肉を感じたのか、モーリスが説明した。

「スワヒリ語で、〝喜び〟を意味する言葉だよ」

私は、ほとんどが子ども用のものばかり詰まったギフトバッグの進呈が、楽しくて屈託のない時間になると想像していた。だが、シールで飾られた緑色のギフトバッグを引っ張り出すときに感じたのは不安だけで、身をちぢこめながら言い訳をする羽目になった。「もっとあげられるものがあればよかったんだけど」

彼女たちは微笑み、感謝の踊りを踊ってくれた。一人ひとりをぎゅっと抱き締め、私たちはさよならを言った。

母が支援している四人の姉妹に、会合のあとで残ってくれるよう頼んだ。アメリカにいる母に、向こうの午前二時に電話したのだ。受話器を取った母は寝ぼけていたが、喜んでくれた。姉妹を一人ずつ電話口に出す。お互いが気持ちを通い合わせようとぎこちなく語りかけては、言葉の壁に阻まれていた。モーリスが通訳に入ってくれる。驚くほど母によく似た、がっしりとした素朴なおばあさんが電話を手にした。彼女は熱をこめて何かを繰り返していた。ひとつの言葉だけを、はっきりと伝えている。だが、モーリスは通訳しなかった。彼女が何と言っているのか、聞いてみる。

するとと彼は通訳した。「『お金！　もっとお金を送って！』」

14　私だけの姉妹

白状しなければならないことがある。最初の姉妹、テレーズがプログラムに参加していた最初の年、私は彼女に手紙を書かなかった。走ったり講演したりムーブメントを起こそうとしたりするのに忙しすぎて、ほったらかしにしてしまっていたのだ。彼女からも一通しか手紙が来なかったからかもしれない。肝心なのはポストに入れる小切手のほうだと思いこんでいたからかもしれない。何を書けばいいかわからなかっただけかもしれない。

コンゴを訪れて、「手紙なんか来なくても気にしないだろう」という思いこみがとんでもない間違いだったと知った。空き時間にウィメン・フォー・ウィメンの中庭にいると、きまって登録者たちに取り囲まれ、首に下げたビニールポーチやブラウスの下から引っ張り出したアメリカの姉妹たちからの手紙を見せられた。スポンサーシップの小冊子と手紙をこっちへ突き出してこう聞くのだ。

「あたしの姉妹を知ってる?」

ごめんなさい。イリノイのスーザン・ヴォスも、リトルロックのパティ・フィリップスも、アトランタのティーシャ・ジョンソンのことも知らないの（驚いたことに、二人だけ実際に知っている人がいた）。

私は、スポンサーたちが書き送ったアメリカでの生活について、身振り手振りを交えて詳しく説明することになった。ヨガがどういうものか即興でやってみせたり、家に屋根窓《ドーマー》をつけるというのがどういう意味か説明したり、ディズニーランドについて説明したり（言葉をしゃべる巨大な魔法のネズミがいて、ジェットコースターがあって、お金を払って怖がるところ——それも楽しむために！）。

コンゴの女性にとって、アメリカのスポンサーから手紙をもらうというのは、アメリカの女性がジュリア・ロバーツから個人的な手紙を受け取るのと同じような感覚なのだ。ジュリアに「アカデミー賞の授賞式で最高の時間を過ごしたわ」と教えられたとして、彼女の生活について知ったあなたは嫉妬したり落ちこんだりするだろうか？　まさか！　その手紙を額縁に入れて飾るだろう。でなければ冷蔵庫にマグネットで留めて、友人にこう言うだろう。「ああ、そうよ。ジュリアとは親しい仲なの。クリスマスカードももちろん毎年もらうわ」

手紙を書いていないスポンサーは私一人ではない。手紙を書かないことは例外ではなく、むしろ普通らしかった。スポンサーからの手紙一通に対し、プログラム登録者からの手紙は三通だ。私の推測とはまったく逆だった。

数日前、女性が一人で近づいてきてスポンサーシップの小冊子を見せてくれた。「プログラムに参加してもう一一カ月にもなるのに、手紙を一通ももらっていないんです」と言う。

私は彼女に告白した。「最初の頃、私も自分の姉妹に手紙を書かなかったの。それでも彼女は私にとってすごく大事な人よ」。そして私はカラフルなノート（こういうときのためにいつも持ち歩くようになった）から紙を一枚破り取り、目の前に立つ女性を勇気づけるような一文を書いた。「あなたは、公式に私の義理の姉妹です」。それに、絵葉書や私の家族の写真を何枚かつけて渡した。

私の最初の姉妹、テレーズも、私から手紙が来ないことに気づいていた。プログラムを終了する直前に、彼女が九カ月前に投函した手紙が三通まとめて届いた（オプラの番組でスポンサーが急増したため、手紙の配送に大幅な遅れが生じていた）。そこにはこう書かれていた。「あなたに手紙を書いてきましたが、あなたは返事をくれません。どうしてだろうと思っています」

――なんてこと――！　私は慌ててグリーティングカードに長々と返事を書き始め、スペースが足りなくなったので花柄のシールでかわいらしくしたレポート用紙に続きを書き、絵葉書や家族写真と一緒に封筒に詰めこみ、来ない便りを待ち続けた長い月日を埋め合わせようと躍起になった。その手紙を投函したのは、テレーズのプログラム終了日だった。彼女が手紙を受け取ったかどうかは、まったくわからない。

もっと筆まめになろうと心に誓い、去年は姉妹全員に四通ずつ手紙を書いた。

この日、初めてテレーズと直接会うことになっていた。きまりが悪かったが、ここまではるばる旅してきたことで、手紙を書かなかったのを許してもらえるのではと願っていた。女性たちとの面会は休みなく続いていたが、最初のときのように現金を要求する強硬な運動のような会合は、その後なかった。あの会合のあと、私はすっかり落ちこんで二階の事務所にこそこそと引っこんでいたのだ。スポンサーシップ担当スタッフのジュールが聞きに来た。「今日の会合はどうだった？」

私は話して聞かせた。

「リサ、こういうことになるかもしれないと話しただろう」と彼は言った。「だから個人のメールアドレスや住所は教えないようにしているんだ。彼女たちは貧しくて、都市部の女性たちだ。当然、もっと金をくれと言うに決まってる。死活問題なんだよ。田舎なら話は違うだろうけど」

実際、あのようなことはもうなかった。その後の会合はすべて、活気にあふれた祝福の場となった。私はオプラのこと、自分のランニングイベントのこと、アメリカで彼女たちを支援している女性たちのことを話した。そして輪になって、一人ずつ順番に「戦争で経験した問題」について話してもらった。

戦争の話題は尽きない。だが、成功の話も尽きない。そして感謝の言葉も。

彼女たちの話を聞いているだけで覚えたスワヒリ語の言葉がいくつかある。アサンテ、ありがとう。アサンテ・サーナ、本当にありがとう。そして前にも聞いたフラハ、喜びや「私は幸せです」の意味。フラハ・サーナ。たくさんの喜び。とてもとても幸せ。

「もう賃借人じゃないんです。自分たちの土地が持てました。今は自分の農場で人を雇って働かせています」

「私はすべてを焼かれ、失いました。尊厳も失いました。あなたが私に尊厳を与えてくれました」

「喜びを取り戻しました」

「あなたたちが送ってくれる支援が、私たちを人間でいさせてくれます。本当です」

「今は、よい食事が取れているので、赤ちゃんをしっかり母乳で育てることができます」

「私の胸を開いて、あなたに会えてどれだけうれしいか見せてあげられたらいいのに。私は雌鶏を買いました。今ではおなかが空けば、鶏を絞めるだけですみます」

「私が鳥だったら、アメリカのあなたたちに飛んで会いに行けるのに」

「私の子どもが無事成長できたら、それはあなたたちの支援のおかげです」

「この喜びは計り知れません」

「うまく言えませんが、私は人生でたった一人の人間、たった一人の女性のような気分です。他の女性と同じような気がしません」

「イエス様の再臨の日まで続けてください」

「ありがとう、ありがとう、ありがとう」

「主が祝福を、祝福を、祝福を与えてくださいますように」

「こんな喜びを感じられることはめったにありません。でも今の私は本当に幸せです」


私たちはキヴ湖を見下ろす丘に巻きつく、長く曲がりくねった道を四五分かけて上った。村の十字路に立つおんぼろ商店にコンゴ軍がたむろする中、私は四駆を降りた。軟らかい粘土質の泥に、ビーチサンダルが沈みこむ。


待っていた女性たちが、一斉に歌い始めた。男性や子どもたちは下がっている。今日は女性のお祭りだから、彼らは招かれていないのだ。歌と踊りが、ウィメン・フォー・ウィメンの敷地までの長い行進の間ずっと続く。朝方の雨でしっとりと濡れた緑濃い風景の中に、色とりどりの衣装をまとった女性たちがいて、この日の式典は非現実的にさえ見えた。グループのうち二人の女性が即興でリードを取り、他の女性たちがそれに続いて、掛け合いの感謝の歌をいつまでも歌い続けた。

「うちの子どもたちは学校に行けなかったけど、今はあなたのおかげで教育を受けられます」

「以前、私たちは飢えていました。今は、あなたのおかげでちゃんと食べられています」

式典が始まって二〇分後、オルテンスがこちらに身を寄せて言った。「黄色い服の女性が、あなたの姉妹のテレーズよ」

テレーズは四〇代くらいの、控え目な女性だった。鮮やかな黄色と紫色の、ぱりっとした伝統的なアフリカの衣装をきっちりと体に巻いている。私のほうがずっと背が高い（後に、写真を見て友人たちが笑ったものだ。「あんた、彼女の隣にいるとものすごい大女に見えるわね！」）。

「私からの手紙、届いた？」抱き締めながら聞いてみる。

「一通だけ来ました」と彼女は言った。「もうプログラムを終了したあとに」

「写真は受け取った？」

「とても気に入っています。夫に、あなたが来るんだと教えました。夫も来たがったんですけど、ここは女性だけのための場所だから」

「手紙には、ご主人が森へ連れて行かれたと書いていたでしょう。そのご主人なの、それとも再婚したの？」

「話したいことがたくさん、たくさんあります」

私たちは他に八人の姉妹たちとコンクリート造りの教室に入り、一人ひとりと挨拶を交わした。ヒョウ柄のヘッドスカーフときらきらする刺繍入りのパフスリーブのワンピースを着た女性の隣に膝をつき、彼女の小冊子を見せてもらう。

名前はビアトリス。スポンサーの欄にあった名前は、ケリー・トーマスだった。

今回の訪問をケリーの予定に合わせることは簡単だったはずだ。メールでちょっと調整すればすんだのだから。だが、彼女には予定があって今日、自分の姉妹に会いに来ることができなかった。

ケリーから、ビアトリスに渡してほしいと手紙や写真を託されていた。「はるばるここまで来たのに会いに行けなかったなんて、言わないでおいたほうがいいかも」と言って。

——そんなこと、ビアトリスに教えられるわけがないでしょう——？

ビアトリスを指して、私はオルテンスに言った。「ケリーがコンゴにいることは教えないで」

「ビアトリスはケリーに会うために呼ばれたの」とオルテンス。「ケリーが来ないことは、もう言ってしまったわ」

——あちゃ——。ビアトリスは、落胆を隠そうとする人が見せるあの気まずい、沈んだ表情を隠そうとして眼を伏せたままだ。私はリボンで束ねたケリーの手紙を取り出した。「ケリーは、今日ここに来られなくて本当に残念がっていたわ。ものすごくあなたに会いたがっていたの。あなたによろしくって言ってたわ。どうしても来られなかったのよ」

そして、ケリーと夫の写真を手にしたビアトリスのスナップを撮った。

会合の間中、ケリーの姉妹はかすかに微笑みながら、写真と手紙を静かに指でなぞっていた。それでも、パーティー会場を間違えたような、別に自分はここにいなくてもいいというような雰囲気が感じられた。

「戦争で経験した問題」の話を始めたが、私の姉妹の一人が「子どもたちが死にました」と言ったので話題は急速に転じた。

それこそ私が一番聞きたかった話のひとつだ。「子どもを失ってしまった人は他にもいる？」と聞く。

九人中、六人が手を上げた。

「子どもが二人以上死んでしまった人は？」

女性たちが指を立てた。何人かが二本指を立てる。一人は三本。別の一人は四本立てた。「四人の子どもが死にました」

別の一人が説明する。「双子が死んで、その下の赤ん坊も死にました」

そしてそれぞれ、簡潔に説明を始めた。「生まれたあと、赤ちゃんが疲れてしまって、おっぱいを飲まなかったんです」

「一三歳の娘は貧血症で死にました。四パックも輸血を受けたのに」

「赤ちゃんが二人、どちらも病院で死にました。それ以来子どもができません」

テレーズが口を開いた。「森でのひどい生活環境のせいで、子どもが一人死にました。裏庭に埋めました」

こうした話を聞くといつもショックを受ける。受けるはずはないのに。こうした統計は何年も前から自分が引用してきたのだから。コンゴの子どもの死亡率は、ただでさえ世界最悪であるサハラ以南アフリカの、さらに倍だ。戦争のせいで、今も毎日一五〇〇人が命を落としている。実を言うと、コンゴの戦争関連の死者のうち、暴力による死者は〇・五％にも満たない。大多数が戦争の余波として、普通なら簡単に治るような病気で死んでいく。その半数以上が、五歳以下の子どもだ。

喪われた子どもたちの話に夢中になり、時間が経つのも忘れる。テレーズはほとんど発言せず、静かにおとなしくしていた。ようやく順番が回ってくると、彼女は言った。「私は子どもたちと逃げました。暗かったけど、夫が連れて行かれるのが見えました」

その夜、インテラハムウェは五人の少女たちと、テレーズの夫以外にも八人の男たちを拉致した。

「誘拐された少女たちは死を免れましたが、他の八人の男性たちは十字架にはりつけにされて殺されました。私の夫を除いては」

「あなたのご主人は、インテラハムウェの兵隊になったの？」

「奴隷にされました。料理をする係に」

「脱走したときは、薪を取りに行かされていたんです」と彼女は続けた。「夫が帰ってくると、インテラハムウェから手紙が届きました。そのうち夫を取り戻しに来る、と。夫は料理がうまいので、他に夫ほど料理ができる人間を見つけられないやつらは夫を連れ戻したがっているんです」

「ブカヴに引っ越してレストランを開いたらどう？」私は聞いてみた。「今も同じ家に住んでいるの？」

「今も住んでいます」

残念ながら、ここで時間切れになった。何枚か集合写真を撮って、私はテレーズをしっかりと抱き締めた。走り去る車の中から手を振り、私は叫んだ。「クワヘリ！」さようなら。


帰りの車の中、カーブを曲がるごとにキヴ湖の遠大な姿を眼にしながら、今回の会合がテレーズにとっても私にとっても、期待外れだったような気がしていた。彼女がずっとリサ・シャノンはどういう人だろうと思いをめぐらせ続けた月日、そして私が山道を走りながらピンボケの暗い写真に写る彼女のことを思い、会ったら何を話そうと考え続けた年月、それを経て私たちはようやく対面を果たした。抱き締めもした。だが、実際にしゃべった時間は五分にも満たない。ほんの一握りの言葉しか交わしていない。彼女について新たに知ったことなど、ほとんどないに等しかった。

15　神様からの贈り物

つまりこれが、白黒写真から痛みをにじませていたあのワルングの姉妹たちなのか。ブカヴから車で一時間のワルングの町自体は安全だ。コンゴ軍と国連関係者がうじゃうじゃいるが、八キロ先にある悪名高いカニオラなど、「森」（またの名を「インテラハムウェの縄張り」）の近くに住む村出身の女性たちが大勢、ウィメン・フォー・ウィメンに登録しようと集まって来る。それだけでも、写真に写っていた戦争神経症に苦しむ表情を説明するには十分だ。

ワンドリンは、私のそばに座って泣いている。数分前に会ってから、一度も笑顔を見せていない。私は緊張をほぐそうとして言った。「私の手紙、受け取った？」

彼女が舌を鳴らして、顔をそむける。

私は、彼女が書いてくれた手紙を取り出して見せた。「これ、取っておいたの。走っている間も、あなたの顔をときには何時間も頭に思い浮かべていることがあったのよ。あなたの写真を見て、あなたの目を見て、あなたがとてもつらい思いをしてきたことがわかったわ」

彼女は口を覆って、何かつぶやいた。オルテンスが言う。「彼女はつらいときのことを思い出しているわ。それで泣いているのよ」

「そのことについて話せるかしら?」

今回のグループは少人数で姉妹が四人だけなので、時間には余裕がある。

「コンゴ兵が村に来て私をレイプしました」とワンドリンは語った。「病院で、どうして黙っていたのかと聞かれました。そのとき初めて、レイプで妊娠したことに気がついたんです」

私は彼女の肩に手を置いたままでいた。

「赤ちゃんは何歳になるの?」と聞く。

「一歳八カ月です。受け入れられるとは思えませんでした。あの子を見るたびに、自分のひどい人生の証しを見せつけられているようで」

彼女を軽く抱き締める。

初めて、彼女が笑みを浮かべた。「あなたがずっとそばにいてくれたらいいのに」

そしてまた泣き出す。「私の面倒を見てくれて、私のことを知ってくれているのはあなただけなんです。お金があれば赤ん坊の面倒を見て、子どもたちを学校にやることができます」

「あなたは私の友達よ」私は答えた。「喜んで助けるわ」

「あなたに会えて、ものすごくうれしいんです」。ワンドリンは言った。「母は、私が四歳のときに死んでしまいました。あなたは私のお母さんです。夫も、新しいお母さんのことを誇りに思っています。子どもたちはいつも言うんです、『うちには、僕たちの面倒を見てくれるおばあちゃんがいるんだよ。勉強ができるのはおばあちゃんのおかげなんだ』って。子どもたちは、毎日あなたの写真を見せてとせがみます。『いつかおばあちゃんに会えるかな？』と聞かれます」

——おばあちゃん！　私、まだ三一歳なのに——！

私は愕然とした。絵葉書、手紙、写真を何枚か送っただけで、この家族の中で私は神話めいた地位を獲得し、魔法使いのおばあさんのような存在になってしまったのだ。

ワンドリンが話し続ける。「夫は、私を励ましてくれます。『以前、おまえは自殺したがっていたが、今は新しいお母さんができて、俺たちを助けてくれるじゃないか。喜ぶべきだぞ』と言って」

「自殺したいと思っていたの？」

彼女は私の目を見つめ、静かに答えた。「ンディオ」。はい。

ワンドリンが私に与えたおそろしく個人的な役割を果たすことなど、私には到底できない。だが、この会合が終わって、たった一〇分の交流だけで彼女を忘れてしまうこともできない。彼女は、自らの権利を主張したのだ。

ウィメン・フォー・ウィメン本部から、こうした個人的訪問は問題を引き起こすだけだと警告されてはいたが、かわいい〝孫たち〟に会わずに去ることはどうしてもできなかった。

ワルング郊外で車を降りると、ワンドリンの息子が出迎えてくれた。恥ずかしげに私の手を握る。私はワンドリンのあとについて、長く曲がりくねる道を歩いて田舎の風景を通り過ぎ、バナナの木の間を抜け、藪で草を食む豚や子牛の脇を通り、彼女の自宅である円形の、見るからにアフリカらしい藁小屋にたどり着いた。

この場面を数年前に夢に見ていたら、どれほど馬鹿げた光景に思えていただろう！　まるで絵本から抜け出してきたようなアフリカの部族の村で、成長半ばのアフリカ人の孫たちと対面する自分。

ただし、戦争の重みで周囲の空気は張りつめている。目を覚まして、ずいぶん奇妙な夢を見たものだと思ったに違いない。

――人生なんてわからないものだ――。

「おばあちゃんが来たわよ！」と叫び、私は子どもたちを一人ひとり抱き締めていった。ワンドリンの夫は彼女より一四歳年長で、弱々しく、見るからに具合が悪そうだった。礼儀正しく、形式的に私の手を握る。暗い小屋の中を覗いて見ると、痩せこけた白いウサギたちが、暗い中を亡霊のようにふらふらと動き回っていた。

ワンドリンが幼い娘、ヌショボレを抱いてきた。無表情だが、小さい子は知らない人がいると恥ずかしがることが多いので、この出来事が彼女の精神にどのような影響を及ぼしているかを推測することは難しかった。「抱っこしてもいい？」

赤ん坊を腕に抱き、その瞳の中に答えを見出そうとする。

隣人たちが集まって来た。私がいなくなったあとで揉め事が起きるかもしれないと感じられた。雨も降ってきて、長居はしないほうがよさそうだったので、別れを告げる。

でも、これでは足りない。全然足りない。私はワンドリンに聞いた。「次はいつあなたと会える？」

数日後、私たちはワルングのプログラムセンターで再会した。彼女の近所は、私の訪問の話で持ち切りだったらしい。私が一家をアメリカに連れて行くために来たのだと言っているようだ。金を要求されるのも時間の問題だ。

ワンドリンは、ヌショボレを連れてきていた。母親が話す間、赤ん坊は私の膝に座っていた。

「銃声が聞こえたとき、私は谷から水を汲んで帰ってくるところでした」とワンドリンは話した。

「家に戻ると、敷地内に男たちがいました。コンゴ人で、地方の言葉をしゃべっていました。夫は子どもたちと一緒に家にいましたが、畑に隠れました。ツチ族の兵がブカヴに侵略して、コンゴ政府の兵士がワルングに撤退してきたんです。

私は逃げようと走り出しましたが、捕まって小屋の中に入るよう言われました。私は兵隊たちに、家に入って何でもほしいものを持っていってくれと言いました。そうしたらウサギと、粉挽きを終えたばかりのキャッサバの粉を持っていくと言いました。でもそうしなかった。『おまえからは、体をもらえば十分だ』と言ったんです。

司令官が、私に横になれと言いました。

私は、『そんなことをする必要はありません』と言いました。

そうしたら兵士たちは私を地面に叩きつけて、斬りつけ始めました。耳を叩かれたので、何も聞こえなくなりました。片方のお尻を刺されて、あまりに痛いので私は泣き出してしまいました。やつらは笑って、殺してやると言いました」

ワンドリンが急にぼんやりとして、体を前後に揺らし始めた。呼吸も苦しげになる。オルテンスが説明した。「自分に起こったことを話したせいで、そのときの感情がよみがえっているのね。この話をしたのは初めてなんじゃないかしら」

ワンドリンが再び口を開いた。「やつらは私を横たえて、レイプし始めました。体を拭くのに、布きれを使っていました。一人が終わると、同じ布で拭いていました。そしてまた別の男が入ってきました。私が泣くと、尻を刺されたのなんか、これからされることに比べたら何でもないぞと言われました。首を刺して殺すと言われたんです。こんな苦しみを受けるよりは、死んだほうがましだと思います。大勢男たちがいましたが、覚えているのは三人までです。あとは気を失ってしまいました」

彼女は体を折り曲げ、頭を両手で抱えて膝に押しつけ、泣き続けた。

私は近寄って彼女を抱き締め、話を中断させた。「もう話さなくていいわ」

だが彼女は体を起こし、話を続けた。全部話してしまおうと決意したようだった。「男たちは布きれをたたんで、それで拭いては次に回していました」

できるだけ早く話を終わらせられるようにと、私は聞いた。「ご主人は、何があったか知っているの？」

「夫は戻ってきて、兵士たちが私の脚を割いていったのを見たんです。私は倒れて苦しんでいました。怪我の治療をしてくれたのは夫なので、何があったかはわかっています。私が話そうとすると、夫は言いました。『静かに。それ以上言うな。誰にも話すな』。夫はそれ以上何も言いませんでした。

あれは六月のことでした。私は一二月まで隠れていました。外にも出ませんでした。子どもたちだけが家事をして、畑に行っていました。そのうち、体がだるくなってきました。感染症がひどくなって、倒れるまでになってしまいました。病院に行けと強く言ったのは夫です。レイプについて話すことはタブーなので、私は病院に行きたくありませんでした。でも六カ月経って、傷の感染症があまりにひどくなって家中ハエだらけになってしまったので、病院に行くことを承知しました。

お医者さんは、私がそんなに長いこと家にいたので怒りました。感染症はかなり悪くなっていました。シスターがそばについていて、私の世話をしたり、体をきれいにしたりしてくれました。

その日、お医者さんに妊娠していると言われたとき、妊娠しているよりは死んだほうがましだと思いました。陣痛が始まったときは、嫌悪感しかありませんでした。

生まれたのは女の子でした。赤ん坊を連れてきて、シスターが私を諭《さと》しました。『赤ちゃんに罪はありません。この子には愛が必要です』

私は『その子をどこかへやって』と言いました。その子の話を聞くだけでも嫌でした。見るのも嫌でした。その子が私の不幸と苦痛の元凶だと思っていたんです。『その子のことなんか、見たくもありません』と言いました。

次の日、シスターが来て、赤ん坊に母乳をやるよう言いました。でも私は、何も出ないと答えました。

だからシスターたちは、産科にいる他の女性たちに頼んで母乳を分けてもらったようです。

二カ月後、お医者さんが、もう母乳をくれと頼むのはうんざりだと言ってきました。赤ん坊を引き取れと言われましたが、私は嫌だと答えました。

ずっと世話をしていた病気の夫のことが心配でした。子どもたちの面倒を見ていたのも私だけでした。私が入院しているせいで、子どもたちが栄養失調になってしまいました。お医者さんが、夫と私の面倒を見てくれると約束しました。

シスターが夫を呼び寄せました。そして私が女の子を産んだと教えたのです。それを聞いて、夫は言いました。『おまえは悪くない。子どものことも悪く言ったりはしない』。夫は、私に赤ん坊を引き取るように言いました。たとえ苦しみと痛みの中から生まれたのだとしても、その子は神様がくれた贈り物だから、と。だからこの子にヌショボレ、『神様からの贈り物』という名前をつけたんです。

夫は栄養失調で苦しんでいて、歩くこともできませんでした。でもお医者さんが治療してくれました。今は立てるようになっています。私は少しずつ、希望を取り戻しています。

夫は、お医者さんと仲良くなりました。子どもを引き取るとは言ったものの、私たちには子どもを育てるお金がありませんでした。そうしたらシスターが、母乳をやるのは私の仕事だけど、他は全部責任を持つと言ってくれました。ベビー服までくれたんです。赤ん坊に必要なものはすべて、退院するときにもらえました。

私はあまり赤ん坊の面倒を見ませんでした。夫に任せっきりでした。他の子どもたちのときは、彼は触ろうともしなかったのに。どうしたらいいかわからないから、と世話をしてくれなかったのに、この子だけは、泣くたびにあやすんです。私が産んだ子どものうち、夫はこの子のことが一番好きなようです。赤ん坊が泣いているのが我慢できないらしいんです。

夫は、私のことをとても深く愛してくれています。私が悲しんでいると、夫も悲しみます。妻と離れることなど絶対にないと言ってくれます。私が仮に（ＨＩＶに）感染していたとしても、一緒に感染して一緒に生き、一緒に死にたいと言います。二人を分かつのは死だけだと言ってくれます」

「ご主人のことをどう思う?」と聞いてみた。

「夫のことはとても愛しています」とワンドリンは答えた。「私が怒って口げんかをしても、夫は黙ったままで、私に落ち着くようにと言います。怒っているときの私とは話そうとしません。夫の世話をするために私が苦労したから、それに夫の具合が悪かったせいで離れて暮らしたときがあったことを誰にも言わなかったから、夫は私に感謝しています」

「赤ちゃんについてはどう思っている?」

「夫はこの子をとても愛してくれています。この子には私の血が流れているのだから、私がこの子を愛さずにいるなど許されないと言いました。夫の子ではないと私がお医者さんに教えたことを、怒ってもいました。周りには、自分の子だと思わせたかったのです。夫のおかげで、私はこの子を愛することができます。私が夫のことを深く愛しているからです。今でも、夫はこの子が生まれることになった原因について一言も話そうとはしません。好んで産んだ子ではありませんが、私の子です。不幸の中に得た、恩恵の子なのです」

オルテンスが言った。「子どものために使える何かをあげないと」

提案ではない。必須だ。私はバッグの中をまさぐって四〇ドル引っ張り出し、つらい出来事を思い出させるためにこれだけ払うのかという落ち着かない思いと共に、それをワンドリンの手に握らせた。

その後、ワンドリンの夫がやってきた。私は彼に当時のことについて訊ねてみた。「ワンドリンが傷ついて帰って来たとき、どう思いましたか？」

「妻が治るよう、神に祈りました」と彼は答えた。「父には別の妻を娶《めと》るよう助言されましたが、そんなことはできないと答えました」。彼は人差し指を立てて左右に振った。「私は病めるときも健やかなときも妻と共に生き、二人を分かつのは死だけだと誓ったのですから」

「妻を拒絶する夫たちには何と伝えたいですか？」

「お互いに許し合うこと、望んで起こったわけではないことを教えたいですね」と彼は言う。「私たちは誠実でした。キリスト教徒らしく生きていました。それでもあの事件が起こりました。私はそれを隠していました。互いに誠実であったのだから、妻を拒絶することなどありません。私たちはお互いを受け入れています。すべてを共有しています。妻も私を愛してくれています。何ひとつ私に隠し事などしません。私を尊敬してくれています。そして私を幸せにしてくれていると感じます」

ワンドリンと私は、教会の敷地の外にある木陰に座った。ヌショボレが母親の膝にちょこんと座っている。二人の写真を撮った。母と子は、生きた宗教画のようだった。アフリカの聖母様《マドンナ》だ。

私はヌショボレに、ぴかぴか光るハートのシールを一シートあげた。幼女は魅了されている。ワンドリンがシールを剥がし、ヌショボレの手首や腕に貼ってやった。ヌショボレはそれを一枚剥がし、手を伸ばすと、ぴかぴかのハートを母親の頬にくっつけた。

16 ジェネローズ

コンゴの姉妹たちのうち、一番会いたかったのはジェネローズだ。彼女の手紙に書かれていた足を切り落とされたときの経緯は、ごく短い描写ではあったが、どの姉妹が書いてきたよりも悲惨な事件だった。彼女の写真は、確実に私に恐れを抱かせる。戦争の爪痕があまりに色濃く、怒っているようにさえ見えるのだ。だが、彼女の手紙のおかげで陳情ができたときは、チームとして一緒に活動しているように感じた。

私たちの顔合わせは、この日の朝に予定されていた。だが彼女は現れなかった。

私は午前中ずっとウィメン・フォー・ウィメンの焼き物教室のベランダにいて、ジェネローズと同じグループに所属している他の一二人の姉妹たちと一緒に、日陰でのんびりソーダを飲んでいた。彼女たちが笑ったりおしゃべりしたりしながら、木々の下を歩いて去っていく様子を眺める。みんな、ブカヴ周辺で見かける多くのコンゴ人女性より少しふっくらして、少し垢抜けた格好をして、少し笑顔も大きいように見えた。楽しい時間を過ごせはしたが、こちらを振り向く彼女たちにさよならと手を振りながら、私はジェネローズが来てくれなかったことへの落胆を隠そうと努力していた。姉妹の一人が居残っていた。本人いわくマラリアの症状で、具合が悪かったのだ。近くのパンジー病院まで車で送ってやり、診察を受けさせる。すると間もなく、医師たちがこの若い未婚女性の「マラリア」が、実際は妊娠であることを確認した。

病院から駐車場へ出ながら、私は時間を費やして激励の言葉をかけた。「アメリカにいる私の姉も未婚の母なの。珍しいことじゃないのよ。自分一人でちゃんと生活しているコンゴ人のシングルマザーにはたくさん会ってきたわ……」

彼女に別れを告げていると、誰かが私の名前を呼んだ。

顔を上げる。プーマのスポーツジャケットの下に民族衣装を着た松葉杖の女性が、温かい笑みを浮かべて近寄ってきた。「私は、あなたの姉妹です。ジェネローズよ」

じっくりと彼女を見る。写真で見たよりもずっと太っているし、ずっとうれしそうに見える。でも間違いなくジェネローズだ！

私は彼女を抱き締めた。「どうして私だってわかったの？」

「回廊を歩いていたら、送ってくれた写真で見覚えのある顔が見えたから」

——嘘みたい——！「会合にあなたが来なくて本当にがっかりしてたのよ。姉妹たちの中で、あなたに会うのを特別楽しみにしてたから」

「わかってるわ」と彼女は言った。「時々、他の姉妹には手紙を出さないときでも、私には書いてくれたものね」

ジェネローズは、命にかかわるほどの骨感染症で入院していた。インテラハムウェに切られたところから、脚が腐り始めているのだ。建物の裏に静かな場所を見つけ、私は当時のことについて訊ねた。

「やつらが来たとき、私は家で夫のために料理をしていたの」と彼女は話した。「やつらのために食事を作らされて、それから眠っていた夫を起こしに行かされた。金を要求されたわ。私が一三〇ドル持っていたからそれを渡したけど、目もくれなかった。『その金は看護師の分だ。旦那は学校の校長だ。校長も貢献しないとな』と言って。

夫は『私は何も持っていない』と言ったわ。

そしたらやつらが夫を殴り始めたから、私は助けを求めて大声を出したの。だけど、インテラハムウェはあっという間に夫を撃って、殺してしまった。

他の人に警告しようと叫び続けてたら、『黙れ。脚を椅子に載せろ』って言われたの。

やつらはナタを取り出して、私の脚を切り落とした。家には姉の子ども一人を入れて、六人の子どもたちがいたわ。インテラハムウェが脚を六つに切り分けて、火に放りこんで焼いた。そして、子どもたちに私の脚を食べろと命令したのよ。

子どもの一人が言ったわ。『お母さんの体なんか食べられない。お父さんを殺したんだから、僕のことも殺せばいい』

そうして、あの子は殺された。

やつらは、家に火をつけた。子どもたちが外へ連れ出してくれたの。外の庭まで。家まで焼かれて、もうだめだと思った。出血もひどかったし、私は死人同然だったわ。翌日、目を覚ましたらワルングの病院にいたけど、どうやってそこまでたどり着いたのかも知らなかった。国連と、地域の首長が私を運んでくれたらしいわ」

「次に子どもたちに会えたのはいつだったの？」と私は聞いた。

「二カ月と一週間後よ」とジェネローズが答える。「脚が一本しかない私を見るのが耐えられなかったみたい。脚が元どおりになるまで私と口をきかないって言って、逃げ出したのよ。泣くしかなかったわ。

私は子どもたちに近寄って、こう言ったの。『神様に感謝しなさい。お母さんは生きてるでしょう。脚が一本なくなっただけなのよ。ママ・アニーみたいなことにはならなかったんだから』

「ママ・アニーって？」

「あの夜、インテラハムウェは隣のママ・アニーの家から襲い始めたのよ。彼女の夫が殺された。彼女は妊娠していたの。やつらはアニーの目と、鼻と、口とを切り落とした。胎児も取り出した。病院で彼女に会ったけど、四日後に亡くなったわ」

ジェネローズは、いったん言葉を切った。「近所の人たちが訪ねてきて、結婚式の話を教えてくれた……」

結婚式。これがその話だ。彼女が話し始める前から、もうわかっていた。

「うちを襲ったあと、やつらは近所の別の家へ行ったの。花嫁を森へ連れて行き、そこでレイプして殺した。そして、披露宴が行われるはずだった家で彼女を焼いたそうよ。家の中には四六人の招待客がいた。全員、生きながら焼かれたわ。

私はもう一日たりとあの村にいられなかった。夫もいないし、家もないのだから。

戻って思い出すのが嫌だったの。車を持っている隣人にお願いしたわ。ここまでの四五キロ、私たちを乗せてきてもらったのよ。仲のいい従姉妹の家まで。私たち、同じ家で育ったの。私たちが着くと、彼女がキャッサバを料理してくれた。でも彼女の夫に言われたわ。『すまないが、ここには住まわせられる場所がない。これ以上家族を養えるほどの稼ぎも、僕にはないんだ』

私たちは教会に行って、温かく迎え入れられた。食事も食べさせてもらえた。私が本当に国内避難民に該当するか確認する必要があったから、教会から人に連絡して保証してもらったわ。そこには結局二カ月いたの。それから司祭様が家を借りてくれて、六カ月分の家賃を前払いしてくれて、一カ月分の食べ物をくれた。

一カ月間、物乞いをして過ごしたわ。お金や服、食べ物がもらえた。そして偶然、カニオラの話を知っていたウィメン・フォー・ウィメンのスタッフに会ったの。私が物乞いをしているのを見たのよ。彼が二〇ドル貸してくれて、ウィメン・フォー・ウィメンに行くようにと言ってくれたの。

脚を切り落とされたときは、自分が人間じゃないように感じてた。でも登録したら、無条件に受け入れてもらえた。生まれ変わったと感じるようになっていったわ。そして手紙が届いたって言われた。あなたからの手紙は本当に、本当にうれしかったのよ。誰かが私のことを考えてくれているって思うだけで。私、村では病院に勤める看護師だったの。ウィメン・フォー・ウィメンのお金で物売りになって、その利益がもう一〇〇ドル以上にもなったから牛を買ったの。その牛は自分の村に送ったわ。あと何年かしてもし子牛が生まれたら、それを売ってこのブカヴに家を買えるかもしれない」

「今、お子さんたちはどうしてるの?」私は聞いた。「精神的には大丈夫?」

「トラウマになってしまって」。ジェネローズが答えた。「もう一年以上、肉を食べていないの」

私たちはしばらく沈黙していた。

やがて、ジェネローズが再び口を開く。

「あなたがしてくれたことにどう感謝していいか、ぴったりくる言葉が見つからないわ。自分に何かしてくれた人のことは、忘れられないものよ。だからあなたのことがわかったの。写真をもらって以来、ずっとあなたのことが頭の中にあったわ」

彼女の骨感染症は、二カ月の入院と連続二回の手術を要するものだった。費用？　三〇〇ドルだ。彼女にそんな大金はない。手術代が払えないせいで、手術はすでに予定より遅れていた。

私は支払いを申し出た。パンジー病院の迷路のような回廊を病室まで案内しながら、彼女は大喜びだった。ベッドに戻ると、彼女が聞いた。「私の脚を見せても大丈夫？」

そして、腿の中ほどにある切断痕を見せてくれた。

「痛い？」

「もちろん、痛むわ」

安っぽい間に合わせの義足が脇に立てかけられているのに気づいたのは、そのときだった。ジェネローズは、その爪先にマニキュアを塗っていた。

ジェネローズは、子どもたちの様子を見に家へ帰りたくてたまらないようだった。車の中で、私たちは近況を報告し合った。彼女の写真と手紙を挟んだ私のノートを見せ、彼女の書いた文章を読み上げる。「『戦争はとても悪いことです』」

「写真と比べたら、私はひどく変わったでしょう」と彼女が言う。多分、いいほうに変わったという意味だろう。「痩せていて顔色も悪かったわ。今は、太って明るくなったわよ。喜びで太ってしまったのよ」

確かに元気そうだ。

「テッドは元気?」と聞かれる。

私は両手の人差し指を並べて立て、それを離して、言った。「アメリカでの生活も完璧にはいかないわ」

「今も走っているの? 誰かが私のために苦しい思いをして走っているのを見て、申し訳なく思ったわ」

――冗談でしょう――? だが、彼女の声に皮肉は一切感じられなかった。私は、ただ走っただけだ。ざっと頭の中で思い返す。手紙には何を書いていただろう? 愚痴を書いただろうか? 大げさにしていただろうか? ああ、どうかそんなことはしていませんように。気の毒なアメリカの友人たち。私は何カ月も何カ月も、口ひげ焼けのことやボーイフレンドと別れたことや足の爪のことについて、泣き言ばかり言っていた。ジェネローズに言えたのは、「あなたのために走れて光栄だったわ」だけだった。

ブカヴのスラム地域、間に合わせの木造の小屋がぎっしりと並ぶ険しい丘のすぐそばで車を停める。ジェネローズが、中へ入って子どもたちに会っていってと言い、私はその申し出を拒否することができなかった。サンダルの周りで重たい泥がぐちゃぐちゃと音を立てる中、彼女について掘っ立て小屋の間の細い通路を抜けていく。

幼い子どもたちがやってきて、通路で出迎えてくれた。「カリブ！　いらっしゃい」。一〇歳くらいの双子がはにかみながら笑みを浮かべ、手を差し出す。私は水玉模様のワンピースを着て人形のように大きな目をした愛らしい四歳の娘を抱き、棒切れと泥でできた、彼女たちの暗い小屋へと入っていった。

ジェネローズが、戸口で腰に手を当てて待ち構えていた、貫禄のあるおせっかいそうな女性を紹介してくれた。「大家さんよ」

私は女性を無視して、腰を下ろした。

ジェネローズが続ける。「問題は、私が入院しているということなの。大家さんが子どもたちを追い出そうとしているのよ。今は家賃を払っていないから」

必死で、今言われたことを聞き流そうとする。罠にはまってしまったような気分だ。「それで」と話を変える。「具合が悪いのはどの子？　この小さい子？」

ジェネローズは繰り返した。「大家さんに追い出されそうなの」

この態度は、演技か何かなの？

「あなたが入院している間、子どもたちの面倒は誰が見ているの？」かたくなに、私は続けた。

「誰も。時々、大家さんが世話をしてくれるけど」

ジェネローズは私からの手紙と写真の小さな束を取り出した。唯一残った夫の写真に挟んであった。「戦争で死んだ夫の写真を見せてあげる」

写真の中で、二人は彼女が働いていた病院で何気なく立っていた。「お願いしたいのは、夫を失った今、自分の小さな家がほしいということなの。もし自分の家が持てれば、静かに暮らすことができるわ」

——まずい。問題は未然に防がないと——。「それはできないわ」と伝える。「手術費用は払います。でも、私にはとてもたくさんの姉妹たちがいるの。全員に家を建ててあげることはできないわ。あなたへの仕送りだって私自身のお金じゃなかったの。他の人たちにお金を寄付してくれるようお願いしたのよ」

「どうしたらいいかわからないの」とジェネローズ。「子どもたちが家から追い出されてしまう。家賃の支払いが、六〇ドルも滞っているのよ」

「六〇ドル？」私は言った。「問題はね、どの姉妹も問題を抱えてるっていうことなの。私、全員に六〇ドルあげられるほどお金を持ってないのよ。わかる？　一人にあげたら、全員がほしがるでしょう。みんな私に怒ってしまうわ」

暗算してみる。二〇〇人かける六〇ドルは、一万二〇〇〇ドル。「そんなお金、ないわ」

「ンディオ。ンディオ。ンディオ。ンディオ」。彼女は言った。「わかるわ。手術のことだけでも感謝してるのよ」

「それは特別なのよ、生きるか死ぬかの問題だから」

近所のスラム街住民たちが戸口に群がっている。これこそ、本部が警告したことだ。スポンサーが姉妹の自宅を訪問したら、それだけでその家は金持ちのレッテルを貼られる。その後にくるのは嫌がらせしかない。金の要求、盗難。私がたった今、真っ向から、公然と対処しなければ。野次馬に聞かせるため、私は大きな声ではっきりと言った。「もうひとつの問題はね、もし私があなたにお金を渡していったら、近所の人たちが押し掛けてくるでしょう。だから危ないってことなのよ」

「ありがとう」とジェネローズは言った。「この写真を、あなたにあげるわ」

彼女が差し出したのは、夫の写真だった。それをくれようとしていることが信じられなかった。

「これはご主人のたった一枚の写真なんでしょう？　あなたが持っていたほうがいいわ」

彼女も考え直したようだ。「そうね。わかったわ」

大家がまだうろついていた。別れを告げたあと、ジェネローズの表情を伺う。聡明で、張りつめて、落胆した顔。すべてを物語っている。

演技ではなかった。子どもたちは、家を追い出されてしまうのだ。

17　バラカへの道

「今日は『危険な反政府勢力の支配地域』の中を通っていくの？」私はウィメン・フォー・ウィメンの運転手、モーゼスに訊ねた。

「そうだよ！」大笑いとともに返事が返ってくる。

「道中は安全だと思う？」

「ノー・プロブレム」

「マイマイの縄張りを通るのよね？」

「そうだよ」

「マイマイに出会うかしら？」

彼はにっこりと笑った。「見られるといいな」

私は笑った。ケリーも笑った。正直、どうして笑っているのかわからない。そんなに面白い事態ではないのに。だが、一緒に笑える同郷人がいるというのはいいものだ。たとえ本当はそんなに面白くないにしても、相手の冒険心をお互いに糧としているだけだとしても。

今回の旅には、ケリーも同行する。数日前にオーキッドを訪ねて来て、持ち金が底をついたと言って私を驚かせたのだ。残金たったの三〇〇ドルでは、ホームステイをしていても最後の一週間を乗り切るには決して十分とは言えない。少しお金を貸してほしい、アメリカに帰ったらすぐ返すから、と頼まれた。現金を使い果たしていいような土地ではないので、私は承知した。

幸い、今回のバラカ行きの費用は安く上がる。クリスティーンが根回しして、一泊食事つきでたった二五ドルという、UNHCRのゲストハウスに泊まれるよう手配してくれたのだ。道連れは大歓迎だ。

これまでにわかったことがある。コンゴは安全だ。少なくとも、すべてが計画どおりに進んでいる間だけは。だが、コンゴ人に質問すると、「今まで問題に遭遇したことがない」と「ここは安全だ」の意味を取り違えているような気がする。ラン・フォー・コンゴ・ウィメンが支援している女性の半数は、ブカヴから八時間離れたバラカという小さな町に住んでいる。戦争被災地であるこの地域は紛争によって壊滅状態になり、大量殺害の地としても知られている。地元住民のほとんどがもう何年も前に故郷を捨て、タンザニアの難民キャンプへ避難した。最近では外国の民兵組織までがこの地域から逃げ出し、今では、ここはコンゴの民兵組織マイマイの牙城となっている。

ここ数カ月で地域の情勢が安定してきたため、国連やウィメン・フォー・ウィメンのような援助組織がバラカに出先機関を設け、難民の帰還を支援し始めた。バラカの西にある山の中で今週戦闘があったばかりだが、クリスティーンが国連と話をしたときには、私たちが行っても大丈夫、ということだった。

それでも、レンジローバーに荷物を積みこみながら、オルテンスに聞かずにはいられなかった。

「現地の治安状況はどうなの？」

「治安は大丈夫よ」と彼女が答える。「問題ないわ」

「でもマイマイは？」

「今まで七回バラカに行ったけど、何も問題はなかったわ」とオルテンス。「マイマイはとても親切よ。途中で会えるわ。司令官はいい人で、ちゃんと部下の面倒を見てるの。民間人にちょっかいを出したりはしてないわよ」

マイマイが民間人にちょっかいを出していない？　彼らはものすごく高性能な情報操作装置でも持っているに違いない。元少年兵たちから私が聞いた話とはだいぶ違う。もともとは外国の反政府勢力に対抗するため、地域密着型の自衛軍として結成されたマイマイは、自分たちが守るはずの人々に対する大規模な残虐行為の加害者として有名だ。あるコンゴ人が、極秘にこんなことを教えてくれた。「マイマイは、他の民兵組織がやるようなことは全部やっている。だが、やつらのことを悪く言えば、夜に家までやって来て、一家皆殺しにされるんだ」

現在、コンゴ政府は、戦闘員を復員させてコンゴ軍に組み入れる「ブラッサージュ（brassage）」というプロセスにマイマイを取りこもうとしている。だが、選挙後の政治の舞台に上がれないと動揺する一部の民兵指導者のため、緊張が高まっている。

マイマイには、組織をまとめ上げる一本の柱が存在する。魔術の使用だ。「マイマイ」という言葉は、〝水、水〟という意味だ。戦闘の前に薬草を煎じた霊薬を浴びると、弾が当たらなくなると信じていることからこう名づけられた。魔法により、戦場で何に当たっても、水のように通過してしまうのだという。マイマイの行動基準は古くからの信仰に基づいており、験担ぎで洗面台の栓を身につけたり、力を貯めるために戦闘前に禁欲をしたり、あるいは逆にレイプをしたりと幅広い。

マイマイ擁護の感情は、どちらかというと文化的作法のように思われる。コンゴ人が他のコンゴ人のことを悪く言うことは、めったにないのだ。

私はモーリスと一緒に市場へ抜け出し、マルボロとビールをケースで買いこんだ。緊急時の賄賂用だ。タバコは二人で分け、急いで誰かと仲良くならなければいけない事態になったらすぐに出せるよう、それぞれのバッグにしまいこむ。

オルテンスがビールに気づいて肩をすくめた。「どうして問題が起こることなんか想定するのか、理解できないわ」

私たちは予定より四時間遅れて出発し、国境を越えてルワンダ側に入り、状態のいい道を走ることにした。道中、モーゼスがシャキーラの『ヒップス・ドント・ライ』を大音量でかける。「ここには女たちがいる、戦うな、ここには難民たちがいる」というイントロで始まる歌だ。これほどコンゴにふさわしくない曲はそう思いつかない。彼らが英語の歌詞を理解できなくて本当によかった。曲が終わると、モーゼスはテープを巻き戻してまたかけた。そしてまた。

数時間後にコンゴ側へ戻ると、風景はがらりと変わった。見渡す限りの平坦で広大な草原のはるか向こうに、雲のかかる青い山並みが見える。小さな子どもたちが私たちを見つけ、大喜びで飛び上がった。こちらを指さし、手を振りながら走って追いかけてくる。コンゴの四歳児にとっては、白人はすべて国連関係者なのだろう。「モニューケイ！」と叫んでいた。国連コンゴ民主共和国ミッションのフランス語略称であるＭＯＮＵＣを、子どもたちはそう呼んでいるのだ。

他にも「ムズング！」と叫ぶのが聞こえた。

「ムズングってどういう意味？」と聞く。

「白人のことよ」とケリーが答えた。

「コンゴ人のことをムズングと呼ぶ場合もあるのよ」とつけ加えたのはオルテンスだ。

「コンゴ人のムズングって、どういうこと？」

「上司とか、重要人物のことよ。自分の面倒を見てくれて、お金をくれる人」

ウヴィラという町の外れで、最初の民兵に行き会った。マイマイの兵士が、車に乗せてもらおうと合図をしていたのだ。幸い、この一般的な問題には一般的な解決法がある。人道支援団体の車両にはすべて、特殊なステッカーが貼ってある。銃の絵の上に赤いバツ印がついているマークだ。禁煙サインと同じだが、タバコの代わりに銃が描いてある。この車両に乗れるのは人道的活動の関係者のみという、世界共通のシンボルだ。銃の持ちこみは禁止、したがって民兵の乗車も禁止。意外だがちゃんと遵守されている。私たちはヒッチハイカーたちの脇をさっさと通過した。数キロ行っただけで、もう何人のマイマイを見たか数えきれなくなった。まるで野生動物を探すように彼らを探して、誰がマイマイで誰がコンゴ軍か当てるゲームを始める。

「あの人は？」と私。

モーリスとオルテンスがかわるがわる答える。「コンゴ軍」

「あっちの連中は？」

「マイマイ」

どうして見分けがつくのか、私にはさっぱりわからない。まったく同じに見えるのだ。マイマイのほうが若干汚くて、赤を着ている場合があるとは言えるが、コンゴ軍もけっこうみすぼらしい。五〇人以上のマイマイを通過したあとでも、どっちがどっちか私にはわからなかった。

バラカまであと半分くらいのウヴィラで、ガソリンスタンドに車を入れる。もう午後四時を過ぎている。ガソリンを入れるのにはやたらと時間がかかる。オルテンスは電話でおしゃべりしていた。

私の携帯電話は圏外になっていたが、あまり残念だとは思わなかった。母が毎日二度は電話してきて、私を安心させるためというよりは自分を落ち着かせるために、不安に駆られた激励の言葉をかけてくれていたのだ。私は報告をあっさりと簡潔な内容にとどめてきたが、それは母の不安を取り除くためだけではなく、母がメモを取っては「リサが言ったこと」に尾ひれをたっぷりつけ、ラン・フォー・コンゴ・ウィメンのメーリングリスト全員に配信してしまうからだった。

オルテンスがケリーと私のところへ知らせを持ってきた。「国連に、暗くなったら移動しないようにと忠告されたの。今日はここで一泊して、明日の朝に移動を再開するわ」

屋外に面した廊下とバルコニーのある、ひどく古ぼけたモーテルにチェックインする。がびがびでつぎはぎだらけのカーペットが敷かれたプレジデンシャル・スイートは遠慮して、もっと狭い、簡素な部屋を選んだ。ガラスの引き戸を開け、アフリカ最長の湖、タンガニーカ湖の全景を眺める。湖は蚊でいっぱいだ。部屋に戻って引き戸に鍵をかけた。もう一度鍵を確かめる。さらにもう一度確かめた。

カメラバッグをベッドにどすんと下ろし、蚊帳の裾をマットレスの下にたくしこみ、大事な機材を抱き寄せ、カメラバッグといちゃつきながら夜を過ごした。

その夜は、男が部屋に侵入し、ベッドにいる私の上に迫り来る夢を見た。

18　平和の解釈

寝坊した。大慌てで準備して外に出ると、他の人たちをだいぶ待たせてしまっていた。この日は、私の三二回目の誕生日だった。

バラカの郊外では、風景が過去一〇年の歴史を物語っていた。ここがもう何年も前に打ち捨てられた地域であることは、一目瞭然だった。村はほとんどが廃墟と化し、日干しレンガの小屋は屋根もなく崩れており、雑草が生い茂っていた。オルテンスが言う。「この隣の村では、民間人の家族が四世帯しか残っていなかったわ」

ある村を徐行しながら通過する。巨大なセメントの板に、壁画が描かれていた。燃える小屋、ナタで人々を斬りつける兵士たち。そこにはフランス語でこう書かれていた。「マコボラ／バンウェの虐殺　一九九八年一二月二〇日」

オルテンスが丘のほうを指し示す。「あの上に埋葬したのよ」

私たちは大通りを離れ、草の茂る細い道を上がっていった。村の上に位置する空き地に置かれた石碑が、その場所を示している。地元の住民が当時のことを話してくれ、オルテンスが通訳した。「村の人たちは、戦闘を避けるために水路沿いに隠れました。そうしたらやつらが来て、平和が取り戻されたと呼びかけました。兵士たちが、もうここは平和だと言って人々を集めたのです。全員が集まったところで、皆殺しにされました」

オルテンスについて石碑の後ろへ回る。「ここに埋葬したの」と言いながら、彼女は野生の黄色いコスモスが咲く一区画を示した。「七〇二人が殺された。四つの墓穴に分けて埋葬したのよ」

残る三つの共同墓地は、黄色い野の花が咲くすぐ向こう、私の背より高く伸びた雑草に覆われていた。オルテンスが話を簡潔にまとめて繰り返す。「兵士はもう戦争が終わったと言って住民を集め、皆殺しにした」

大通りに戻って先へ進むと、最近開かれたばかりらしい土地に建てられた真新しい小屋が見え始めた。難民の再定住化プロジェクトが資金を拠出しているものだ。

バラカに到着すると、アメリカの西部開拓地のような雰囲気がはっきりと感じられた。広いメインストリートは、ＮＧＯの事務所だけが並ぶ未舗装の道路だ。銃を携えたコンゴ人兵士がどの角にも立っているが、退屈して、ただぶらついているだけのようだった。

ぴかぴかの国連ゲストハウスに荷物を降ろす。建物は国連の青と白に彩られ、実用的な家具がわずかにあるだけだ。ギリシャの島にでもありそうな、飾り気のない別荘のような感じだった。国連職員の一団にこの地域の治安について訪ねると、若いヨーロッパ人の女性が答えた。「ＦＤＤ（ブルンジの民兵）や他の外国民兵組織は撤退しました」と言う。「半島では脅迫を続けるマイマイの司令官がいますが、今のところはレイプや略奪だけです。襲撃はまだ受けていません」

がらんとした白壁のラウンジで押し黙ったまま、清潔な場所に泊まれることと寛大な国連への感謝と、彼女との会話で聞いた話が意味することとを天秤にかけた。ちょっと汗ばんでくたびれた格好をしており、熟練したヨーロッパ人援助活動家特有の無愛想な態度を示す、この乱れ髪の若い女性を観察する。UNHCRの職員である彼女の任務は、難民にタンザニアからの帰国を促すことだ。現在、彼女はここに帰ってきても安全だと人々を説得するためのビデオ撮影プロジェクトに携わっている。

「レイプは、帰国する難民にとって治安上の脅威だとはみなさないんですか?」

「ここでは、レイプは非常に一般的ですから」と彼女は言った。「文化です」

――なんとまあ――。私は何も言わず、ただ彼女の言葉の重みが室内に行き渡るにまかせた。

それから、私たちは会合に出かけた。

バラカの南に位置する村に設けられたウィメン・フォー・ウィメンのセンターに車を乗り入れると、花のアーチ道が迎えてくれた。さびだらけの空き缶に挿したマリーゴールドの小さな花束と、ヤギを贈られる。ヤギなんて! いくらするのだろう。四〇ドルくらいだろうか? これまでにもニワトリや卵はたくさんもらってきたが、ヤギとはかなり気前がいい。もしかしたら、今までで最高の誕生日プレゼントかもしれない。ただひとつだけ残念なのは、私が厳格な菜食主義者だということだが。

私は喜びを表し、逆さに吊るされてキイキイ泣き喚く子ヤギの縛られた脚をつかんだ。そして地面に下ろす。「素晴らしい贈り物をありがとう! みなさんの寛大さにとても感謝していて、みなさんのことをとても誇りに思うので、私たちの友情を祝うため、みなさんにこのヤギを贈り返したいと思います。ただし、ひとつだけ条件があります。このヤギを決して傷つけないでください。これは祝福されたヤギです。聖なるヤギです。絶対に、絶対にこのヤギを殺さないでください」

出席者の一人が指揮を執り、歓声と踊りが始まった。私たちは古木の落とす影の下で大きな円になって座り、聞き耳を立てる少年たちを追い払った。ここの姉妹たちのほぼ全員がタンザニアから帰国したばかりで、難民キャンプで過ごした月日は一八カ月から一〇年と幅広い。再定住したばかりの女性たちは、スポンサーシップの仕送りで毎月新しい土地を手に入れていると誇らしげに語った。「二〇ドルで、二〇平方メートルの農地が買えるんですよ」と一人が言う。

私は、こうした顔合わせの際に取る簡単なアンケートを作っていた。自宅で暴力行為を受けた人は何人？　親戚が殺されたのは？　子どもを失ったのは？　女性たちはいつも率直に答えてくれる。だが、こうした集まりでレイプについて直接的に訊ねたことはない。何気なく聞けば、気が軽くなるかもしれない。私は、アンケートの一部のようにして質問を滑りこませた。「レイプされた人は？」

手が何本か上がったが、すぐに引っこんだ。五〇人ほどのグループで、手を上げたままでいたのは三人だけだった。彼女たちは挑むように周りを凝視し、手を一層高く上げた。コンゴでのレイプについてしばしば報告される数字がばかばかしいほど低いのは、これが理由だ。女性だけのグループでも、資金援助をしている欧米人女性が同席していても、コンゴの女性たちは公共の場で性的暴行について語ったりはしないのだ。少なくとも、他に誰も語らないのであれば。

オルテンスが肩をすくめた。「みんな、隠しているわ」

女性たちが怪訝な表情で私を見つめる。なるほど、このやり方は悪趣味で無神経だったというわけか。公共の場でのアンケートで、そんな個人的な質問をするべきではなかったのだ。彼女たちの守勢を解こうと、方向修正を試みる。「アメリカでは、女性がレイプされても、それは絶対に女性が悪かったのではないと考えていますｓ。何も恥じることはないんです。だから、もしレイプを経験した人を知っていたら、彼女を支えてあげて、何も悪いことはしていないんだと教えてあげてください」

この実験は失敗と言うしかないだろう。もうやめておこう。

私たちは、「戦争中に経験した問題」から始めた。

これまでに会ってきたほとんどのグループと同様、ここの女性たちも暴力行為については率直に語ってくれた。だが、会合が始まって一時間ほどが経過しても、レイプについて語る女性は一人もいない。先ほど、歌を指揮した女性が話す番になった。彼女は木製のベンチから身を乗り出し、挑戦的な口調でしゃべった。言語の壁があっても、他の女性たちの仕草を見ればわかる。腕組みをしたり、目をぐるりと回して天を仰いだり、衣服を直したり。彼女が出過ぎた真似をしたと思っているのだ。オルテンスが通訳した。「さっきあなたが質問したとき、私たちは正直ではありませんでした。他の人たちが隠していても、私たちは全員レイプされたんです。全員です」

彼女は話し続け、自分の膝を指し示し、脚の間に拳を叩きつけ、当時の状況を説明した。居心地悪そうに冷笑する者もいる。

私は、声を上げて自分の体験を語ってくれた彼女の勇気に、深く感謝した。

やがて、他の女性たちも口を開いた。

「やつらは、私たちをしたいがままにしました。家の中で私たちを捕まえ、やることをやりました」

「屋外では棒切れで私たちを殴り、追い回し、好き放題にして、レイプによって私たちをおとしめました」

「やつらは、夫に娘とセックスをしろと命じました。夫が拒否すると、すぐさま殺してしまいました」

「私が着ていた服は、下着から何から、すべてびりびりに引き裂かれてしまいました」

「私の子宮は、手の施しようがないほど損傷してしまいました」

「やつらは、兄に私をレイプさせようとしました。兄は拒否し、殺されました。そしてやつらは私をレイプしました。夫を捕らえて、夫までレイプしました。そのせいで夫は死んでしまいました」

「私たちは湿地の水の中で眠りました。蚊がひどかった。とても寒かった。FDDは夜中にやって来ました。本当にひどい仕打ちでした。私たちの服を全部取り上げてしまったんです。私は妊娠八カ月で、娘たちと夫の前で丸裸で立たされました。やつらは私の膣に現金を挿入し、当時一二歳と一五歳だった娘たちにも同じことをしました。そして私をレイプしました。夫は逃げ出して、私たちは裸で置き去りにされました。私は具合が悪くなってしまいました。夫がどこにいるかもわからなかった。村の人たちが、森で裸の私を見つけて、病院へ連れて行ってくれましたが、そこには誰もいませんでした。そこで私をタンガニーカ湖まで運び、そこからタンザニア行きの船に乗せてくれました。夫の居場所はわかりませんでした。タンザニアで産んだ娘が、今は六歳になります。戻ってきたのは四月で、夫を見つけましたが、老けこんで貧乏になっていました」

半数ほどが手を上げた。三〇代の女性が説明する。「平和が本当に取り戻されたわけではありません。今でもレイプは続いています。農作業へ行こうとすると、畑へ向かう道の途中で止められてレイプされます。森のほうでは特に多いです。バラカの市街地では、そういうことはありません。でも、畑のほうへ行くと……私くらいの年齢だと、止まれと言われるんです」

別の女性がつけ加えた。「戦争が終わったからと言ってここへ呼び戻されました。ですが、戻って来てからもＦＤＤの攻撃を受けています」

「戻って来て以降、あなたたちをレイプしたのは何者なの？」

全員が口を揃えた。「ＦＤＤです」

私は混乱した。国連職員は、この地域にはもう外国の民兵組織はいないと言っていた。ＦＤＤも含めてだ。モーリスの説明が記憶によみがえる。「コンゴ人女性が、他のコンゴ人に襲われたと言うことは絶対にないよ。文化的に許されることではないんだ。危険なことなんだよ」

バラカの中心を通るメインストリートの風景を思い出す。武装した若い男たちがどの町角にも無為に立っていた。道路脇には数えきれないほどのマイマイ兵たちがいた。コンゴ軍の大半は、元民兵たちの集まりだ。非武装化プロセスの「ブラッサージュ」で、民兵たちにはコンゴ軍への編入と毎月二〇ドルの手当てが約束された。だが、それが支払われることはまれだ。必要なもの――食料、現金、その他必需品――は自分で調達しろということだ。その過程で、レイプが行われる。

ここで言う「平和」と「安定」は、何百人という単位で人が殺されることはない、という程度の意味らしい（少なくとも大量殺人は、コンゴ軍がやっていない行為のひとつだ）。だが女性たちは、子どもを養わなければならない。毎日畑を耕すために長い道程を歩く途中でレイプされるのが嫌なら、子どもが飢え死にするのを黙って見ているしかないのだ。

一人の女性が質問した。「アメリカでも女はレイプされるの？」

私は答えた。「世界中で、女性はレイプされています。アメリカでは、ここほど頻繁には起こっていないけど。でも、レイプされたアメリカ人女性が何人も、あなたたちのためにお金を集めようと走ってくれました。ある意味、あなたたちも同じように感じているとわかっているから。あなたたちに愛してると伝えて、と特に言われたわ」

みんな、うなずいた。

一人の女性が手を上げて、聞いた。「他の女性たちを支援できるようになるために、私たちはどういうふうに行動すればいいでしょう?」

19　奇妙な楽園

ケリーと私は、遊び場の隅っこで捕まりませんようにと願っている子どものように、顔を見合わせた。

「こんなことして、本部はいい顔をしないわよ」。水が浸みるカヌーの上を渡り、さびだらけで色あせた、赤と緑青色のモーターつき釣り船に乗りこみながら私は言った。チャーミングで、芸術センスに基づいてちゃんとデザインされた船だと思うことにする。船上で待っていたのは、長年風雨にさらされてきた風貌の船長と一等航海士だ。水泳パンツに裸足で歩き回る機嫌の悪そうな男たちは、ろくに挨拶もしなかった。

半島には、非武装化を拒否して戦闘をしかけると強迫し続けているマイマイの司令官がいる。クリスティーンがはっきりと言っていた。「どんな事情があっても、国連の船舶の同行なしに行ってはだめよ。安全のために国連は必要不可欠なんだから」。それに国連の高速艇は早いが、現地の船はすぐ転覆することで悪評高い。数カ月前、日本からの来訪者二人が地元の船を選び、嵐に見舞われて港のすぐ先で沈没した。国連が二人を救出しなければいけなかったそうだ。

数分前に港に到着したとき、オルテンスが言った。「国連の船は他の用事で埋まっているわ」。彼女は微笑み、すてきな誕生日のサプライズでも発表するかのような身振りで言った。「だから代わりにこっちの、地元の船で行きます」

中止という選択肢はない。私たちは半島にある二つの村に住む女性たちを支援しているのだ。それらの村はバラカから船で二時間の距離にある。片方の村には一二人、もうひとつの村には五人のまだ見ぬ姉妹たちがいる。私たちが行くことは、オルテンスがすでに通知していた。姉妹たちの一人、フィティナは、私が取材したい対象リストに入っている。登録用紙に、子どもが七人死んだと書いてあったのだ。

轟音を立ててタンガニーカ湖を横断しながら、素晴らしい天気に目を見張る。澄み渡る青い空に、穏やかな湖面。救命胴衣をつけているのがばからしく思える。特に、裸足の船員たちの横では。船の甲板に置かれた木のベンチに腰掛け、ロールパンやピーナツをかじりながら景色に見とれる。オルテンスがエンジンの音に負けないよう声を張り上げ、状況報告をしようとした。

「この村で調査をしたとき……」。レイプのことを何か言いかけた声が、小さくなる。何と言ったか聞き取れなかった。

「何?」

「九〇%よ」

「九〇%が何?」

「そう。最初の村では、九〇%の女性がレイプされたの!」

活気のない漁村は、木が生い茂るいくつもの丘を背景に澄み切った青い湖と小石の浜が広がり、階段状の土地に泥の小屋が配されていて、奇妙な楽園のようだった。『ロンリープラネット』でもまだ地図に描かれず、探索されていない最後の楽園のひとつで、コンゴでさえなければ最高級のリゾート地になりそうな場所だ。

村の女性たちが歓迎のために集まり、花の咲いた枝やヤシの葉を宙で振りながら、調子を合わせて踊ってくれた。船員がエンジンを切って岸へと近づいていくと、女性たちの活気あふれる歌声がエンジン音に替わって空気を満たした。歓迎の意を表して地面に布を放り投げ、村中を練り歩くパレードを始める。この式典の最中ずっと大きな笑みを浮かべていたので、頭がズキズキしたほどだ。

この日執り行われた二つの式典はほぼ同一で、それぞれの村もやはりほぼ同一だった。

私はレイプの話題を持ち出さなかった。女性たちも何も言わない。

最初の会合の間、ケリーは例によって黙っていた。話に加わるよう促しても、短い文章をいくつか言うだけにとどまった。次の会合に向かいながら、私は考えながら口に出していた。「私、彼女たちにちゃんとしたことを言えてるのかな」

「あなたの話は、彼女たちには難しすぎるのよ」とケリーが言った。「単純な話にしときなさいよ。ただ『あなたの姉妹たちは、あなたたちを愛しています。あなたたちの踊りは上手です』。そのくらいのことを言っておけばいいのよ」

くじけそうになる。二回目の行進のとき、私は一歩下がって、列に加わった子どもたちに焦点を合わせていた。きれいに刈り上げられた頭を撫でたり手を握ったりして、笑顔を向けられる。村の中心に到着すると、私は脇に退いてケリーに舞台の中央を譲った。

群衆の中にフィティナを探す。書類にホッチキス留めされた写真に写っているのと同じピンク色のヘッドスカーフとトップスを着ているかもしれないというかすかな希望を抱き、鮮やかなピンク色を着た女性に目を向けた。こうした群衆の中で自分の姉妹を見つけられたためしがない。

そのとき、鮮やかなピンク色のヘッドスカーフとトップスを身に着けた、がっしりとした女性がどすどすと通りを歩いてきた。フィティナだ！　写真とまったく同じだ。

一二人の姉妹たちは、登録前と登録後についての堅苦しい、まるで証言台にでも立っているかのようなスピーチを順番にした。私は、フィティナに残ってくれるよう頼んだ。

フィティナは木のベンチに一人で座った。その隣に腰掛け、ノートを取り出す。「ママ、これがあなたの登録用紙よ。七人のお子さんを亡くしたというのは本当？」

フィティナは少し戸惑ったようだったが、記憶を探って声に出して数えた。「九……一〇……一〇人死んだわ」

「残っているのは何人？」

「五人」

「お宅にお邪魔して、詳しく聞きたいんだけど」

オルテンスが、早くも時間のことを気にしている。「急いで。暗くなったら港が閉まるわ」もう午後も遅い時間だったが、かまわなかった。フィティナと話がしたいのだ。他のことは眼中になかった。

ケリーとオルテンスがフーフー（穀類または芋の粉をお湯で溶いて練った主食）、青菜に肉という伝統的なコンゴのご馳走を楽しむ間、モーリスと私はフィティナについて村の中を歩いていった。

藁ぶき屋根のレンガの小屋や、棒で手作りした不揃いの柵に囲まれた菜園が並ぶ敷地を通過していくと、村人たちが礼儀正しい距離を保ちつつ見つめてくる。午後の日差しの中、調理の煙が立ち上っていた。

フィティナは、村の反対側にある、湖に面した自宅へ案内してくれた。泥壁の小屋の周りで、ニワトリが地面をつついている。ゆがんだ鉄板の上に、イワシが並べて干してあった。小屋の隣には空き地があった。前の住居がそこに建っていたのだが、民兵に焼き払われてしまったのだ。今、そこにはナスや、聞き取れないアフリカの名前がついた野菜が植えられている。一瞬、別の世界にあるこの場所を想像した。建築デザイン雑誌『ドウェル』にでも載っていそうな、近代的なプレハブ住宅にぴったりの場所だ。

隣の住民が笑って、フィティナをからかった。話に加わろうとしているのだ。子どもたちも離れない。フィティナと二人だけで話すことは無理そうだ。

数分後、私たちは大勢の子どもたちを護衛のように従え、村の中を歩いて戻った。どこかの小屋から、イギリスのラジオ放送が聞こえてくる。私は森に覆われた丘を見上げた。あのどこかにマイマイがいて、攻撃すると脅しているのだ。

「迷惑じゃない?」高級なカメラをひけらかすアメリカ人につきまとわれていても気にしないといいけど、と思いながらフィティナに聞いた。

角を曲がる。銃を持った三人の男たちが、行く手に立ちふさがっていた。

えっと……。

ショックのあまり、頭が真っ白になった。

男たちがゆっくりとした足取りで私たちの横を通り過ぎ、中の一人が私を舐めるように見回した。肩越しにこちらを振り返っているのを感じて、私も振り返る。まだ若く、着ている制服は揃っていない。一人が、鮮やかな黄色のベレー帽をかぶっていた。武器は二級品のように見える。私はモーリスに小声で聞いた。「彼らはコンゴ軍？」

「あー……そうだよ」

それなら大丈夫ね、と自分を安心させる。

振り向くと、別の兵士が年配の夫婦と一緒に小屋の前に立っているのが目に入った。こっちをじっと見て、手招きする。

「なんて言ったの？」とモーリスに聞いてみた。

「撮影してくれって言ってる」

他の状況なら、映画『ブラッド・ダイヤモンド』から抜け出したようなこの場面を面白いと思えただろう。みんなカメラが好きでたまらないのだ！　だが、私はゆっくりと歩を進めた。道をうろついているところを見つけた、見慣れない野良犬に近づくときのように。もしかしたら噛まれるかもしれない。

緊張して、もたついてしまう。「撮影してほしいの？」

兵士は好奇心を表していたが、友好的ではなかった。自分のほうが立場が上だとわかっているのだ。緊張を和らげようと、液晶画面を回転させて自分が映っているところを見せてやる。子どもにはいつだって使える技だ。

「いいじゃないか」と彼はうなずいた。「いい」

「里帰り?」と聞く。

モーリスが通訳したが、兵士はあいまいに私を見返しただけだった。

「はい!」後ろから、オルテンスが歩いて来た。「本当に急がないと! もうすぐ暗くなるわよ」

私がフィティナへの取材をせがんで去りたがらないので、オルテンスが敷地内へと私たちを連れて行った。「急いで済ませてよね? 港で面倒なことになるわ」

私は椅子をつかみ、柵で囲われていない開けた畑の端、すぐ後ろに森に覆われた丘が迫る静かな場所を見つけて座った。フィティナは小さな子どもを膝に乗せており、もう一人、六歳くらいの少女がフィティナの服にしがみついていた。彼女の孫たちだ。

「戦争での経験について、少しだけ聞かせてくれる?」とフィティナに聞く。

「私たちはタンザニアへは行かなかったの」と彼女は話し始めた。「私たちは丘を上がって森の中にいたわ。戦争が終わるまで、ひどい状況の中で暮らしてた」

子どもたちのことを聞いてみる。

「五人生き残っているわ。二人はバラカの学校に行っている」

「全部で何人産んだの?」

「一五人よ。一五人産んだわ。五人残って、一〇人死んだ」

「どうして亡くなったのか、聞いてもいい?」

「病気で」

「お子さんたちの名前は何だったの? 亡くなったときは、何歳だった?」

フィティナの声が小さくなった。「マリボラ……マカンベ……マリボラは病気で死んだわ。一〇代だった。頭が痛かっただけなのに、死んでしまった。マカンベは、生後何カ月かで死んでしまった。みんな、病気で死んだの」

フィティナの目が遠くを見る。だが、私は焦っていた。村に軍人がいる。港が閉まってしまう。帰りの船旅は長い。

オルテンスに、もう一度通訳してくれるよう頼んだ。「ただ名前と、死んだとき何歳だったかだけ教えてくれるよう言って？」

「リザも死んだ」とフィティナは言った。「ルベンも死んだ。ナ……ナ……ナペも死んだ」

つらそうだった。「二歳で死んだのもいるし、生後数カ月で死んだのもいるし、何人かは三歳を越してから死んだわ。マリボラが死んだのは戦争が終わったすぐあとだった。もう胸も大きくなってたのよ。一〇代だったから」

「全員の名前と、死んだときの年齢だけ言えない？」もう一度頼んでみる。「羅列するだけでいいのよ」

このとき、自分の頼みが不適切だとは思わなかったが、彼女は考えにふけり、私の言うことを聞いていなかった。オルテンスも通訳をやめた。それが彼女の合図なのだ、と心に留め置く。

「他の子たちは……名前は覚えてないわ。もう二度とその子たちのことは話したくないから」

「つらいの？」と聞く。「その子たちのことは話したくないのね？」すると彼女はかすれた声で、絶望にあふれる目を伏せ、どうにか言った。「あの子たちのことを話すと、悲しくなるから」

私たちは長いこと、黙ったままで座っていた。

私はもう一度試みた。「他の子たちの名前は覚えているの？　ただ忘れたいだけなの？」

オルテンスがぴしゃりと言った。「もう五人の名前を教えてくれたでしょう。他の子どもの名前は忘れてしまったのよ、もう二度とその子たちのことは話したくないから」

フィティナが手をもじもじと動かした。苛立ちの宿る、痛みに満ちた笑みが顔に浮かぶ。声を絞り出すように、彼女は言った。「みんな、まだ小さかったわ」

またしても沈黙が訪れる。少女はまだフィティナにしがみつき、祖母の肩に頭を載せ、私が敵であるかのように凝視していた。言語の壁が立ちはだかっていても、この子は私が見落としたことに気づいている。フィティナの喪失感を軽減させようという私の行動は、彼女の心を完全に閉ざしてしまった。もう打開策はない。

最後に、私は聞いた。「アメリカの母親たちに伝えたいことはある？」

フィティナは、はにかみながら微笑んだ。「よろしく伝えて。あなたたちが強くいてくれれば、それが私の喜びだから」

20　水、水

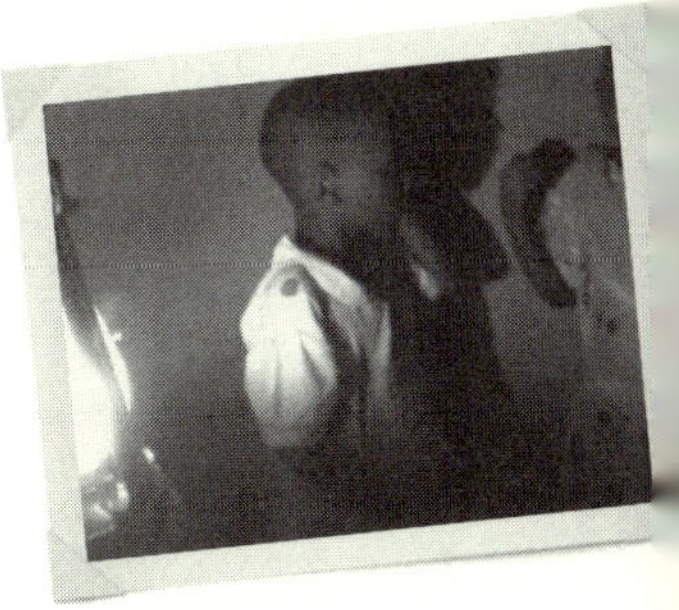

フィティナとの話を終えて数分後、私たちは船に乗りこんだ。モーターがうなりを上げ、出航した。

半島の縁に沿って巡航する船の上で、モーリスとケリーと私は疲労困憊の一日を終え、甲板に置かれた木製のベンチに腰掛けていた。モーリスに聞いてみる。「あれはコンゴ軍だったの？」

「ああ、いや。あれはマイマイだった」と彼は言い、船内へ休みに行った。

恐怖が全身を駆け巡り、ケリーに兵士たちのことを説明しながら、体が震え出した。

突然、船が速度を緩めた。船長と一等航海士が救命胴衣を装着する。よくない兆しだ。二人とも、一日中上半身裸に裸足でいたのに。

前方に目をやる。数キロ先で、嵐雲から湖に雨が降っているのが見えた。まるで鋼鉄の壁のようだった。

「どうしたの？」とオルテンスに聞く。

「船を戻すわ。今晩は村に泊まります」

――さっき知り合ったマイマイのお友達と一緒に――？

私は聞くだけ聞いてみた。「マイマイが……本当に安全だと思う？」

オルテンスは大きな、緊張を和らげるような笑みを浮かべた。「湖を横断しようとして溺れるよりは安全、でしょう？」

甲板を覆っていたキャンバス地の天蓋が、激しくはためく。一等航海士が天蓋の枠組みをつかみ、飛んで行かないように押さえた。緊張のまなざしを前方に据え、まるで太鼓の音に合わせているかのように、プラスチックのホイッスルを心配そうに吹き鳴らしている。もし船が突然転覆したら助けを呼べるよう、もっと大きくて高い音で助けが呼べるよう、準備しているのだとしか思えなかった。

つまり、これが今晩の選択肢というわけだ。コンゴでしか迫られない、また別の選択肢。レイプされるか、子どもを飢え死にさせるか？　溺れるか、民兵と野宿するか？

仕方ない。マイマイと一緒に泊まるしかない。

私はカメラをつかみ、事の成り行きをビデオに収めようとした。船が揺れながら岸にたどり着く頃には、濃灰色の雲がわずかに残っていた夕日を塗りつぶしていた。かろうじて目が慣れ、あたりを探ることができる程度の光しか残らず、ビデオカメラのファインダーでは何も判別できないくらいに暗くなってしまった。私は船にかけられた板を、ふらふらしながら渡った。

私たちを待ち受ける女性の一団の中に、今日一緒に歩いていた少女がいた。彼女の刈り上げられた頭に愛情をこめて触れながら挨拶をしている間に、他のみんなも下船し、オルテンスは浜辺で待つ女性たちと話をした。

「戻って来てよかったと言っているわ」と伝えてくれる。「雨が降るのはわかっていたから、心配していたそうよ」（ずっとあとになってモーリスが、漏れ聞こえてきた村人たち同士の会話の内容を教えてくれた。コンゴ軍とマイマイとの間の緊張がピークに達している、と言っていたそうだ。いつなんどき銃撃戦が始まるか、わからなかったのだ）

私は小石の浜辺に膝をつき、手探りでカメラを片づけた。最初に感じた雨粒は大きく、間もなく土砂降りになると警告していた。

「急がないと！」オルテンスが叫び、ぐずぐずする私を叱った。

――どうして問題が起こることなんか想定するのか、理解できないわ――。

顔を上げる。他の人々は、もう浜辺を半分渡りきっていた。

そばに、あの少女が残っていた。痩せっぽちな体に、色あせたイチゴ柄の、白いぼろぼろのワンピースをまとっている。一九五〇年代のアメリカの少女たちがストラップつきのエナメル靴に合わせて着ていたような、丸襟で背中にボタンが並んだやつだ。薄っぺらいワンピースを風にはためかせながら、少女は私を見つめていた。

私は少女の手を取った。叩きつける雨と風に顔をしかめながら、浜辺を歩き出す。湖のほうへ目をやると、別の少女が傍らを歩いているのに気づいた。どこから来たのかわからないが、こっちの少女の双子に違いない。暗いので顔は見えないが、細い体にまったく同じ薄っぺらの、背中にボタンがついた白いワンピースを着ていたのだ。刈り上げた頭も一緒だ。

私は、空いていたほうの手を差し出した。

雨はあっという間に激しくなった。季節風《モンスーン》特有の土砂降りが襲いかかる。村へ通じる狭い小道にたどり着く頃には、大人たちは一人も見えなくなっていた。

ビーチサンダルが泥に滑って沈む。

行く手を見失い、私は立ち止まった。村の大通りには出たが、雨のせいで何もかも真っ暗にぼやけている。五〇センチ先でさえ見えない。こんなのは嫌だ。あの快適な繭《まゆ》の中に閉じこもりたい。

──私はアメリカ人よ。私には手を出さないわ──。だが、マイマイは国連にさえ襲撃をしかける民兵組織だ。二五人もの外国人を人質に取ったのだ。銃を持った正体不明の男たちに突然でくわすのと、彼らの正体を知ってからでくわすのとでは話が別だ。それに、彼らの正体を知った今、自分が巨大なカメラをぶら下げているのを彼らに見られたあとで、この暗闇の雨の中に取り残されるのもまったく別の話だ。

私はまだ、二人の小さな濡れた手を握っている。

少女たちは、私を前へ前へと歩かせた。もう、二人のなすがままだ。

私はゆっくりと、ためらいながら足を前へ出した。ぼやけた視界のすぐ先に、銃を持った男たちが待ち構えているに違いないと想像する。少女たちは辛抱強く私を導きながら、先を歩いていく。見えるのは二人の白いワンピースが反射する弱い光と、こちらを振り返る目の光だけだ。大きな瞳の、アフリカの天使たち。

遠くにランプが現れ、道を横切り、そして消えて行った。

その方向を目指す。

木の扉が開き、見えない手が私たちをコンクリート造りの部屋へと導き入れた。モーリス、オルテンス、ケリー、そして数人の村人たちが小さな倉庫の壁に並んで立ち、部屋の角に大きな影を投げかける灯油ランプの弱い光を受けていた。子どもたちは私の両脇にいる。雨がトタン屋根を叩き、浸みこんだ水が壁を伝って床にたまっていたので、座ったり壁に寄り掛かったりすることはできなかった。私たちは立ったまま、雨音を聞いていた。

少女の一人が寄ってきてすぐそばに立ったので、彼女の肩に手を置いた。誰かが少女にショールをかけてやる。彼女はそれを持ち上げ、私の肩にも回してくれた。私が彼女を慰めているのだろうか、それとも彼女が私を慰めているのだろうか？　私はショールを二人の少女にかけ、頭を拭いてやった。次に何が起こるかわからないまま、私たちは雨が弱まるのを待った。

だが雨は降り続け、弱まる気配を見せなかった。もう三〇分はそうしていただろうか。私たちは外へ駆け出し、別の扉を開けた。そこはコンクリートの作りかけの家で、住民はいなかった。私たちは木製のベンチがいくつか置かれた居間に落ち着いた。体を乾かしていると、少女たちがそばに座る。灯油ランプのおかげで、顔がよく見えるようになった。ギフトバッグを探しだし、少女たちと、もう一人いた子どもとにシールを分け与える。周りの世界を無視し、私たちは大きな青いデイジーのシールを、お互いの顔に貼り合いっこした。

ケリーと私は、デジタルカメラで露出不足のスナップを撮った。このぼやけてピンボケした写真は高尚なアート作品みたいな雰囲気になる、などと考えながら。

やがて、雨足が弱まった。年配の女性が迎えに来て、少女たちは家へと帰って行った。

この家に閉じこもり、安心していられるはずだったが、ひとつだけ問題があった。トイレに行きたくなったのだ。ケリーも同様だ。この家にはトイレがなく、一番近いトイレは、大通りに沿って村の中を一〇〇メートルほど行ったところだった。

私はバッグを漁り、テッドが詰めてくれた懐中電灯を二本取り出した。一本はケリーに、一本は私用。私のコンゴ活動に対して怒り、そのせいで関係が破綻したにもかかわらず、テッドはあらゆる事態に備え、カメラバッグの荷造りに細心の注意を払ってくれたのだ。

私たちは、嵐の直後でまだ水滴が落ちる無人の泥道へと足を踏み出した。静かに、人目を気にしながら歩いていく。マイマイのことは考えないよう努めた。「丸見え」とか、「餌食」とかいう言葉のことも。子どもの頃、父に「何があっても、ゾウのことは考えちゃいけないよ」とよくからかわれたことを思い出す。そう言われると、余計考えてしまったものだが。女性の九〇%がレイプされた村における危険因子についても、計算しないようにする。懐中電灯の明かりをひたすら凝視した。その明かりが、今までにもらった最高にロマンチックなプレゼントのように思えた。忘れられた誕生日やバレンタインのプレゼントを全部、埋め合わせるほどの。初めて二四マイルを走りきり、最後の丘を降りて彼を、私のたった一人の応援団を目にしたときと同じ気持ちを感じた。これこそ愛だ。

村の端にある屋外トイレにたどり着く。背後には畑と森がある。中へ入ると、ざらざらした薄い木の板は私の肩くらいの高さしかなかった。隙間や穴だらけで、蚊がブンブン飛び回っている。それでも安全に感じた。懐中電灯を消し、自分が透明人間だと想像しながら用を足した。戻ると、長靴とレインコートを着た男が小屋の前に座っていた。傍らにナタと斧を置いている。プログラム登録者の夫が二人、夜警に任命されたのだった。

部屋の中には、誰かから届けられたウレタンマットが置かれていた。この村のどこかで、誰かが私たちのせいでいつもより不快な夜を過ごさなければならないのだ。私の活動は、この小さな村で一二世帯を支援している。だから特別扱いを受けているのだろうか？　それとも、コンゴ人は皆、夜に行き暮れた旅人のためには同じようにするのだろうか？

私たちは眠ることにした。古びたウレタンマットの上に小さな布を広げ、肩にセーターをかけ、眠る体勢に入る。私が村であんなに時間をかけさえしなければこんなところで眠る羽目にはならなかったのだとは、誰も言わない。誰も話さない代わりに、どこか頭上で動き回るコウモリの鳴き声に耳を傾ける。オルテンスが、コウモリはこの部屋の中にいるのではないと保証した。ケリーも私もそれが嘘だとわかっていたが、オルテンスの説のほうが事実であってほしいので、信じることにした。

コウモリの鳴き声を聞きながら、コンゴで誰かが日帰り出張から戻らなかったときの対応はどうなっているのだろうと考える。ＵＮＨＣＲの職員たちがビュッフェの列に並び、ラウンジでくつろぎながらビールをすする光景を思い浮かべる。誰かが気づくだろうか？　誰か、「彼女たちはどうした？」と言うだろうか？　どこかへ電話をかけるだろうか？　ワシントンＤＣの本部へ電話が入る光景を想像する。でなければ、もっとまずいことに、母に電話してヒステリーを引き起こす光景を。「彼女たちが帰ってこなかったんですが」

「少なくとも、孫に話してやるいい昔話のネタにはなるわね」。部屋の反対側で、ケリーが言った。

今日一日の出来事だけでは足りなかったというように、私は映画の予告編を精いっぱい真似た口調で言った。「彼女たちは小さな船に必死でしがみついた。突風と荒波が船を激しく揺らし、半島のそびえ立つ崖の向こうに待ち構える凶悪な反政府勢力のもとへと、若いアメリカ人の彼女たちを運んで行く……」

私たちは爆笑した。——そうよ。大丈夫。こんなのたいしたことじゃない——。

その日の出来事を脚色し、メロドラマふうに仕立てて再現し、ケリーと私は笑いながら眠りについた。というか、眠りにつくふりをした。

枕替わりにカメラバッグを頭の下に敷き、私はコンゴ東部の誰もが恐れる深夜のノックを一晩中待ち構えていた。ドアの外に立つ民兵のノックの音を。

真夜中になって、外で男たちの声が聞こえた。耳を澄ませる。誰かが夜警たちに話しかけている。——こんな時間に来る人間が他にいるだろうか？　マイマイに違いない——。私は身構え、パラシュートの緊急用コードでもつかむかのように、カメラバッグのストラップを握りしめた。

アドレナリンが注入されてぼんやりと不安を抱えたまま眠ろうとする意識の中、声は断続的に降る雨の中へ消えて行った。ノックは一度もなかった。

ドアと窓の隙間から、早朝の柔らかな青い明かりが漏れてくる。空腹で神経質になった私は家の外へ出た。夜警が起きたまま、まだ外に座っていた。一晩中起きていてくれたのだ。光に慣れようと目をこすっていると、昨日撮影を要求してきたマイマイ兵が、カラシニコフ銃を背負ってぶらぶらとやって来た。近所の商店主のような気軽さで、挨拶をしてくる。「ムズング、ハバリ」

白人さん、おはよう。

21　長い家路

夜明けが来ると、もう時間は無駄にしなかった。フィティナと数名の女性たちが、形式めいたこともせず船まで見送ってくれた。さよならと手を振り、船室へ駆けこむと、昨晩船に置いて行ったロールパンやピーナッツを探す。睡眠不足と朝のカフェイン欠乏、そして食事抜きのせいで最高に悪い機嫌と胃酸が出まくりの胃袋を、なんとかしたかった。スナックを入れておいたビニール袋を見つける。空だった。昨晩船に泊まった船員たちが、残っていたパンをひとかけらも残さず、ピーナッツを一粒も残さず、食べ尽くしてしまっていた。

だが、この空腹にも見返りはあった。タンガニーカ湖を横断する帰路の間、荒れ狂う嵐雲には遭遇しなかったのだ。雨も降らなかったが、風は強く、水が幾度となく体にかかる。高い波が、船の際まで危険なほど近く迫ってきた。沈没する船の話を聞きすぎて神経が高ぶった私は、今にも船が沈むかのごとく手すりにしがみつき、飛行機で悪天候に遭遇したときのために長年かけて編み出してきた、ありとあらゆる対策を総動員した。呼吸を数え、祈りをつぶやき、複雑な理屈をいくつも考え、飛行機でこんなに揺れていたら今よりどれほど気分が悪いか、目を閉じて想像する。恐怖心を制御するには、あまりいい戦略ではなかった。飛行機でいつも考える理屈を思い出してしまったのだ。空の上は怖いかもしれないが、交通事故や船の沈没で死ぬ確率のほうがもっと高いじゃないか、というやつだ。

——助かった——！　港に接近し、国連の車両が待っているのを見た瞬間にそう思った。疲れきった私は、四駆に乗りこんだ。新車の匂いにあれほど安堵感を覚えたのは、生まれて初めてだった。国連のゲストハウスで、濡れた髪のまま、なめらかなコンクリートの廊下を裸足で歩く。全身くまなく洗ったあとで清潔な服に着替えていたが、アドレナリン酔いのせいでまだ目が回っていた。ケリーの部屋から、くぐもった笑い声が聞こえた。彼女の携帯はまだ圏内なので、昨晩のことについて夫に報告しているのだ。ドアが開き、ラウンジに出てきたケリーが、聞き耳を立てている私に気づいた。私がよっぽど物ほしそうな表情をしていたのか、彼女は電話を指し示し、使う？　という仕草をした。

通話を終えると、彼女はあらためて電話を差し出した。「これ、使ってもいいわよ。電話したいんだったら……」

誰に？

自分の人生を省みる気分になったら、この基本的な質問を自分に投げかけてみるといい。アフリカの辺境の半島で民兵と一緒に一晩中嵐に閉じこめられ、ようやく無事に安全な場所へ帰りついたら、誰に電話する？　生命保険の詳細を再確認するためではなく、誰かに挨拶するためだけに。母は論外だ。絶対に周囲を巻きこむヒステリーに陥るに決まっているから。最後に同じベッドで眠り、「愛してる」と言ったときから何カ月も何年も続くあいまいな状態に引きずられ、テッドを思い浮かべた。首の後ろに添えられた彼の手を思い出し、テッドに電話することを考える。だが、彼の声はきっと電話なんかしてほしくなかったという感情を表すだろうし、今日それに耐えられるとは思えない。

一番簡単な答えは、平然とした態度だ。私は格好いい女の資格を正式に取得したように振る舞った。誰にも連絡なんかしない、しなくていい自立した女だ、というふうに。「ブカヴに戻ったときにかけるから、いいわ」

木製のたんすが置かれた青と白の小さな部屋へ戻り、蚊帳をベッドの周りにたくしこむ。昨晩のめまいが残ったまま横になったが、眠りはなかなか訪れてくれなかった。

アセンデという、数日前に会合で会ったときに大虐殺から逃れた経験を話してくれた姉妹のことが頭に引っかかっていた。自分が直接聞いた体験談の中で、一番死者の数が多い話だったのだ。閑静な地域に立つ彼女の泥小屋を探し当て、畑から戻るのを待つ。帰って来た彼女の禁欲的なまなざしと控え目な身のこなしは、質素な、尼僧のような雰囲気を醸し出していた。さびだらけの農具がいっぱいに入った藁かごを抱えている。玄関先で待っている私たちに驚きながらも、汚れひとつない泥造りの長屋に招き入れてくれた。中には木製のベンチがいくつか置かれ、部屋の隅にはプラスチックのたらいや鍋が重ねられており、壁にはカレンダー、そして隣の部屋へと通じるカーテンが下がっていた。

私は、まず虐殺の話を聞いた。

「五〇〇人くらいが戦闘から逃れて森に隠れました」と彼女は話し始めた。「FDDの民兵が私たちを見つけて、殺戮を始めました。私は三回撃たれて、倒れました。民兵たちは怪我をした人をナイフで殺して、死体が身に着けていたものは全部奪い取って行きました。私は怪我をしていたけど、生きているとは気づかれなかったんです。ようやく、民兵たちがいなくなりました。目を開けると、私を助けてくれた白い服の人が見えました。そのとき初めて、自分が死体の中でたった一人生き残ったことに気づいたんです」

「戦闘の前の暮らしはどんなふうだったの?」と聞く。

「夫は他の妻たちと暮らすために出て行ったので、一人で子どもたちを育てていました」とアセンデは言った。「戦争中、私たちは避難先で母と会いました。母はそこで、私の妹から預かった三人の子どもの面倒を見ていました。妹は娼婦だったんです」

それまで、彼女は感情を交えない、ストレートな物言いをしていた。ところが、次に言ったことをモーリスが通訳している間に、アセンデはスカートで目元を拭った。泣いている。今話してくれた殺戮以上にひどいこととは何だろう?

「母は病気になり、治療のためにブカヴへ行きました。そして亡くなってしまいました」

私は驚いた。彼女が泣いたのは夫が出て行ったためでも、撃たれたためでも、何百という死体と一緒に生きながら埋められたためでもない。母親が病気で死んだことが、彼女を涙にくれさせているのだ。なぜだろう？　人間の限界について、ものすごく基本的な疑問を抱く。母親を失ったことであらゆる後ろ盾を失ったような、そこから先はまったくの孤立無援になってしまったような状態になったのだろうか、と彼女を観察しながら考えた。

「それで、私がその三人の子どもたちの面倒を見ることになりました」

「自分のお子さんたちだけでなく、孤児も一緒に育てるというのは、あなたにとってどんなこと？」と聞いてみた。

「あの子たちのことは、私の子どもだと思っています」。彼女は、当然のようにそう答えた。

「将来に、何を望んでいるの？」

「将来について考えるのは、とても難しいです。私は生きてこそいますが、ひどい人生を送っています。将来には、何の希望も持っていません」

社交辞令もなければ証言もない。

少しでも前向きな方向へ持っていこうと、私は言った。「幸せを感じるのは、どんなとき？」

「怒ったり悲しんだりすると、具合が悪くなります。だから、人生はこれで普通だと思うようにしています」

しばらく、誰も口を開かなかった。私は座ったまま、この新しい友人を見つめていた。この女性には何か単純で率直な、静かな尊厳のようなものがある。私がまだ悟っていない何かだ。

「私があなたを見るとき、何が見えるかを見せてあげられたらいいのに」と私は言った。「今まで見てきた中でも、一番美しい魂が見えるわ」

彼女は歯を見せて微笑み、表情が明るくなった。

翌朝、ケリーと私は、マイマイが薪にする木を切り倒すのを眺めていた。枝を切り落とし、バラカの埃だらけの裏道を引きずっていく。他の多くの人と同様、私たちもそこで足止めされ、待ちながら時間を潰していた。二人で愚痴を言い合う。オルテンスが遅れているのだ。私たちは言われたとおりに荷造りして、八時ぴったりには出発できるよう、準備していた。オルテンスは私たちをもう一時間以上車に待たせたまま、これからブカヴへ戻る八時間の帰路に着く前に終わらせておきたい用事を片づけている。ケリーは明日コンゴを発つ予定になっていて、ゴマ行きの早朝の船に乗る準備をしなければいけないと気を揉んでいた。そこからキンシャサ行きの飛行機に乗る予定だった。

ようやくオルテンスが現れる。いつものように微笑みながら、彼女は成果を報告した。

「登録者の赤ちゃんが病気だったの。治療を受けられるようにしてきたわ！」

自分の薄汚いムズングぶりに、穴があったら入りたい気分になった。私たちが車中に座って愚痴を言っている間、オルテンスは赤ちゃんの命を救っていたのだ。

私は文句を言うのをやめにした。

ケリーが「間に合うといいけど」とつぶやいた。オルテンスは聞こえなかったか、少なくとも聞こえないふりをしていた。

私たちは出発し、タンガニーカ湖に沿って続く、長く平坦な道を走り始めた。私は四駆の窮屈な後部座席で、オルテンスとモーリスに挟まれて座っていた。いつものように、二人は陽気だ。

車が速度を緩め、泥だらけの箇所で停車した。国連のジープが横倒しになって道路の泥に埋まり、道を塞いでいたのだ。

道路が、コンゴで活動するありとあらゆるNGOの車両でまたたく間に埋まっていく。《ウォー・チャイルド》、UNHCR、《カリタス》、赤十字、《セーブ・ザ・チルドレン》、等々。オルテンスが笑った。「《ラン・フォー・コンゴ・ウィメン》どころじゃないわ！　《ラン・フォー・コンゴ・ロード》が必要ね！」

男たちが道路にできた深い水溜りをよけながら車をトラックで牽引しようとがんばる中、私たちは長いこと足止めされていた。ケリーはすっかり苛立っていた。国境を越えられなければ船に乗れず、船に乗れなければ飛行機に乗れない……そして誰もコンゴで足止めなどくらいたくはない。それはわかる。船に乗り遅れそうになったら、誰だっていらいらすると思う。早く帰りたいのは私も一緒だ。ただ、私たちはオルテンスの出張に便乗させてもらった立場だ。私たちを同行させたからといって、彼女に特別手当が出るわけではない。厳密に言うと、彼女は私たちに何か借りでもあるだろうか？　私はケリーの不平を聞き流した。

ようやく道路が空いた。ウヴィラまでたどり着くと、オルテンスがもう一件仕事を片づけに走る。その間に私たちは、客を喜ばせるためにサルを檻に入れて飼っている怪しげな店で、ビニールのテーブルクロスがかかったプラスチックのテーブルを囲んでフライドポテトとコーラの昼食を取った。ケリーが、いかにオルテンスが時間を無駄にしているかについてずっと不満を言っている。私は、最悪の事態を想定した状況分析で彼女を慰めようとした。「仮に到着が遅れて、国境が閉じてしまってルワンダ側に一晩足止めされたとしても、朝には船に間に合うわよ」

ケリーが反論する。「仕立て屋が何時に閉まるかわからないのよ。ドレスを受け取らないと」

――それでずっと愚痴っていたの？　堪忍袋の緒が切れたわよ、このクンバヤ娘――。

私はプラスチックのテーブル越しに身を乗り出し、ぴしゃりと言った。「ドレス？　私たちが遅くなったのは、オルテンスが子どもの命を救ってたからなのよ」

ケリーの顔に血が昇り、まだらに赤くなった（きっと私の顔もそうだったに違いない）。「どうして突然そんなにご立派になったのかしらねえ」とケリーが言う。「あなただって文句を言ってたじゃないの」

そのとおり。だが人は変わるものだ。私は何時間も前に啓示を受けたのだ。

国境は二四時間開いているはずだと確信し、私はモーリスのほうを向いて聞いた。「国境って閉まったりするの？」

モーリスはテーブルクロスを見つめていた。ムズング娘たちのけんかに巻きこまれたくないらしい。彼が答える。「六時ぴったりにね」

おっと。私は間違っていたわけだ。不当な非難をした自分が恥ずかしくなる。時刻は午後二時一五分で、国境まではまだあと四時間かかる。超特急で向かえば、ひょっとしたら間に合うかもしれない。私たちは昼食を放り出し、オルテンスを見つけて、出発した。

残りの道中、ケリーと私はほとんど口をきかなかった。

22　オーキッド・サファリ・クラブ

「オーキッド・サファリ・クラブ」という名に反して、ここで実際にサファリウェアの人を見たことはない。だから、ジャングル用のカーキパンツでめかしこんでテラスにやってきた集団は、間違ったドレスコードを伝えられたに違いない。昨晩、夕方六時をちょうど回った頃、閉門ぎりぎりでどうにか国境を越えてオーキッドで降ろしてもらった私は、ディナーの際に彼らの存在に気づいた。気づきはしたが、そのとき私は、アフリカの植民地で育って現在は赤十字の保守要員をしている白人男性を相手に、延々と議論をする羽目になっていた。その男性は、紛争のことなど明らかに何も知らないくせに募金を集めたり活動を始めたりする私のような厚かましい女性に説教するのが、楽しくてたまらないようだった。

今晩、疲労困憊した私は一人でいたかった。混雑する前の夕方の早い時間にテラスへ行き、一番奥のほうに席を確保する。蚊がわんわんうなっているが、湖から柔らかな風が吹いてくる場所だ。

ポテトチップと、ホテルの部屋に備えつけてあるコーヒーメーカーで作ったのかと思わせる、水で薄めたような味がする紅茶を注文した。イヤホンを耳に挿してノートパソコンを立ち上げ、昨晩のようなくたびれる会話を避けると同時に、誰かに（と言っても相手はワードの新規文書にすぎないのだが）マイマイとの遭遇について話したいという、あてどのない欲求を満たしにかかった。

だが、未来のダイアン・フォッシーたちの一人が私に話しかけ、隣の席に座ってもよいかと許可を求めてきた。同席者ができてしまいそうだ。うっとうしい赤の他人という姿を借りて、人生が訪ねて来たというわけだ。「あっちへ行ってくれる？　独りで考えようとしてるのが見てわからないの？」とでも言えたらいいのに。

そしらぬふうで、私はイヤホンを外した。「すみません、何でしょう？」

「ご一緒してもよろしいですか？」

それには答えなかったが、私は承諾するように椅子を指し示し、イヤホンをつけ直してボリュームを上げた。心の中で、「しゃべりかけさえしないならね」と答えながら。

間もなく、テラスは仕事を終えたばかりのNGO関係者でいっぱいになった。収容人数を超えるほどの人たちで椅子が埋まる。キヴ湖のほとりには、なんと多様な人々が集うことか！　ここには、私たちをつなぐ一本の糸があるに違いない。私たちが地球上でよりにもよってこの場所を、時間と金を費やすのに最適な場所だと決めるに至った心の糸が。

銀髪を不揃いに刈りこんだ男性がテラスを横切った。五〇代前半だろうか、クリエイティブな仕事をしている人かもしれない。不案内な格好を見る限り、彼もサファリ旅行者の一人なのだろう。

だが、いかにも自信たっぷりな、なめらかな足取りだった。全身をカーキの服で包んでいても、映画スターのようなクールさは隠しきれていない。バービー人形のボーイフレンド、ケンのように、ため息を誘うような人気モデル然としたハンサムではない。だが、その際立った容貌は大物のオーラを醸し出している。知っている人だろうか？　どこかで見たことがあるような気がする。

　彼は足を止め、すでに近くの席を埋め尽くしつつある援助関係者たちと言葉を交わした。テラスを見渡すたびにどうして彼の姿が視界に入るのか、自分でもよくわからなかった。しかも、彼の視線がこちらを向いているのにも気づいてしまう。それで視線を交わすことになり、あからさますぎて居心地が悪くなるようだった。私の好みではない。私は今までずっと、気まぐれで、物思いにふける、おそろしく頭のいい芸術家タイプが好みだった。だからあのように威厳ある超ハンサムなキャラクターは、完全菜食主義者にとってのステーキと卵のようなものだ。私のタイプじゃない。私はパソコンに顔を戻し、男性へのこの上なく不適切な関心を断ち切ろうとした。コンゴでやることのリストには入っていないのだ。

　サファリ連中が私の周囲の空いていた椅子を占領したので、その男性もそう遅れては来ないだろうとわかった。数分後、私がまだ自分の縄張りだと思っているエリアに陣取ったサファリグループに、彼が合流する。メモに集中しようとしたが、無理だった。すてきな彼の、奇妙な話し相手のせいだ。それはキヴ湖のほとりに上陸してきそうな血に飢えた惨劇観光客タイプの、まるで冒険家ヘンリー・モートン・スタンリーが現代に生まれ変わったかのような、ぼさぼさ頭で狂気じみた目をしてバンダナを巻いた男だった。その人物はでっち上げの知識を披露し、まるで最高級のワインについて議論でもしているような口調で、オーキッドの正門前で売られている、安物の模造アフリカ民芸品の仮面を批評していた。もう無理だ。それ以上書くのを諦め、私はイヤホンを外して彼らの会話に加わった。「みなさん、どうしてコンゴへ?」

男性の同席者たちが詳細を補ってくれた。彼らは、カフジ゠ビエガ国立公園で一日を過ごしてきたばかりの自然保護団体のメンバーだった。トレッキングウェアに身を包み、類人猿を求めて茂みを切り開きながら道なき道を何時間も歩く装備で出かけたのに、一〇分歩いただけでゴリラを見つけたのだそうだ。Dを紹介されたとき、彼は自分がこのグループの旅行に同行しているだけだと説明した。この団体の一員ではないのだと。彼がくれた名刺には、環境保護の非営利団体の創立者兼CEOという肩書が記されていた。どこのものともつかないアクセントで話す彼の声には、ものすごく聞き覚えがあった。絶対に知っている人だ。どこかでしゃべるのを聞いたに違いない。グローバル・アイディアのフォーラムあたりのビデオポッドキャストだろうか? 彼が、私を夕食に誘った。

「それはいいですね」と答える。

「ええ、とてもいいでしょう」と彼。

——あら——。

私たちは一緒にテーブルについた。Dはことあるごとに身を乗り出し、間に座っている現代のスタンリー越しに、私にトマトやパンを勧めては会話を交わした。Dは、例として私を指さした。「いいかい、リサ、君がこうしてコンゴにいることは大きなリスクだが、絶対にそこから得るものがあるはずだ。家でじっとしていたら感じたかもしれない後悔より、はるかに大きな何かをね」

Dに電話が入り、彼は席を外した。現代のスタンリーがこちらへ身を寄せ、彼らの旅の道連れがいかに〝大物〟で〝重要人物〟で〝裕福〟なのか、自慢したい気持ちを隠しきれずに教えてくれた。Dの資質について羅列する。東部の名門大学で教壇に立っていたこと、世界中の銀行の半分を顧客に持つ多国籍ソフトウェア会社の創業者兼CEOであること、彼の銀行口座に並ぶゼロの数のこと。浸透作用によって自らも高い地位を手に入れようとしているスタンリー氏の自慢話は、聞いている私のほうが恥ずかしくて身を縮めたくなるほどだったが、そのせいで一層、Dのために胸が痛んだ。二人きりで言葉を交わすことはなかったが、Dが席に戻って一瞬こちらを見たとき、無敵の仮面の奥が透けて見えた。彼が部屋を出て行ったあとで周りの人々がどういうことを言うのか、私には想像がついた。彼の瞳を覗きこむと、私にはその瞳の色よりも、孤独の重さのほうがはっきりと見えた。

彼は、その日訪れた村で栄養不足の子どもたちと仲良くなった話をしてくれた。子どもたちが腹を空かせていたので、卵を買ってやったのだそうだ。すると他の子どもたちも卵をほしがったので、彼らにも卵を買ってやった。そのうち、みんなが卵をねだってきた。彼は売り子が抱えた卵をひとつ残らず買い占め、気がついたら子どもたちが笑っていて、卵が宙を飛び交い、地面に落ちて割れていた。見事な卵パニック。彼はコロラドのヴェイル・スキーリゾートあたりでスキーをしていたり、地中海でヨットに乗っていたりするほうが似合っていると思うのだが、現実にはコンゴにいて、飢えた子どもに卵を買い与えている。彼の「卵と子どもたち」事件と自分が経験した「ピーナツと少女」事件を比較し、つい微笑んでこう言った。「私も、同じようなことをすると思うわ」

それでも、私は異国情緒豊かな場所で魅力的な男性と出会ったときに、理性的な女性なら誰でもとる行動に出た。その場を辞して、部屋に戻ったのだ。ベッドの端に腰掛け、電話を手に取る。マイマイとの遭遇について、テッドに電話をしてみようかと考えた。そんなことをする意味があるだろうか。

私は電話をかけた。

コンゴからアメリカへ国際電話をかけるとテレホンカードの度数があっという間になくなってしまうが、アメリカからコンゴへかける場合は割引がきく。だから母国の誰かと電話で話す必要があるときは、いつもかけ直してもらっていた。テッドが電話に出たので、私は言った。「もしもし、そっちからかけてもらっていい?」

沈黙があった。やがて、どんなに雑音の混じる電話回線で聞くよりも遠い声で、テッドがにべもなく言った。「仕事中なんだ」

私はどうにか声を絞り出した。「ああ、そう」

長い間が続く。

イギリス人らしい言い方で、彼は沈黙を断ち切った。「仕事に戻らなければ」

翌日、コンゴでの最後の夕食を町で食べようというDのグループに同行した。ブカヴを車で横断し、だだっ広くて客がいない、湖を見下ろすレストランに到着する。プールまで備えたこの場所もかつては壮大で賑わっていたのだろうが、明らかに遠い昔の栄光だった。その晩、私たちの他に客が来ることはなかった。停電になり、発電機で灯された薄暗い蛍光灯が音を立てながら、傷んだ室内を照らす。カレー風味のおかゆが出てくるまで、二時間も待たされた。その間、Dがグループにスピーチをし、コンゴで将来展開したいプロジェクトについて語った。そして私の隣の席に戻りながら、皮肉を言った。「これで本当のことがわかっただろう。僕は単なる見かけ倒しの中古車セールスマンなんだよ」

私たちは気安く言葉を交わした。Dは翌日、コンゴを出たらザンジバルへ向かうのだという。何カ月も前にアフリカのガイドブックを何冊もめくったことをぼんやりと思い出し、私は言った。「私も、アフリカに来たらそんなことをしようと思ってたのよね」

「一緒に来れば?」

コンゴで出会ったばかりの男と一緒に、ザンジバルへ逃げる? 私は笑った。

現代のスタンリーがマイマイの話題を始めた。洗面台のゴム栓を首飾りにしていることや家畜をレイプすることなど、彼らの奇妙な風習について品のない冗談を飛ばす。この夜、いくら軽い口調ではあっても、マイマイの話題は私の気に障った。私は身をよじり、威嚇射撃をするように口を挟んだ。「ちょうど、マイマイと一緒にキャンプをしてきたばかりなんですよ」

私の張りつめた、「いいから黙りなさいよ」と言うような口調のせいか、テーブルが静まり返る。こらえきれず、私は半島で過ごした夜の一部始終をまくしたてた。全員が居心地悪そうに押し黙る。Dがテーブル越しに身を乗り出し、私の目をまっすぐ見据えて言った。「君はとても勇敢だね」

帰り道、ブカヴのおんぼろ道路を飛び跳ねながら走る四駆の後部座席に押しこめられ、私とDは並んで座っていた。曲がりくねる道や丘の途中には、物売りが路上に並べた木箱に置かれた灯油ランプの光がぽつぽつと灯っていた。

驚くほど不安げに、Dが聞いてきた。「今夜は楽しめた?」

「ええ」

「本当に? 間違いない?」彼の手がそっと私の腕に触れ、引っこめられた。

「すごく楽しかったわ」

オーキッドまでの道中、彼はずっと私の手を握っていた。

私が泊まっているコテージはオーキッドの敷地の一番奥にあり、毎晩歩いて戻るのも気味が悪いくらいだ。だからDが部屋まで送ろうと申し出たとき、私はためらいなく受け入れた。暗く、人気のない路を歩くのに、彼の存在は心強かった。私たちはほとんど口もきかずに、入り口を武装した男たちがうろつく客室の前、「関係者以外立ち入り禁止」と書かれた門の前、「最後のベルギー人」の私邸の玄関先、斧を振りかざした警備員、番犬、そしてランが吊るされた庭園を通り過ぎた。敷地の一番奥にある私のコテージにたどり着く。外界とオーキッドを隔てる唯一の壁は腐りかけた竹の柵で、コテージの専用テラスはキヴ湖を見下ろす崖の上にある。Dが私にキスをした。

敷地内を歩いてくる間中、私は「何を聞かれても、イエスと答えよう」と考えていた。だから口から出てきた答えに、自分でびっくりしてしまった。「それじゃ、おやすみなさい」

彼は一緒にザンジバルへ行こうとあらためて説得にかかったが、私はそれも拒絶した。

コテージの裏から、狂気じみた犬のうなり声が聞こえた。二人して、慌てて部屋の中へ逃げこむ。

「あなたはここにいちゃいけないわ」と私は言った。「あなたに対しては、ここ最近出会ったどんな男の人よりも好意を抱いてはいるけど」。彼がこのままここにいてはいけない理由を連ねる私は、相手よりもむしろ自分を説得していたのかもしれない。「ただ、私は簡単に寝るようなタイプの女じゃないってだけで」

「そんなことは思ってないよ」

優等生な回答。

私はさらにつけ加えた。「ただ、あなたのことをあまりよく知らないだけなの」

「というか、君は僕のことを全然知らないよね」と彼が言う。「一回スピーチをするのを聞いただけだ」

私たちは無言のまま、しばらく見つめ合っていた。人生でこういう可能性は、束の間のチャンスはどれくらいあるのだろう？　彼はそれ以上押さなかった。礼儀正しく電話番号の交換を申し出て、去っていく。私は高ぶった神経でベッドに入った。――私は今、本当に彼を振ったの？　頭でもおかしいんじゃないの――？

コンゴで彼に会うことは、二度となかった。

23　ママ・コンゴ

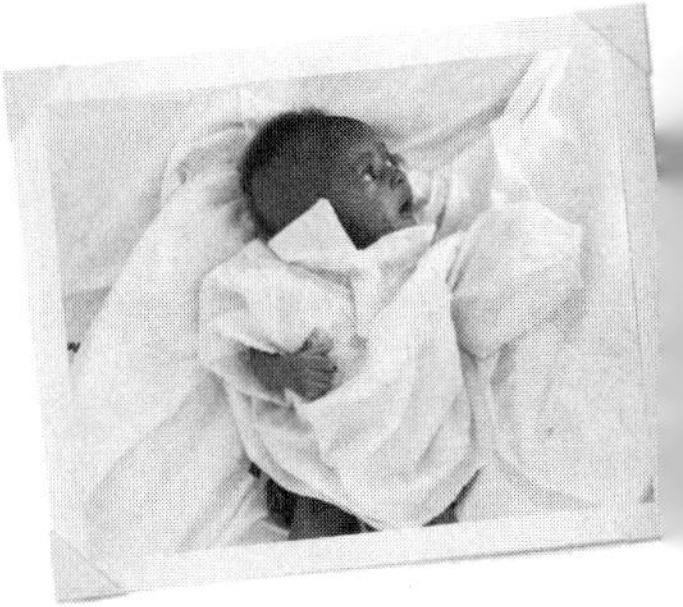

ジェネローズの大家の脅しは、はったりではなかった。ジェネローズの所持品をすべて差し押さえ、子どもたちを放り出してしまったのだ。子どもたちは、どこへとも知れず散り散りになってしまった。友達のところ？　親戚のところ？　ジェネローズにはわからない。パンジー病院で短時間だけ訪問したときには、ジェネローズは取り乱していた上、術後投薬の影響もあってぼんやりとしていた。私からの唯一の慰めは、まだ秘密だ。母がアメリカで話を広め、ジェネローズに家を買うために一五〇〇ドルを集めたのだ。ジェネローズに別れを告げ、私たちは物件探しに繰り出した。

コンゴでの不動産探しは、それまでに私が経験した中でも一番奇妙なビジネス体験となった。まずは、基本的なところから手をつけた。立地、立地、立地。モーリスと私は意見を出し合い、パンジー近辺でウィメン・フォー・ウィメンの陶芸教室の近所、というところまで範囲を絞りこんだ。このあたりなら予算内に収まるはずだし、ジェネローズが登録しているグループの女性たちが何人も近所に住んでいるから、友人や隣人たちがすぐに受け入れてくれるはずだ。病院にほど近く、何より、国連の敷地のすぐ隣に位置している。車を降りると、国連の敷地周辺に砂袋を積み上げて作った監視塔が見えた。畑と周辺地域を見渡せるようになっている。二四時間警備に勝るものはないだろう。モーリスが、売り物件がないか聞いて回った。数分後、手がかりがつかめた。一二〇〇ドルで売りに出ている家があるそうだ。

通りから外れて細い道へ入る。それだけでもう、この場所はだめだとわかった。ジェネローズは、この道を松葉杖で歩くことはできないだろう。しかも、木の枝とタイヤのゴムで作った歩道橋まであるのだ。それでも、比較対象とするため、一応見てみることにした。

庭に囲まれて泥小屋が整然と並ぶ集落の中に、青いシャッターのついた小さな家があった。家主は私と同年代の女性で、彼女を取り囲む幼い子どもたちは、ほんの少しずつ背丈が異なる。このママは過去一〇年間、常に妊娠していたのだろうと想像できた。モーリスが通訳する。「この家を売りに出したのは、生活手段がないからだそうだ」

身をかがめて室内へ入り、薄暗くすすけたコテージの中を見学する。木枠のカウチにはかぎ針編みのオレンジ色のレースカバーがかかり、壁には写真が飾られ、がたついた食器棚が置かれている。この居間に漂う間に合わせの品格を見たら、アメリカ中西部の主婦はみんな自分を誇らしく思うだろう。台所は、焦げた鍋と灰の山で埋め尽くされていた。寝室は簡素だ。

寝室の入り口から中を覗きこんだとき、ベッドの上にぼろ切れの塊があるのをもう少しで見落とすところだった。そのぼろ切れには、痩せこけて肌色の悪い赤ん坊がくるまれていた。近くに寄って見てみる。赤ん坊は目を開けて、静かにしていた。弱々しい。その目つきには見覚えがあった。意識の狭間を行ったり来たりしている目つき。死にかけている人に特有の薄明かりだった。

仕事に戻らなければ、という意識が働いた。廊下を戻って家について家主と話し合い、一日の仕事を続けなければ。悲しいことではあるが、私には関係ない問題だ。今日はもう手いっぱいなのだから。

赤ん坊に再び目をやる。

窓がぴっちりと閉まった灼熱の車内で、犬がぐったりとしながら絶望のうちにハアハアと喘いでいるのを見てしまったときのような気分だ。あなたは覗きこんでこう思うだろう。ま、私には関係ないし……もうすぐ飼い主が戻ってくるでしょ。

赤ん坊は死にかけている。

――アフリカ中の赤ちゃんを救うことはできないわよ――。

それはそうだ。でも、私はアフリカ中の赤ちゃんと同じ部屋にいるわけではない。今、私はこの赤ちゃんと同じ部屋にいる。

――今日は他に予定があるでしょ――。

まったく同じ情景を、ミネアポリスやソルトレイクシティやサンディエゴの郊外に置き換えて想像してみる。家族が平然と日常生活を続ける中、奥の寝室で赤ん坊が死にかけているのだ。あり得ない。緊急事態だ。

だが、ここは郊外ではない。アフリカだ。それがここの日常、そうだろう？

――今日はやることがあるの――。

私は廊下へ出て母親に訊ねた。「赤ちゃんのことが心配?」

「いいえ。病気なだけですから」

「赤ちゃんがあんなに小さくて、お医者さんはなんて言ってたの?」

「何も言いません」

「それは不思議だわ」と私は言った。「コンゴの赤ちゃんは、あんなに小さいのが普通なの?」

モーリスが口を挟む。「普通じゃないよ」

私たちは居間へ移動した。赤ん坊の名前はボンジュールと言った。私は彼を膝に抱いた。極寒の地で着るようなフリースのトレーニングウェアを着せられて、汗をかいている。「暑いんじゃないかしら?」と母親に聞く。返事も待たずに赤ん坊のズボンを剥ぎ取り、次いで上のスウェットも脱がせようとしたら、頭に引っかかってしまった。

「私には子どもがいないってわかっちゃうわね」

母親が、スウェットを脱がせるのを手伝ってくれた。私が彼女の息子に強い関心を示していることで、ストレスを感じているようだ。私は小さい華奢な体、骨と皮だけの脚、浮き出している青白い小さなあばらを見つめた。赤ん坊が泣き出す。赤ん坊のこんな声は聞いたことがない。母親の関心を引こうとするような押しつけがましい、しつこい泣き声ではない。ゆっくりとした泣き声だ。か細い、絶望的な声。

「どうか泣かないで」と言う。まずい。やられそうだ。赤ん坊がおしっこをした。何かで吸い取ろうと、タオルでも布でもレースでも、手近なものに手を伸ばす。「もう、やだ！　肝心なところが濡れちゃったわ！」

「本物のママだ！」モーリスが笑い出した。「まるで洗礼だな！　これで君は本物のママ・コンゴだよ！」

私はしばらく黙ったまま、ただ首を振っていた。——とにかく——。

母親が赤ん坊を引き取った。母乳を飲ませながら、裸の赤ん坊を腕に抱く。

気が張ってはいたが、私は言った。「赤ちゃんを、他のお医者さんに診せに行きたいんだけど。赤ちゃんには対処が必要だわ。栄養も必要よ。治療も必要としている。この状態は普通じゃないの。脱水症状を治さないと。こんなに小さいのはおかしいのよ」

「うちのお医者さんは、この病気は病院では治療できないと言いました」と母親が反論した。「伝統のお薬が必要なんです」

「ひどい栄養失調なのよ」と私は食い下がった。「あなたと赤ちゃんとをパンジー病院へ連れて行きたいの」

「病院へ連れて行ったら、伝統療法士に連れて行くよう、お医者さんに言われたんです」と母親。

「そうしたら、症状はずっと改善し続けています」

一応断っておくが、この女性の家にずかずかと踏みこみ、彼女が子どもの面倒をどう見るべきかを指図するのが根本的にどれだけ不適切なことか、自分でもよくわかっていた。私は医者ではない。この家族のことを知りもしない。大学のゼミで、フェミニストのエンパワーメントに関する討論会をやったことを思い出した。だが、今そういう問題にかまっている時間はない。この赤ん坊は死にかけているのだ。

「お子さんは何人？」

「八人」

「亡くなったお子さんは？」

「いません」

母親は苛立っていた。だが、それでも赤ん坊に服を着せ始めた。私の視線を避けながら小さな白いドレスに包み、それからしわくちゃの白いカーテンでくるむ。

外へ出るとき、下から二番目と思われる少女の存在に気づいた。髪は赤茶け、鼻水を垂らし、目の下には大きな隈があり、腹が風船のように膨れている。女性の私生活に臆面もなく首を突っこんでいるのは承知で、私は聞いた。「この子も病気なの？　お医者さんに見せたほうがいい？」

「栄養失調は、この二人の年齢差が少ないことにも原因があるんだろう」とモーリスが推測した。確かに、これだけたくさん赤ん坊がいては、ただでさえ細い母親の体から十分な量の母乳が出るとは思えない。

母親は無言のまま、末娘のニーナの顔をきれいに拭い、服を脱がせて体を洗い、全身にオイルを擦りこんで健康そうな肌艶を与えようとした。色あせた黄色い花柄の綿のパーティードレスをつかみ、少女に着せる。ニーナはご機嫌斜めだった。

パンジー病院までの道中、ニーナは死んだような視線を私に向けていた。これまでの短い人生の間に、一度も微笑んだことすらないような表情だ。私の膝全体を濡らしたおしっこは、まだ乾かない。全身黒の服でよかった。

栄養失調の子どもたちを治療するセンターの看護師は、別段驚いた様子も見せなかった。赤ん坊たちをぶら下げ、ニーナとボンジュールが死ぬほどおびえて泣き叫ぶのもかまわずに、板の上で体を引っ張って身長を測り、検査をした。母親がボンジュールの天使のような衣装を剥ぎ取り、医療スタッフは彼の体重を測定するため、吊るされた袋の中へ入れようとした。私はやきもきしながら彼を渡した。「首を支えて。首に気をつけて。優しくね！」赤ん坊が袋に飲みこまれる。顔は覆われて見えなくなる一方、尻が半分はみ出したままだ。スタッフはまるで肉の塊でも測るように、体重計の上にぼとりと赤ん坊を落とした。

ボンジュールが私の腕に返される。泣き叫ぶ彼を、私はあやした。またおしっこをされる。本当に、びっしょりと、栄養失調の赤ん坊のおしっこまみれになってしまった。まったくかまわない。「こっちの子に関しては、治療に問題はありません」。看護師は言って、少女のほうを指し示した。次にボンジュールに向かってペンを振る。「こっちの子については、病気だからこんなふうになってしまったんです。母親がちゃんと面倒を見て栄養を与えていればいいんです」

私は唖然とした。「この子を治療してくれないんですか？」

「問題は、ちゃんと栄養を与えることですから」

「ええ、それはわかっています」と私。「だから、この『栄養失調の子どもたちに栄養を与えるセンター』へ来たんです。どうやってその問題を解決すればいいんですか？」

「母親が母乳を与えればいいでしょう」

ショックだった。「それじゃ、この子には何もしてくれないの？　この子が小さすぎるから？」

赤ん坊は、ものすごい勢いで泣いている。

「体が小さいのは、病気の結果です」と看護師が繰り返す。「治療は行いました。これ以上できることはありません。病気になれば、治療します。でもこの子の状態は普通です」

――ほらね？　赤ちゃんは元気でしょ。次からは、他人の問題に口を突っこまないで――。

テーブル越しに飛びかかって看護師の首を絞めないよう、必死で自分を抑えた。「この状態は普通じゃありません」

看護師は、「失せろ」とでも言いたげに肩をすくめ、出て行ってしまった。

そこへ、私の携帯電話が鳴った。以前パンジー病院を訪問したときに案内してくれた、ロジャー医師からのメールだった。今日は手術の合間を縫って、栄養センターまで連れてきてくれたのだ。

「あなたがしていることはいいことです。あなたは赤ちゃんの命を救ったのだと思います。もし何か問題があれば……」

ロジャー医師は、帝王切開を一件終えてから私たちに会ってくれた。廊下にできた長い列の脇をさっさとすり抜け、個室の診察室へと入る。ロジャー医師が、女性の小児科医に紹介してくれた。

彼女がボンジュールを洗礼衣装のようなおくるみから取り出し、検査をする間、赤ん坊は大粒の涙をこぼしていた。検査が終わると、私はガーゼのような白い布で赤ん坊を包み直しながら聞いた。

「どこが悪いんですか?」

「ここを何かで切った傷による、合併症が出ています」と言いながら、彼女はボンジュールの喉を示した。

「扁桃腺ですか?」

「風邪を治療する際の伝統療法なんです」と小児科医。「これにより、肺の感染症が起こってしまっています」

「深刻なんでしょうか?」

「治療しなければ、死んでしまうでしょう。栄養失調も深刻ですし、肺に感染症がある。ここに入院させないといけません」

母親は憤慨していた。モーリスが通訳する。「母親がここに残らなければいけなかったら、他の子どもたちの暮らしはどうなるのかと言っているよ」

私は聞いた。「あなたは、今もご主人と一緒に暮らしているのよね?」

「そうです」

「ご主人に助けてもらうことはできない?」

彼女の顔に浮かんだ表情は、「無理だ」と言っていた。首を横に振る。「夫は無職です。私が働いているんです」

「それじゃ、ご主人にここで赤ちゃんと一緒にいてもらったら? それであなたが家にいたらいいわ」

まるで私がとんでもないことを言い出したかのように、彼女はぽかんとして私を見た。

「それは難しいだろうね」とモーリス。

「できないのね、わかったわ」と私は言った。「でも、ここに残らなければ赤ちゃんが死んでしまうということはわかっているのよね」

私が見つめる中、本物のママ・コンゴはまたしても究極の選択を迫られていた。頭の中で計算している様子が伺える。——この子を諦めれば、他の七人の子たちは生きられる——。

ロジャー医師が言った。「リサ、この子はとても弱っている。彼が必要としている治療の程度は……」

「入院期間はどのくらい必要ですか?」私は聞いた。

「治療に七日間」とロジャー医師。

「助けてくれるお友達や近所の人はいる?」私は母親に聞いた。

「子どもたちの面倒は見てくれます。でも食べ物は誰も与えてくれません」

「食べ物は私たちが買います」と伝える。「何がいるの? お米? 豆?」

母親が必要なものを挙げた。豆、米、フーフー、塩、タマネギ、ランプの灯油、野菜。

ロジャー医師が母親に何かを二、三回繰り返した。「アサンテ(ありがとう)」という言葉が聞き取れた。

母親は微笑み、静かに言った。「メルシー」

私たちは大急ぎで町を横切って地元の市場へ向かい、一一キロ入りの豆と米の袋、カリフラワーとタマネギとジャガイモの山、何ダースもの卵、バナナ、トウモロコシのフーフー（「栄養失調患者にはこれが適しているんだ」）を購入した。隣人たちが、食料をボンジュールの家まで運ぶのを手伝ってくれた。食料と引き換えに近所の女性たちが子どもたちの面倒を見てくれるよう、賄賂として十分な量を買いこんだ。

近所にいる間に、物件探しも続行する。住民たちは喜んで家を見せてくれるようになった。だが、言い値は二〇〇〇ドル以上で、一五〇〇ドルが予算の上限だといくら言ってもだめだった。これ以上はもう資金がない。

しまいに、私たちは土地に目を向けた。ほどほどの、ポートランドの一軒家と同じくらいの広さの土地が、六〇〇ドルで売りに出ていた。コンクリートの床、石を埋めこんで塗装した壁、トタン屋根の簡単な木造の家を大至急で建てたらどのくらいかかるか、地元の不動産の大御所に見積もりを出してもらう。九〇〇ドルでどんな家が建てられるか、教えてほしいと頼んだ。すると、一〇日でできるとのことだった。

どうやらなんとかなりそうだ。

地元住民の一人に聞いてみる。「いい取引だと思う？」

「建築資材を全部書き出して、明日の朝見せてもらうように頼むといい」とその住民は助言をくれた。

そのとおりにする。

「ここに住む女性は、あと二カ月間入院しているの」と私は強調した。「仕事を早くすませるのは大事だけど、今話し合ったとおりにやってもらうことと、値段が変わらないことはもっと大事なんです。それに、この土地がジェネローズのものだという公式な書類が彼女の手に渡ること。後になってから誰かが来て『悪いね、予定より費用がかかりそうだよ』なんてことにはならないように」

「床は石造りで」と建設業者が言う。

「だめ。コンクリートで！　松葉杖を使う人なのよ」。私は笑った。「不動産を扱う人は、アメリカでもコンゴでも一緒ね」

案の定、翌朝再会したとき、業者は建築資材の長いリストを持って来て、一二三〇〇ドルという「事後計算価格」を提示した。

「ああ。それじゃ交渉は不成立ね」

「問題は、連中の目にムズングしか映っていないってことだよ」とモーリスが言う。

モーリスが、ジェネローズの兄と協力して、予算内で建設の監督をすると申し出てくれた。

パンジー病院では、ボンジュールが小児病棟の中央に置かれたベッドに白いドレスのまま横たわっていて、ニーナがバナナを貪り食っていた。一週間の入院費用である五〇ドルは、私が払っておいた。かがみこみ、ボンジュールに話しかける。「ご機嫌ね。もう、少しよくなったみたい」。ボンジュールが笑みを見せた。笑った！

去り際に、私は母親に訊ねた。「必要なものは全部揃ってる？」

すると彼女が答えた。「お茶に入れる砂糖がいります」

気まずくなって、私はそれを笑い飛ばした。「もしかしたら、明日には手に入るかもね」

24　エル・プレジデンテ

私は、すし詰めの四駆に乗っていた。コンゴ人の友人とルネという名の男に挟まれて、車窓の外をコンゴの風景が流れゆく田舎道をひた走る。助手席には、車酔いのためにフロントガラスから外を眺めなければならない別の友人が座っている。ここがどこなのか、私たちがどこへ向かっているのかはどうでもいい。どうしてルネが同乗しているのか、誰が彼を招き入れたのかも問題ではない。ときには、詳しく説明したいという欲求よりも、安全確保のほうがはるかに重要な場合もあるのだ。

ルネは女性のような高い声で話すが、野球帽とニットのベストがいかにも〝郊外のパパ〟ふうだ。道中ずっと、彼は自分がいかにフェミニストであるか、そしていかに多くの国際NGOのために働いてきたかを売りこんでいた。仕事を得ようとしているのだ。「《ラン・フォー・コンゴ・ウィメン》のマネジメントをやるのに、僕を雇うべきだよ！」

礼儀正しく微笑み返しながらも、私の心はそこにはなかった。コンゴ人の友人に対して、そして先ほど終えてきたレイプ被害者からの聞き取りを含む会合で生じた〝通訳〟問題に関して、不満を抱いていたのだ。

ある女性が話したとき、「マイマイ」という言葉が聞き取れた。コンゴ人の加害者について彼女がそれほど直接的に話したことが、私には驚きだった。

コンゴ人の友人が通訳する。「彼らが彼女を凌辱したそうだ」

「誰が？」

すると友人が言った。「彼女は『インテラハムウェ』と言った」

「マイマイのことを何か言わなかった？」

友人はあいまいに応えた。「マイマイのことは何も言っていなかった」

――なんですって――？　私はスワヒリ語を二〇語程度しか知らないかもしれないが、「マイマイ」はそのひとつだ。「いいえ、言ったわ。彼女をレイプしたのはマイマイなの？」

友人は答えなかった。

私はさらに強いた。「聞いてください」。友人は再度質問をし、そしてしぶしぶ認めた。「そのとおり、彼女はマイマイにレイプされた」

そして今、延々と続くでこぼこ道の疲れる移動で疲れ果てた頭で会合のことを考えていると、道路脇に兵士たちが立っているのが見えた。もう習慣のように、私は聞いた。「コンゴ軍？　マイマイ？」

しばらく沈黙があった。やがて友人が言う。「わからない」

全員の目が前を向き、道路に注がれていた。「マイマイのことが知りたければ、隣の彼に聞けばいい。南キヴ州のマイマイの指揮官《プレジデント》だから」

その言葉を理解したり、友人に「あんた何考えてんの？」と非難のまなざしを向けたり、これが意味することの悪影響を計算したりする時間はなかった。

こんな機会はめったにないと自分に言い聞かせながら、体内を恐怖が駆け巡るのを感じた。疑いようのない事実を理解する。コンゴは疑心暗鬼であふれているが、この男は本当に危険人物だ。慎重に対応しなければ。

私は満面の笑みを浮かべ、言った。「マイマイについて、ぜひもっとあなたと話したいわ！」

その言葉を口にしながら、今日会ってきたばかりの女性のことが頭をよぎった。レイプ犯のマイマイについてあれほど率直に話してくれた女性。彼女がそれを打ち明けたとき、「指揮官《エル・プレジデンテ》」が私の真後ろに立っていたのだ。私は念押しした。そして、マイマイが彼女をレイプしたことを強調した。発表したのだ。まるで、コンゴに〝安全な空間〟などというものがあるとでも言うように。数週間の滞在だけでこの場所で物事がどのように進められるかを完璧に理解し、コンゴ式の善と悪を十分に把握し、口にすべきことと触れずにおくべきことの区別がついたとでも言うように。

その日口にしたのはロールパンとファンタだけだったので、私は糖分過多による興奮状態に陥り、急速に禁断症状を起こし始めていた。膝から手を持ち上げ、震えているかどうか確認しようとする。だが、このでこぼこ道ではまったくわからない。目を閉じて、人を騙すときに感じる、陰鬱で穢《けが》れた気分を無視しようとする。飛んだり跳ねたり穴ぼこを越えたりする車内は、最悪の乱気流に巻きこまれた飛行機のようだった。

コンゴ人の友人がご丁寧に、ルネは誰にもまして真面目な人物だと説明してくれた。彼は、マイマイをちゃんとした組織へと発展させるために呼ばれたのだ。マイマイの認知度を高め、効率を上げるために。マイマイの広報担当となるために。私は四苦八苦しながら、彼に話をさせようとした。私が彼の味方だと思わせるため、声の調子は無理やり陽気さを維持した。

――ソクラテス式にね――。

ルネが説明する。「僕はコンゴ愛国者なんだ。僕はこの国を愛している。祖先の土地を愛している。祖国に対するどのような侵害に対しても、いつでも『いやだ!』と言う準備はできている。我が軍は、弱点をさらけ出してしまった。政治指導者が腐敗していることに気づいた者もいる。敵を待ち受けるのではなく、逃げ出す兵士もいた。我が軍の弱点について協議するため、人々が集結した。戦いに立ち向かうことは不可能だった。僕は、何らかの抵抗を表している人々と手を組んだ」

「それはいつの話?」

「一九九六年の戦争だ」

「それじゃ、もう一一年も携わってきたの? 一番始めの頃から?」

彼は力強い笑みを見せ、両手で膝を包みこんだ。謙虚さを装いつつも喜びながら体を前後に揺らす様子は、手作りのクッキーを褒められた主婦のようだった。「ああ、そうだよ」

「それだけ長いこと携わってきたのなら、あなたほどの能力があれば、上層部で指導的役割を果たしているのも当然のことね」

「僕は、マイマイ運動の南キヴ州全体を統括する指揮官に任命された。同胞のマイマイたちから、国政選挙に立候補するよう指名された。だが、五人の枠に三〇〇人が手を挙げたんだ。うまくいかなかったよ。選挙には負けてしまった」

「選挙ってそういうものよね」。おそるおそる笑いながら私は言い、彼をリラックスさせてもっと自由にしゃべらせようとした。

「僕の任務は、もちろん、政治活動に焦点を当てていた」と彼は続けた。「マイマイは行動を起こす組織だから、政治的、思想的に構築される必要があった。反抗する者は誰でも殺すとわかっている以上、誰を殺すかについては思想が必要だ。邪魔になる者は誰であれ、殺さなければならないから」

「それで、どんな場合に殺すべきかという論理を作ったのね」

「戦いにあってどのように行動すべきかについての資料や、人権に関する本を読んだ。『ソルフェリーノの戦い』［アンリー・デュナンの著『ソルフェリーノの思い出』（木内利三郎訳、日本障害者リハビリテーション協会、一九九九年）を指していると思われる。イタリア統一戦争中の「ソルフェリーノの戦い」を題材に負傷兵救護を訴え、赤十字創設の元となった］とかね。その本では、戦時中の民間人やその他の敵に対する兵士の態度について記されていた」

「どういった指針を策定したの？」

「本では、状況に応じて取るべき態度が異なるとあった。たとえば、裏切り者の民間人に対する態度。民間人は……ほら、戦時中ではまともな司法機関などもないわけだが、こちらの居所を暴露したという証拠があるとする……そうした民間人は殺してもいいんだ。他の民間人が裏切らないようにするためにね。わかるかな？　そういった事例がある。思想として僕たちが持っているのは、殺すのは敵だけ、というものだ。牢屋も刑務所もないから、逮捕する必要はない。となると敵は殺して、可能な限り市民を守らなければならない。それだけのことだよ」

「民兵によくある行動については？　その、レイプとか、略奪については？」

「マイマイは地域を守っているのだから、盗む必要はない。地元の人々が、兵士を支援するために必要なものは何でもくれる。レイプは外国の風習だ。コンゴ人がもともと知らなかった、外国の風習なんだ」

車酔いの友人が助手席から身を乗り出してきた。明らかに怒っていて、相手に挑戦するつもりだ。

「少年兵についてはどうなんだ？」

私は前に身を乗り出し、車酔い氏の腕をそっとつかんで囁いた。「その話はやめて。身の安全のためよ」

ルネが、助手席のほうへ体を寄せた。「子どもを誘拐する必要などない。彼らは志願してくるからね。僕たちの戦いに加わりたがっているんだ」

しばらくの間、誰も何も言わなかった。私はＢＶＥＳで取材をした少年たちのことを思い出していた。誘拐されたこと、盗みを働いたこと、目に入る女性を片っ端からレイプしたことを、率直に話してくれた少年たち。

「マイマイが完璧だとは言わないよ、聖人ではないからね」とルネが言う。「時々、彼らは慣れない環境に置かれる。腹が減って、穀物を盗むために畑に行ったりもする。だが、マイマイは伝統的な集団だ。従うべき〝ヒント〟がある。酔っ払ったり、タバコを吸ったり、レイプをしたり、何か悪事を働いたりすることは禁じられている。年長者の判断で、もし不品行をしたとみなされれば最前線で殺されるんだ」

「ああ、そうだ！」私は言った。「迷信の要素もある……」。その言葉が口から出た瞬間、空中で引っつかんで飲みこみたくなった。「というか、信仰だけど」。通訳される前に修正できれば、と思ったが、遅かった。「迷信」として通訳されてしまった。

ルネは不自然な笑みを浮かべ、目をこすった。「マダム。〝信仰〟や〝迷信〟などというものはないよ。それは〝真実〟なんだ」

ルネのフランス語の中に、「鎮痛剤《アスピリン》」や「マラリア」といった言葉が聞き取れた。大きく見開かれ、まっすぐこちらを睨みつけるまなざしが、マイマイである彼の感情を私が害してしまったことを教えてくれた。もう彼の話が通訳されるのを待ちすらしなかった。ただひたすらうなずき、「ええ……そのとおりね……確かに……」とつぶやきながら、薬草の混合物でいかにマラリアや高熱を治療したり、兵士に防弾効果を与えたりするかをルネが説明するのを聞いていた。「マイマイは、産婆が作った薬草水で体を洗い、レイプや盗みといった悪事を働かずにいれば、弾が当たることはないと信じているんだ」

ルネを安心させ、こちら側へ連れ戻そうと、私は熱をこめて言った。「伝統薬のようなものね。アメリカでは、伝統療法がものすごく注目されてるのよ」

ルネが顎をこする。その声が甲高さを増した。「まさしく伝統薬だよ。彼らには薬などなかった。不潔だった。すぐ病気になってしまっていた。君が〝迷信〟だの〝信仰〟だのと呼ぶ薬草を使わざるを得なかったんだ。自分たちの身を守るため、他に手段がなかったんだ」

どうやら大変な侮辱を与えてしまったらしい私は、必死で逃げ道を探した。ルネがつけ加える。「君が〝信仰〟と呼ぶものは、信念と似たようなものだ。自分が受け入れられるものは、それ自身がおのずと現れるものだ」

「〝信念〟ね。それが一番ぴったりくるわ」と合意する。

「信念だ」。彼が含み笑いをする。

「よかった。これで考え方が一致したわね」

「真のマイマイは活動の思想や規律、ヒントを一〇〇パーセント尊重している。そのようなマイマイは不死身だ。偽者のマイマイは、ヒントに背いて罪を犯した者だ。そのような人間は負傷する。弾が当たったなら、そいつは真のマイマイではない。何か悪いことをしたんだ。レイプ、盗み、戦いの前に妻とセックスすることも罪だ。戦闘前のセックスは禁じられている。それで身を穢《けが》してしまうからだ。そのような男は、真のマイマイという地位を与えられない。キリスト教徒にも本物と偽者がいるのと同じことだ」

「マイマイの狙いは何?」

それから一〇分間、彼は同じような答えをさまざまな言い方で説明した。どれも、出だしは「マイマイは地元住民による抵抗運動で……」だった。

「抵抗って何に対して？　誰に対して?」

「侵略者だ」

「どうして侵略者たちはそんなにコンゴに関心があるの?」

「よく聞くんだ。こういう格言がある。自分の敷地内に美女がいたら、男たちはお宝を求めて敷地の周りをぐるぐる回る、と。コンゴの天然資源が、外国人を引き寄せるんだ」

「あなたが言う〝外の連中〟や〝侵略者〟は、外国の武装勢力のことなの？　それともツチ系コンゴ人のバニャムレンゲのような、他の民族のことなの？」と聞いてみる。

「バニャムレンゲは体制によって、法によって受け入れられた」というのが彼の答えだった。「彼らには国籍が与えられた。だが、彼らは侵略者たちに協力している。ルワンダや、ブルンジや、ウガンダに。コンゴに対する侵略者たちの攻撃の橋渡しをしているんだ。彼らは兄弟たちに取りこまれてしまった。侵略者たちの通り道だ。危険な存在だ」

「それで、非武装化プロセスのブラッサージュに対するあなたの意見は？」

「マイマイは納得していないから、彼らが訴える思想について聞くためのグループを送りこんだ。彼らが耳となる。だが、別のグループが背後で待機している。人々を守り、攻撃をしかけられれば抵抗運動に加わるグループだ」

牧師の妻だった私の祖母には、口癖があった。不誠実であることほどくたびれることはない、というものだ。確かにそのとおり。私は疲労困憊し、動揺し、おびえるあまりに、反論のひとつも絞り出せなかった。腰抜けの気分だ。マイマイにレイプされた女性たちの顔が頭の中でぐるぐる回っている状態では、なおさらだった。

その上、自分が穢《けが》れたように感じる。

彼との友好関係を維持しようと、私はどうにか口を開いた。「もちろんよね。あなたは祖国に平和をもたらしたいのよね」

「そう。だが平和の対価は?」拳を叩きつけ、大げさな身振りで語気を強め、高揚した〝コンゴ市民〟を演じながら、修辞的に彼は質問した。「真のマイマイとは、コンゴ人のためだけのコンゴを信じる者だ! 真のマイマイは、決して戦うことを諦めたりしないのだ!」

私は、ただ微笑んだ。

満足げに、ルネはうなずいた。「ほらね、リサ、君は真のマイマイだ!」

25 基準

なんて大騒ぎ！　教会のすぐ外で車を停めるや否や、歌い踊る登録者たちの群れが私を出迎えに通りを走り寄ってきた。人生最大の集団抱擁に取りこまれ、不意に両足が地面から浮き上がる。集団の中をボディサーフィンのように運ばれながら、シャツが完全に脱げてしまわないよう必死で抑えていた。オルテンスが私の足をつかみ、女性たちに私を降ろせと指示する。――ふう！　公衆の面前で経験する、最大級の愛情表現だったわ――！

私は、ブカヴから車で一時間のワルングを再訪していた。最近襲われた経験について話してくれる女性たちに会いたいと、前もって伝えておいたのだ。ここは、その聞き取りには最適の場所だ。道路を一〇キロほど先へ行った悪名高いカニオラの村は、インテラハムウェの縄張りの縁に位置している。数名の女性が手を挙げてくれた。

私がそう頼んだのだ。

レイチェルの話。「ある木曜日、インテラハムウェが来て人々を殺しました。兄は信じなかった。みんなが逃げて隠れたのに、兄はベッドで寝ていたかったんです。そこへ銃声が聞こえました。兄は、それが自分の息子が殺される音だと気づいていませんでした。兄が外へ出ると、そこでやつらは刺し殺し、茂みへ投げ捨てたんです。やつらは私のおじさんも殺しました。私たちが遺体を見つけたんです。同じ夜、やつらは教会に押し入って牧師様を殺しました。

私たちは安全な場所を求めて遠くへ逃げましたが、私は数日後に戻りました。私たちは農民です。カニオラはとても遠いんです。しばらくここに滞在していましたが、食べるものがありませんでした。だから戻りました」

「それしか選択肢はなかったと思う？　襲撃されるリスクを冒すか、飢え死にするか？」

「安全なことなどありません。夜に私たちが悲鳴を上げても、政府軍はインテラハムウェを恐れています。来てはくれません。身を守るため、私たちは政府軍が来るのを待つのではなく、こっちから政府軍のほうへ走るんです」

ソーニャの話。「私もカニオラの出身です。一度、夜中に悲鳴が聞こえました。私は産院から帰って来たばかりでした。小さな赤ちゃんがいたんです。外へ出てみたら隣人が殺されていました。男性とその妻です。遺体は炎の中に投げこまれていました。私たちは逃げました。ワルングへ来て、学校に泊めてもらいました。村に戻ったら、また悲鳴が聞こえました。平和が取り戻されたと思っていたのに。何があったのかと見に行ったら、連中が住民を中に閉じこめて家ごと焼いてしまったんだとわかりました」

私は聞いた。「その人たちは生きていたの？」

「ええ。生きたまま焼かれたんです」

「それはいつの話？」

「二月です。今月。つい何週間か前です」

ソーニャの隣に座っていた女性が、同意するようにうなずいた。

アントーニアの話。「何カ月か前、インテラハムウェが私の妹を奴隷にするために連れ去りました。あれから一度も帰って来ません。私も拉致され、母もレイプされました。私の夫も連れて行かれました。以来、夫の消息はまったくわかりません」

「あなたのお母さんはどのくらい拉致されていたの？」

「やつらは、母を性的奴隷として、一週間キャンプに閉じこめていました」

「お母さんのお年はおいくつ？」と押して聞く。

「六〇歳くらいです」というのが答えだった。

「ここに登録しに来たのですが、私は入れてもらえませんでした。今も、私はウィメン・フォー・ウィメンの登録者ではありません」

オルテンスが口を挟んだ。「今日は登録日よ。彼女はまだ登録されていないというだけ」

あまりに重い話ばかりなので、頭がぼんやりしてきた。希望を注入して、この不安感を解消しなければ。突然、自動体外式除細動器《AED》でも作動させたかのように、私は言った。「私があなたの姉妹になるわ。あなたを支援します」

――次の人――。

アサンティの話。「戦闘が始まりました。私たちは逃げ出しましたが、娘が背負っていた孫が撃たれました。狙って撃たれたんです。赤ん坊は死んでしまいました。

私たちは村を捨てて逃げ出し、ワルングまで来て、教会に一カ月隠れていました。それからカニオラへ戻りました。平和になったと思ったんです。でもそうじゃなかった。先週の土曜日、やつらは私の村へ来て二人を殺しました。男の人と、女の人と」

「先週の土曜日？」

「ついこの間の土曜日です。ビールをほしがったんです。男性はビール売りでした。やつらに出せるビールがないと言った時点で、もうおしまいでした。やつらは男性を殺しました。そして妻も。家に灯油を撒いて、焼き尽くしました。夫婦の遺体は家の中でした。ムシサというのが、その男性の名前です」

「インテラハムウェ？」と聞いてみる。

通訳は必要なかった。彼女がうなずく。

「今週はずっと森に隠れていたの？」

「残虐行為から逃れるため、私たちはカニオラの中心地へ逃げました。そこには軍の駐屯地があって、政府軍に守ってもらえるからです。私たちは恐れています。みんな不安でいっぱいです。以前のように働くこともできない。恐怖のせいで、私たちは飢え死にしかけているんです」

「村に軍が駐留しているのに、インテラハムウェは今でも村の周辺で襲撃を繰り返しているの？」

「とても深刻な状況です」。うなずきながら彼女は言った。

ワシントンDCにいる私の同士たちには、選挙が行われた今、コンゴの問題も解決されたようなものだと位置づける者もいる。そこで、聞いてみた。「選挙があったわね。だからコンゴの戦争は終わったと思っている人たちもいるわ。それについてはどう思う？」

苛立ちを見せながら、彼女は笑った。「言うことなど何もありません。私たちは病院で治療を待つ患者のようなものです。みんなが戦争は終わったと言っても、私たちの村は安全ではありません。何も終わってなんかいない。私たちは常に恐怖の中に暮らしているんです」

フラハの話。「やつらは夜にやって来て、夫と私を森へ連れて行きました。私はそこに三カ月いました。連中は夫を殺しました。私の見ている目の前で。夫をどんなふうにしてバラバラに切り刻んだか、今も覚えています。切り刻まれた体の部位をすべて見ました」

彼女は腹に向かって、両手で鋭く突き刺すような動作を繰り返した。

――魚をさばくように、夫のはらわたを抜きました――。

――夫をバラバラに切り刻みました――。

――体の部位をすべて見ました――。

この話は伝えられない。生産性がない。この話を伝えたら、私はクズ売りに成り下がってしまう。暴力の売人になってしまう。

私は協力的に微笑みながら、目の前に置かれた幅の狭い木製のベンチに並び、腕を組んで座る女性たちを見つめた。カメラの背後にいる自分が、冷血で機械的に思える。何かがおかしい。この会合は、オーディションになってしまっている。私のための話題を提供するオーディション。情報をフィルターにかけるために番号を振って、点数表を作ったほうがよかったかもしれない。彼女たちの体験談を図表化するのだ。〝有用性〟に応じて五段階評価で採点して。どの怖い話が一番よかったでしょう？

私は、落ちこむ気持ちをひたすら無視した。

——私は、いつから敵になってしまったのだろう——？

雨の中、ウィメン・フォー・ウィメンのワルング職業訓練センターの前で車を降りると、女性たちの一団に行く手を阻まれた。彼女たちは霧雨に打たれながら、あるいは木の下に固まって、あるいは数少ない傘の下で身を寄せ合っていた。私を見た途端に顔をそむけ、巻布やスカーフで頭を覆い、嫌悪のまなざしを投げつけながら森の中へと走っていく。私はオルテンスに聞いた。「どうして逃げるの？」

先を行っていたオルテンスが、振り向いて声を張り上げた。「まだ登録してもらってないって言ってるわ。だから撮影されるいわれはないって」

彼女たちは雨の中、登録されるのを何時間も待っていたのだ。

中へ入ると、登録作業が本格的に進んでいた。すでに登録した女性たちがミシンの使い方や刺繍を学んでいるその隙間に、登録を希望する女性たちがぎゅうぎゅう詰めになっている。ジュールが説明した。「この村の女性全員を登録することはできない。今回は、基準に従って三〇八人しか登録できないんだ」

「基準って何?」

「プロジェクトにもよる。国内避難民、虐殺、レイプ、難民。問題は、この村では女性全員がレイプ被害者であり、難民であるということだ。だからここで、彼女たちの体験を評価しなければならない。それで外の女性たちが怒っているんだ」

裏手には別の、もっと大勢の群衆がいた。さびついた窓枠越しに彼女たちを眺めながら、私は気づかれませんようにと祈っていた。ドアのあたりに女性たちが群がり、中を覗きこんでいる。ビニールシートの下で、四〇人かそこらが秩序だった列を保っていた。さらに一五人ほどが軒下で雨を避けて身を寄せ合いながら、順番を待っている。オルテンスが説明した。「あれは選ばれた女性たちよ。用紙を受け取るのを待っているの」

間もなく彼女たちは中へ招き入れられ、細長い木製のテーブルにつき、アンケートの小さな解答欄に自分の人生を詰めこむ。それがすぐにデータベースに入力され、印刷され、今日撮影される写真と一緒にホッチキス留めされる。数週間すれば、そのパッケージがアメリカの郵便受けに到着するのだ。

だが外にはまだ、違う物語が待っている。ジュールが言った。「今日はもう人数が多すぎると伝えたんだ。次回来なさい、帰りなさいと」

だが、誰も帰ろうとしているようには見えない。私は外へ出て行き、彼女たちと一緒に雨に打たれて立った。「アメリカの人たちにあなたたちが待っていることを教えるため、撮影してるの。

あなたたちを支援しようと思ってくれるように。いい？　あなたたちを助けたいの」

オルテンスも雨の中に立ち、私がいったん中へ戻る間に通訳してくれた。数分後、オルテンスはまだ通訳していた。女性たちが抗議し続けている。誰かが後方から叫んだ。声が一層大きくなる。女性たちが歓声を上げた。叫び声を上げ、声を合わせる。何を言っているのかさっぱりわからないが、激怒しているのはわかる。赤ん坊まで、母親たちの唱和に合わせて泣き喚いていた。

オルテンスが中に戻ってくる。「わかってくれたわ」

――本当に？　私にはまだムカついてるようにしか見えないけど――。

雨の中、車へと走る。待っていた女性の一人が窓に近寄ってきて、言った。「電話して。電話して」

走り出す車の中から、私は叫んだ。「あなたの番号を知らないわ」

すると女性は叫び返した。「どうしてよ？」


くじけそうだった。ブカヴまで戻る道中、私はずっとｉＰｏｄで音楽をガンガンにかけ、すべてを閉め出そうとしていた。

オーキッドでの夕食中も、ｉＰｏｄは鳴り続けていた。考えないようにするために、全力を尽くさなければいけなかった。電話が鳴る。発信元不明。無視した。

数分が経過する。私は定番メニューとなった野菜プレート《プラット・ド・レギューム》を食べながら、キヴ湖を眺めてぼーっとしていた。また電話が鳴った。取ってみる。Ｄだった。ナイロビ空港からかけてきたのだ。ザンジバル行きの飛行機に乗るのを待っているところだった。「今日はどんな一日だった？」

「現実を突きつけられる一日だったわ」

「こちらも同じく」と彼は言った。「今日の午後は、ルワンダで虐殺の記念碑を訪れていたんだ」

二人とも、黙っていた。

「コンゴを一休みしようという気分にはならない？　一緒に来ればいいのに」

私はそういう女じゃない。だって、紛争地帯を離れるって？　コンゴを捨てて、保養休暇のために赤の他人とロマンチックな週末を過ごしに行く？　いい加減にしてよ。だがあまりに疲れきった私は一瞬その考えに浸り、そんな女になった自分を想像してみた。インド洋を見下ろす、高級でエコなスパでくつろぐ私。だが、そんなことをしにアフリカに来たのではない。

「夢のようね。でも無理」

話はそれで終わった。

食事を終え、私は部屋に戻って、眠ろうという無駄な努力をした。

そして翌朝、携帯からDにメールを送った。「今から気が変わっても、もう遅い？」

26 幕間

水面にランプが浮かんでいる。きっと、岸辺へ戻ろうとする夜の漁師たちだろう。楽しい休暇を過ごすヨーロッパ人を満載した小さな飛行機の窓から、他に見えるものはない。ザンジバルの上空を下降しながら、揺れる光のせいで島全体が巨大なスパのように思えてきた。ティーキャンドルとランでいっぱいのスパ。

緊張する。

これがおそろしい間違いだったことは、もう確信していた。数時間前、バックパッカーやサファリ観光客でごった返すナイロビ空港に足を踏み入れた瞬間にも確信していた。私は中央廊下をずんずん進みながら自分の呼吸に集中し、不安を振り払おうとしていた。空港のカフェで紅茶を飲んで不安から逃れようとしていたら、隣の席では肌が荒れ放題のイギリス人女性が二人、英国王室の噂話に花を咲かせていた。「あら、あんな人どうでもいいじゃないの」と一人が言う。「どうせゲイなんだから」

サファリTシャツの女性が私のブースに相席してきて、自然保護区でボランティアをしているという話を始めた。地元の学校を訪問したら「ショッキングな」出来事があったという。子どもたちの服装が汚く、給食に白米しか出なかったのだそうだ。念のために言っておくが、私は未精白穀類の支持者だ。二カ月前だったら、彼女の白米に対する痛みを私も共有していただろう。だが、今の私の忍耐は限界に来ていた。自分の中の半分が、彼女とターミナルにいる全員に向かって罵り言葉を投げつけたがっていた。「あんた、何寝ぼけてんの？　白米？　アフリカで遭遇した一番ショッキングな出来事がそれなわけ⁉」

自分の中のもう半分は、最寄りのトイレに駆けこんで泣き出したがっていた。だが、実際には私は冷静を保ち、「それであなたはどうしてここへ？」と聞かれたときも無頓着ですらいた。

「コンゴへ行ってきたんです」

「休暇で？」

「そういうわけじゃありません」

明らかに、私が今実施しているこのちょっとした社会実験は、危険を伴うものだ。コンゴを抜け出し、人里離れたアフリカのスパイスの島へ、エキゾチックな初デートに出かけてきたつもりが、親友の葬儀の直後に理想の仕事の就職面接にきたような具合になってしまっている。極力避けるべき事態だ。

正直、コンゴが肌の下に浸みこむ感覚が、水中に潜っているときに濡れているのを感じるよりも強いのだとは思いもしなかった。だが、呼吸するために浮上したときは、状況がまったく違う。デートの鉄則はわかっている。ただ自分らしくいること。でも自分がパニックに陥りかけているときはどうすればいい？

感情に任せるべきかどうか、それが問題だ。もし泣き出したら、止められないのではないだろうか。五つ星ホテルのバスルームで、二日間体を丸めて制御不能に泣き続ける自分を想像する。Dに対するこっけいな見世物だ。私は公衆の面前で感情を露わにするのが大嫌いで、あらゆる意味でDは公衆に値する（父が死んだときは、母と姉でさえ公衆に相当した）。ちゃんとコントロールしないと。感情を抑えて。幸い、この数年で私はまさにその達人になった。だがそうは言っても、自分が無防備な状態にあることは否定しようがない。かつてないほど無防備な状態だ。新たな目標を設定する。自分に割り当てたこの三六時間の保養休暇を、甚大なメルトダウンなしに乗り切ること。

ザンジバルの税関のすぐ外に、Dの姿を見つけた。最初に、こう思った。人間はたとえ表面的なことにしろ、共通の友人、評判、食べ物や服、インテリアといった趣味などの状況証拠を通じて、他人についてあれこれ情報を得ようとする。私と彼には接点がまったくない。何かしら交渉を決裂させる事実にぶつかり、明日の晩には同じベッドの両端に離れて眠る羽目になる可能性がきわめて高い。

彼が私にキスをした。どれが一番気まずいだろう？　お互いに相手のことをほとんど知らないという事実か、コンゴから出たばかりの精神状態を感づかれないように目が合うのを避けているという事実か、イスラム教国で公然と愛情表現を見せつけているという事実か。

リゾートへタクシーで向かう道は長く、曲がりくねっていた。もう一一時近くで夜も遅く、運転手は自分がどこへ向かっているのかわかっていないようだった。静かな交差点で車を停め、運転手が地元の商店へ道を聞きに行く。車のいない道路を街灯が一本だけぼんやりと照らす下、私は情報収集するべくDを質問攻めにした。家族について、仕事について、経歴について。その間、何か動きがあるのではとずっと森のほうへ目を走らせていた。疑心暗鬼は、どうやら野良犬のようにコンゴからずっと私の後ろをついてきたらしい。ザンジバルに民兵はいないのよ、と自分に言い聞かせる。森の中に武装した男たちなどひそんでいない。無人の道路で私たちに襲いかかる者などいない。それでも動悸は治まらなかった。

彼の部屋へ入るのは、現実味のない行為だった。ついさっきコンゴを出てきたばかりなのに、壁からゴージャスさがにじみ出てくるような五つ星のモダンな宮殿で、こうして赤の他人と一緒にいるなんて。自分の足を見下ろして、まだコンゴの埃まみれだったことに気づく。モダンな白一色の内装の中で、痛々しいほど場違いだ。今日一日、この一カ月、あるいはもっと長い間続いた精神的奮闘で、私は疲労困憊していた。自分がどんな女かという宣言はもうたくさん。コンゴを振り払いたい。たとえ短い間にしても。宮殿のようなバスルームの向こう側に立っているDを見る。私の避難所、あるいは一時的な麻酔薬。タクシーの中でずっと身を寄せ合っていたせいで、体が温まっている。もう回り道はなしだ。あとはベッドへ直行――蚊帳を押しのけ、六〇〇スレッドの高級なコットンシーツに倒れこんだ。

テッドが出て行って以来、男性に触れられるのは初めてではなかった。だから、新しい恋人と過ごす時間が思っていたほど癒されるものではないということは、もうわかっていた。だがこんな感覚は、最後がいつだったかも思い出せないくらい長い年月、感じていなかった。思考や感情などが入りこむ余地は一切ない。私たちは本気で、お互いの中へ逃避した。

私はもう何日も眠れていなかった。まだ眠れない。「コンゴの話や映像を頭から追い出すのに苦労しているのかい」とDが聞いた。

私は質問に答えるのを避け、嘘をついた。「環境が変わったってだけよ」

Dが眠る間、私は中途半端な想像をこねくりまわしていた。若い男たちが小屋にガソリンを浴びせ、藁に火がつき、人々が叫ぶ映像が頭の中をぐるぐる回る。思考が理性を少しずつ取り戻しかける中、ある詩の題名が浮かんできた。高校のときに読んだ詩だ。後にピューリッツァー賞の詩部門を受賞する著名なアメリカ人作家、ユセフ・コムニャカによる学校訪問に備えて、一年生の英語の授業で出た課題だった。もう二〇年近くその詩のことなど考えもしなかったのに、題名に惑わされて思い出したのだ。

あとになって、私はその詩を調べ直した。

あなたと私が消えていく

私が丘から運びおろす泣き声は

私の頭の中で今も燃え続ける
少女のものだ。夜明けに
少女は紙切れのように燃える。

少女は狐火のように
脛の形をした谷で燃える。
炎のスカートが
少女の周りを踊る
黄昏どき。

私たちが立ち尽くして両手を
脇にだらりと下げる中、
少女は燃える
袋詰めのドライアイスのように。

少女は水面の油のように燃える。
ガソリンに浸した
ガマ油の松明のように少女は燃える。
銀行家が咥える葉巻の
太い先端のように光る少女は、
水銀のように無音だ。

日暮れの
虹の下の虎。
少女はショットグラスに注がれたウォッカのように燃える。
熱帯雨林を縁取る
ケシ畑のように燃える。
少女は竜の鼻息のように
私の鼻腔を立ち昇る。
おそろしい風のせいで
燃え上がる森のように少女は燃える。

真夜中のアフリカで、その題名が私をさいなむ。『あなたと私が消えていく』。一四歳の私は、その題名がナパーム弾の攻撃を受けて燃える少女の詩にどう関係するのか、これっぽっちもわかっていなかった。コムニャカの朗読の後に行われた質疑応答のとき、私はこう質問した。「『あなた』と『私』は誰のことで、どうして消えていくんですか？」

——「あなた」と「私」は誰のこと？　どうして私たちは消えていくの——？

今なら、彼の答えが理解できる。私はベッドから這い出し、答えをノートに書きこんだ。「あなた」と「私」が誰なのか、今なら確実にわかる。燃えさかる少女は私がコンゴで出会ったほぼすべての人々で、私、あるいは私たちは、「両手を脇にだらりと下げる中」、コンゴの人々が燃えるのをただ見つめる人間なのだ。

起き出して、私たちは海辺を散歩した。日の光を浴びるリゾート全体が、ストックフォト用の巨大なセットのようだった。手を加える必要は何もないくらいだ。

その日は、もやに包まれたスローモーションのようにして過ぎていった。手のこんだビュッフェの朝食、海水浴、突堤で飲むアイスティー、ホテルのスパで受けたマッサージ、バックパッカーですし詰めの漁村への訪問、長い昼寝。リゾートにはほとんど客がいなかった。私は静かなひとときを、心の中でこの場所での撮影を思い描いて過ごした。キャスティングをして、絵コンテを描いて、撮影リストを作成して、構図を考えて。あとは、ぶしつけな個人的質問をDに浴びせていた。この上なく優雅に、Dはすべてに答えてくれた。私は自分自身から、コンゴから、精神分裂から注意をそらせることなら、何でもするつもりだった。

海に張り出す突堤にしつらえられたリゾートのバーで二人きり、私たちは海を眺めていた。アフリカで夜空を見上げるのは初めてだと気づく。Dが、南アフリカで過ごした少年の頃から覚えている星座を教えてくれた。BGMにはブッダ・バーのアルバムがかかっている。私たちが二人とも持っているアルバムだ。話をしていてわかったのだが、二人ともそのアルバムが最初は大好きだったのに、やがて飽きてしまったのだった。そこにいるのは私たちと、離れて立つバーテンダーだけ。

「あなたはこんなところに住んでいるんでしょうね。モダンで、清潔で」と私は言った。

「残念ながら、学問の世界を離れてからの二〇年間、ずっと同じビクトリア朝のタウンハウスに住み続けてるよ」

感心した。国際的なソフトウェア大企業を作り上げたのに、家はアップグレードしない？　金、時間、影響力……持てる資源のすべてを、よりよい生活のためではなく、地球を救うために費やす？　それこそ価値というものだ。

大きな溝としての富について、私たちは熱く語り合った。二種類の慈善家について話し合う。一方は巨額の小切手を切る慈善家、もう一方は自分よりも大きな何かのために粘り強く活動する慈善家。彼は、氷が三つではなく四つ入っていたとゴネて水のグラスを取り換えさせるような知り合いの話をしてくれた。私は、油田探査の世界的企業シュルンベルジェの創立者一族であるドミニクとジョン・デ・メニル夫妻に祖父が協力し、人権保護のために宗教の枠を超えて設けられた礼拝所、ヒューストンのロスコ・チャペルの設立を手伝った話をした。我が家に伝わる伝説では、「ミセス・D」ことドミニク・デ・メニルは八〇代になるまで公共交通機関での移動にこだわり続け、ついに彼女の部下たちがこう説得する羽目になったのだそうだ。「もう八〇歳なんですから、車に乗ってもいいんですよ！」他にも、何年も前に父と一緒に見たドキュメンタリー番組の『六〇ミニッツ』でやっていた、ヴォーゲル家の話もした。彼らは何百万ドルもの価値がある美術品のコレクションを築き上げたが、いまだにヴォーゲル氏が郵便局で働いていた頃に購入した2ＬＤＫの質素なアパートに住んでいるのだそうだ。私は言った。「芸術家が彼らに好意を抱くのは、彼らが芸術を愛しているからであって――」

「芸術の商品価値を愛しているのではないから」。私の言葉を引き取り、Ｄが締めくくった。

「そのとおり」

話せば話すほど、Ｄが〝偉大な重要人物〟像にどうも当てはまらないような気がしてきた。彼は森の中でひっそりと瞑想することを好み、質素なものを愛し、空いた時間には文章を書き、役員会で気を紛らせたいときには詩を落書きする。間違いなく情熱的な人物だ。何より、その分厚い仮面の下には気まぐれで、物思いにふける、おそろしく頭のいい芸術家が隠れている。他人と友人との間で微妙なバランスを取りながら、私は今隣に座っている人物が、アフリカを離れても会うことのある相手だろうかと考えていた。

部屋に戻り、私はＤの体に寄り添い、この数日で初めてぐっすりと眠った。

翌朝、私たちはシュノーケリングの道具を両手に抱え、誰の足跡もついていない広大なビーチを歩いた。商業的な設備は一切ない。パステルカラーのワンピースを着た女性たちが腰まで海に浸かって、漁網を引きずっているだけだ。Ｄが私を振り向く。「ここで撮影ができるじゃないか！」

てしまった。

「砂浜に海草が打ち上げられすぎだわ」。テッドの言いそうな反論の受け売りで、私はつい口走ってしまった。

――今、環境保護主義者の前で自然に文句をつけてしまった――？

「リサの邪悪な側面」。眉を持ち上げてDが言う。「その二、だな」

魚には、複雑な事情など何もない。美しく単純で小さな生き物たちは、奇妙で突拍子もない形状とけばけばしい色彩で、八〇年代のクルーザーのお約束のようだ。フリルまでついた魚たちもいて、黒と白の水玉のワンピースを着ていた戦時中の秘書を連想させた。私は大喜びで歓声を上げ、あまりに口を大きく開けて微笑んだためにゴーグルのゴムが裂けてしまったほどだった。何度も何度も水が浸入してくるので、私はひっきりなしに浮上する羽目になった。

戻るのが遅くなり、大急ぎで空港へ向かう準備をする。タクシーの運転手が私の荷物を積みこむ間、Dと私は束の間、動きを止めた。まともに別れを告げるには時間がなさすぎ、気のきいたセクシーでロマンチックな別れの言葉を思いつくには、私は疲れすぎていた。

「君があの場所へ戻ろうとしてるなんて信じられないよ」とDが言い、別れのキスをした。

ブカヴの空虚な通りのことを考えると沸きあがるアドレナリンの興奮が少しずつよみがえってくるのを、私は無視した。内在する大学時代のフェミニズムが、立場の逆転に満足感を覚える。強い男が、紛争地帯へ戻る若い女に別れのキスをするなんて。それから彼はつけ加えた。「僕がしないようなことは絶対にしないでくれよ」

――はいはい――。私は笑い、ライトバン型のタクシーに乗りこみながら、からかうように言った。「あなたがしないようなことなら、今もうしてるわ」

タクシーが走り出す中、Dはホテルの車寄せに立って私を見つめていた。見る見るうちに赤くなっていく自分の腕を見下ろす。その腕に指を押しつけ、白い跡が残るのを凝視した。ザンジバルで手に入れた唯一の土産で、背中がひりひりする。人生最悪の日焼けだ。その後アフリカに滞在している間中、この日焼けは水ぶくれになって剥がれ続け、コンゴのがたがた道で揺さぶられて毎日服にこすれたせいで、日々悪化し続けることになる。二年経っても、ホテルの土産物屋で買った水着の跡は、背中にうっすらと残っていた。

27　さよならパーティー

ウィメン・フォー・ウィメンのスタッフたちは、間もなく到着する組織の創立者ザイナブ・サルビと作家のアリス・ウォーカーを迎える準備で浮き足立っていた。オルテンスが朝早くに電話をかけてきて、彼女たちの歓迎式典や、ジェネローズを含む登録者とザイナブたちとの会合には、私が一切招かれていないことを伝えた。その理由はわからないし、率直に言ってがっかりした。この数日間、大学時代に書いた、ゾラ・ニール・ハーストンの『彼らの目は神を見ていた』とウォーカーの『カラーパープル』を比較した二五ページにもわたるレポートの要点を思い出そうとしながら、『メリディアン』から『喜びの秘密』まで、私が読んだアリス・ウォーカーの全作品のあらすじをコンゴ人スタッフに熱をこめて説明してきただけに、なおさらがっかりした。だが、著名人が論争を繰り広げる政治的地雷原にかかわったことのある人間なら誰でも言うとおり、こういうことはこの種の場面につきものだ。個人的に受け止めないことにして、新しくできたコンゴ人の友人数名の

近況確認をして流浪の一日を過ごそうと決めた。

まずはジェネローズだ。彼女の兄が子どもたちをあちこちの友人や隣人たちから引き取ってきたので、子どもたちは大丈夫。家のことを知らせるときがやってきた。私は彼女の病床の隣に腰掛けた。近所に住む他の姉妹たちに嫉妬されると困るので、こんな話を作り上げた。「戦争関連の怪我で障害を負った人たちに、少額の補助金を提供する組織を見つけたの」と彼女に説明する。「あなたのために小さな家を建ててくれるのよ」

知らせを理解するまで、しばらくの間、彼女は静かに座ったままでいた。それから両手を上げ、叫んだ。「アサンテ・サーナ、サーナ、サーナ！　メルシー！」本当に、本当に、本当に、ありがとう。

去り際に、私たちは小児病棟に立ち寄ってボンジュールの様子を確かめた。彼を膝に抱いたそのとき、怒号が部屋を満たした。誰もが表情を固くし、部屋の隅で泣く子を怒鳴りつける男性を見つめる。男性は隣のベッドへ移り、次なる犠牲者に手をかけ、再度怒号を浴びせ始めた。病棟中の視線を集めていることで余計に勢いづいているようだった。新生児が恐怖に泣き叫ぶ中、男性は赤ん坊の上で手を組み、なにやら祈りのシンボルのような形を作っていた。ああ、悪霊を祓っているのか。

私はボンジュールに注意を戻し、ちっちゃな指に触れ、瞳を覗きこみ、コンゴ人エクソシストを見ないようにした。小さな男児は快復しつつある。肌の色も濃くなり、瞳の薄明かりは消えた。笑みも浮かべている。

部屋を出ようと立ち上がって戸口に向かう私に、ボンジュールの母親が言った。「お茶に入れる砂糖は？」

ぴたりと足を止め、私は振り向いた。もう、型どおりのムズングらしい反応などうんざりだ。「砂糖がなくても死にはしないわよ」。通訳を待たず、振り返りもせず、私は部屋を出た。

オルテンスから電話があった。ザイナブ、アリス、クリスティーンが、今にも到着するらしい。スタッフは敷地から完全に人を締め出していたが、私が最初に会った姉妹たち（「お金を！　もっとお金を！」）が三時間前にやってきて、最後にもう一度だけさよならの式典をやりたがっていた。彼女たちが去ろうとしないのだという。

私たちは現場へ直行し、女性たちと子どもたちを一〇人ずつ四駆に乗せ、通りのすぐ先にある職業訓練センターまでぎりぎり最後の数分で運び終えた。大通りで、ザイナブとアリスを乗せたウィメン・フォー・ウィメンの四駆とすれ違った。

職業訓練センターで、私たちは腰を落ち着け、くつろぎながらソーダを飲んだ。向かいにちびリサがいるのに気づいたので、挨拶しに行く。その隣の姉妹も赤ん坊を抱いていて、ピンク色の紐やバレッタで髪を編みこんであった。「この子の名前もリサなのよ」と母親が言う。ちびリサが二人も！　このあたりで、母親が妊娠中に支援を受けたという理由でアシュリーだのデボラだのといったアメリカふうの名前をつけられたコンゴ人の赤ちゃんが、どれくらいいるのだろう。

また別の姉妹が、生まれたばかりの赤ん坊を見せてくれた。「言ったでしょう、あなたがまだここにいる間に私が出産したら、赤ちゃんに名前をつけてくれるって」

私自身は出産する予定を立てたことすらないので、赤ちゃんの名前を考えたことが一度もなかった。まったく何も思いつかない。そこで時間を稼ぐことにした。「抱っこしてもいい？」

母親が、毛布に包まれた息子を渡してくれる。まだ青白くてしわくちゃの顔は、見るからに生まれたてほやほやだ。私は母親に訊ねた。「どんな子に育ってほしい？」

「強くて、責任感があって、家族を支えられるような子に」

ありきたりの答えだ。途方にくれて、私は小さな赤ん坊を見つめた。強くて、責任感があって……そこでぴんとひらめく。「ひとつ思いついたけど、コンゴ人には思えない名前よ」と言うと、みんなが笑った。

「私の父親は、強くて責任感のある人だったわ」

全員が拍手喝采し、「イエス！」や「アーメン！」と声を上げた。

「父の名は、S・T・E・W・A・R・T。スチュアートというの」

女性たちが当惑の表情を見せた。みんなで言ってみようと練習する。スワヒリ語圏では発音しにくいようだ。「スチュ・アド。スチュ・アット」

新米ママが手のひらに書いてみようとしていたので、手を貸した。「私が書くわ」

赤ん坊を母親に返す。みんな歓声を上げ、笑い、私が母親の手のひらに「スチュアート」とブロック体で書くのを見ていた。母親は懐疑的な顔をしている。「父は愛情あふれる、心優しい人だったの」と説明する。「人々が戦争で受けた心の傷を治すために働いていたのよ」

「ええ」

「違う名前にする？」何でも好きな名前をつけていいのだという明白な了解に取れるよう、笑顔で聞く。

「この名前のままにするわ」

女性たちが、丁寧に包んだプレゼントを贈ってくれた。隣に立っていた女性が言う。「私たちは、あなたにプレゼントできるものが何もありません。私たちにできることは、あなたがしてくれたことに対して感謝して、感謝して、感謝することだけ。あなたに主のご加護がありますように。そしてあなたが人に与えて与えて与えて与える力を、もっと増してくださいますように」

彼女たちが贈ってくれたのは、赤ん坊を背負った女性をかたどった、木彫りの置物だった。女性の一人が説明してくれる。「これは、ママ・コンゴとしてのあなたのイメージです。あたしたちはあなたの赤ん坊のようなものです」

家族愛の表現は本当にすてきだ。私は微笑み、感謝の言葉を述べた。

だが、この比喩はかなり痛かった。私は彼女たちの母親にはなりたくない。ああ、もうこの「ママ」ってやつをやめられたら本当にいいのに。ムズングとしての役割にもうんざりだ。私はただ、彼女たちの友人でいたいのだ。


この数週間、ノエラのことが頭から離れずにいた。少年兵センターで大勢の少年たちに取り囲まれ、たった一人でいる彼女の姿を幾度となく思い浮かべた。姉妹たちに別れを告げたあと、ブカヴの大通りでBVESの少年たちと行き会うたびに（それもしょっちゅうだったのだが）交わしてきた約束を実行することにした。私だったら家で子どもには絶対与えないようなチョコレートやソーダを山ほど買いこみ、センターへ向かう。

「シャネラ！」少年たちが、私に会えて喜んでいる。どうやら、仲間にしてもらえたらしい。リュックの瞳は輝き、少年たちの仲間入りをしたことが誇らしく、姉のことなどかまっていられないようだった。少年たちがお土産を貪っている間に、私はノエラと一緒に女子部屋へと向かった。センターには新たに二人の少女が入ってきてノエラと同じ部屋で生活していたが、二人とも性格がきつそうで、だいぶ年上だ。二人は私がノエラと話せるよう、部屋を空けてくれた。私は上下お揃いの、緑色の花柄のスカートとブラウスをノエラにプレゼントした。ノエラがそれを着て、笑ってみせる。だが、その瞳は曇っていた。途端に、私はこんなつまらないプレゼントを持ってきて間抜けな気分になった。かわいい少女であることが最大のデメリットである場所で、わざわざそれを思い出させるような品を選ぶなんて。かわいらしい衣装を着た彼女の写真を撮ったが、サイズがぎりぎりだった。じっとしてさえいれば大丈夫だが、ちょっとでも腕を動かすとボタンが引きつれたり、おなかがちらりと見えたりする。

窓の外を見て、トイレに行く彼女の姿を想像した。その都度、職員が同行するのだろうか？　そんなわけがない。この衣装を着ないでいてくれますように。

「あなたのことをずっと考えていたの」と伝える。「こんなに男の子ばかりがいる中でたった一人の女の子だと、いろいろと大変でしょう。大丈夫？」

何か言おうと苦労して、彼女はつぶやいた。「ここは小さい女の子がいるところじゃない」

私は困惑した。何でもいいから勇気づけるような言葉をかけられないかと、必死で考える。

「あなたにとってここにいるのがどんなふうなのか、私にはわからないわ。でも何が起こっても、あなたの中には誰も触れることができないところがあるの。わかる?」

モーリスがセルジュに説明し、セルジュが通訳する。ちゃんと通訳されていない気がした。「彼、なんて言ったの?」

セルジュが答えた。「『中には忘れたほうがいいこともある』って言ったんだ」

「私、そんなこと言ってないわよ」と言う。「子どもにそんなこと、絶対言わないわ」

二人とも辛抱強く私を見つめ、怒りが鎮まるのを待ってた。

「私が言ったのはそういうことじゃないって伝えて。私が言ったことをちゃんと伝えて」

モーリスとセルジュが微笑む。セルジュは通訳してくれなかった。

郊外へと向かう車の中で、テニスの超高速ラリーのように思考が行ったりきたりしていた。私はどうして、ノエラとリュックをルワンダまで乗せて行ってあげると言わなかったんだろう?

——国際法があるからでしょ——。

それか、オーキッドに連れて帰るとか。少しの間だけでも、里親代わりができたかもしれないのに。

——そんなことできる立場じゃないわよ——。

立場じゃない?　ムルハバジに、もっと安全な場所へ彼女を移すよう強く要請することもできたはず。

——それはもう言ったでしょ。ムルハバジは心配するなと言ったわ——。

それを信じるなんて、私はバカだった。彼女を守ることもできたのに。私は大人で、わかっていたのに。わかっていたのに。

――あなたはやれるだけのことはやった。これ以上はあなたの仕事じゃない――。

車を停め、歩き出す。くねくねと曲がる道を上がり、打ち捨てられた倉庫の脇を通り、キヴ湖を見下ろす丘の斜面に沿う侵食された道を進んで、病気の子どもがいる別の姉妹を訪ねた。重荷を背負って丘を登る女性のそばを通るたび、その労力に驚嘆させられた。見ていることに気づかれたら、笑顔で「ジャンボ、ママ！」と挨拶した。何人かは、額に食いこむ重量の下でかすかに笑みを浮かべるだけだった。だが時折、大きな笑顔で「ジャンボ」と挨拶を返す女性もいて、あの重荷の下には注目されるべき女性がいるのだと思い出させられた。そんな笑顔を見せてくれた女性のそばを通ったとき、私はそれを友情への招待状だと受け取った。

「重そうね！」と話しかける。「あなたはとても力持ちなのね」

女性は、通訳を待った。

「ああ。ンディオ。そうよ。重いわ」

「大丈夫？　そんなに運んで平気？」

どうしてこんな質問をしているのだろう。心配だから、だろうか。彼女はどう答えればいいというのだ？　「大丈夫じゃない」とでも？

女性が弱々しく微笑む。

どのくらい重いのだろう。手伝ってあげたかった。衝動的に、私は言った。「私に持たせて。ちょっとだけ代わるわ」

モーリスと女性が笑った。「それは無理だよ」

だが私は挑戦好きだし、手伝いたかったので、なおも言った。「いいえ。本気で言ってるの。手伝わせて」

モーリスの言葉は優しかったが、断固としていた。「怪我をするよ」

何人かが、この見世物に足を止める。「モーリス、私五〇キロ走れるのよ。体は丈夫なの。ちょっとだけ代わってもらっていいか聞いてみて。手伝ってあげたいの」

「リサ」とモーリスは言った。「背骨が折れてしまうよ」

だが、私はもう荷物に手を出していた。女性が、ためらいがちにそれを私のほうへ向ける。何かの粉らしいその重荷の下に手を入れる。大きさからして、四五キロくらいだろうと見当をつけた。女性の背中から荷物を持ち上げようとしたが、一センチたりとも動かせなかった。そのくらい重いのだ。体勢を立て直し、足を使って持ち上げようとする。全身の力を振り絞ってもう一度やってみた。ぴくりとも動かない。

新しい友人と私は、諦めの表情で顔を見合わせた。彼女はまだ笑みを浮かべ、面白がってはいたが、重荷を支えるのに苦労していた。できもしない手助けを申し出たことに恥じ入りながら、私は言わずもがなの説明をした。「手伝ってあげたいけど、あなたのほうが力持ちだわ」

私たちは丘を登り続けた。さほど早くもない私たちの足取りでも、女性はどんどん引き離されていった。重荷を背負い、一歩一歩苦労しながら上っている。丘を登りきるまでの残りの道中、私は黙ったまま、今回の訪問と過去数年間の自分を省みていた。いかに私が仕事をなおざりにしたか。

いかに私が愚かにも駆けずり回るためだけにここまでやって来たか……それも何のために？　NGOのほとんどが、電話に折り返してもくれないくらい私を軽視している。

考えこむ私に気づいて、モーリスが元気づけようとしてくれた。「リサ、僕は君みたいな人には初めて会ったよ」

こみ上げる涙を隠そうとする。自分の言葉が私に響いているのを知って、彼は続けた。「君のおかげで、僕も自分の人生で何か違うことをやってみたくなった。他の人たちを助ける仕事がしてみたい」

感動したわけではない。彼の称賛が、痛いほど空虚に聞こえたのだ。この五週間のことを思い返してみる。病院で延々と過ごした時間、チアリーダーのようなスピーチ、南キヴ州を車で走り回ったこと。その間私は何をしていた？　話を聞いて回っただけ？　女性を抱き締めただけ？　馬鹿げたパフォーマンス。取るに足りない贈り物。コンゴにとって、私などどれほどのものだというのだ？　ばかばかしい。この国の問題に立ち向かう私の行動など、燃えさかる炎にティースプーンで水をかけるようなものだ。

オーキッドに戻り、テラスで遅い午後の紅茶を飲んでいると、ザイナブが現れた。ワシントンDCで一度会ってはいたが、私のことを覚えているだろうか。公衆の面前で何度もしゃべってはきたものの、私は新しく誰かと知り合うときには恥ずかしがりで引っこみ思案になってしまう。相手が深く尊敬している人物だとなおさらだ。ザイナブは間違いなくそうした相手の一人だ。彼女がちらりと私を見たので、手を振ってみた。

「あら。気がつかなかったわ！」と言って、ザイナブはぎゅっと抱き締めてくれた。

いつにも増して活気にあふれ、骨の髄まで上品な彼女は私と一緒にお茶を飲み、この仕事には欠かせない要素である自己療法といった話題から、イラクで過ごした少女時代の話まで、さまざまなことについて長時間話し続けた。イラクには、悲しみの涙を誘うためだけに葬儀に参列するのが仕事の女性たちがいるのだという。ザイナブは、自分もその女性たちのようなものだと言った。ただし、彼女は女性たちから話を引き出すのが仕事なのだと。紛争地帯に限らず、アメリカで大勢を前に話したあとでもなお、女性たちはザイナブのところへ来て自分の半生記を語るのだそうだ。

「コンゴはね」と彼女は言った。「私が世界中で一番気に入っている場所のひとつなの。人間の最悪な部分と、最高の部分の両方があるから。生々しいけど、本物なのよ」

アリス・ウォーカーと、彼女の友人で映画製作者のプラティバも加わった。アリスは、私が想像していたとおりの人物だった。白髪交じりのドレッドヘアに、ゆったりとした天然素材の衣服をまとう物静かな彼女のまなざしは鋭く、すべてを見透かされているような気分になる。最高級のスパで一カ月間引き籠もってリラックスしたあとでアリス・ウォーカーにプールサイドで会ったのだとしても、あまりしゃべりすぎないようにしようと思っただろう。コンゴでぐったり疲れた私は、一層口を閉ざし、ひたすら観察していた。今まで、こうした女性たちと一緒にいたことはなかった。冷静で、あるがままの自分を受け入れ、飾らず、自分を証明する必要もない女性たち。アリスが何であれ、つまらないことに少しでも時間を割く姿など想像もできなかった。まるで予言者のような風格を漂わせているのだ。

彼女たちに、夕食を一緒にと誘われた。食事中も、アリスは口数が少なかった。私も静かにしていたが、コンゴの女性たちの前では泣かないという決断のことだけは言った。食事のあと、アリスがまっすぐに私を見つめ、まるで私が本当に見透かせる存在であることを確かめるかのように、こう言った。「いいのよ、彼女たちと一緒に泣いたって」

28　理屈の終わるところ

どうして、今日モーリスに来てくれるよう頼んでしまったのだろう。彼にも休みが必要だし、今日は何も予定がない。コンゴでの滞在期間は終わりに近づいていた。この一週間ずっと、あるNGOのコンゴ支部責任者に伝言を残し続けてきた。北部にある彼らの施設を私が見学できるよう、手配してくれたと言っていたのだ。だが、出発予定日の昨日まで連絡がないということは、振られたということなのだろう。

高校を留年した最上級生か、ディナーパーティーで他の客たちがとっくに帰ったのに、最後まで居残って台所で皿洗いをしている客のような気分だった。それで、オーキッドのテラスで朝日を浴びる庭園とキヴ湖を眺めながら、紅茶をすすっていたというわけだ。

モーリスがやってきて、テーブルについた。椅子に浅く腰掛け、一枚の紙切れを差し出す。フランス語のメモで、何かの道順といくつかの名前が書かれていた。「ジャン＝ポールから君にだよ」

そうだ」

とモーリス。「ワルングにある国連に、森から帰って来たばかりの女性がいるという情報が入った

いつもの私なら、こういう雲をつかむような話には乗らなかっただろう。それがコンゴでとなればなおさらだ。ワルングでは特にそうだ。だが、今日は何もすることがない。それならいいじゃないか。国連に行って、その女性とやらを探してみよう。

私たちはワルングの中を抜け、教会や、町はずれにあるウィメン・フォー・ウィメンの敷地を通り過ぎ、さらに町の中心部へと向かった。コンゴ軍の兵士たちがうようよしている。どこもかしこもコンゴ兵だらけだ。くたびれた制服の肩に銃を無頓着にかけて通りをぶらついていたり、掘立小屋のレストランの前でたむろしていたり、女の子たちとだべっていたり。何かしら有意義な仕事で忙しくしているような兵士は、ほとんどいなかった。

「こういう状況だと、コンゴ人はみんなとてもぴりぴりするんだ」とモーリスが言った。「これだけ多くの兵士が、ただ……ぶらぶらしている状況だとね」

ジャン＝ポールの道案内は、あいまいだった。大通りを何度も往復し、国連の事務所で道を尋ね、軍の駐屯地のど真ん中に作られた遊び場で車を停めた。コンゴ軍の将校たちが、地元の子どもたちと一緒にシーソーやメリーゴーラウンドで遊んでいる。立て看板に、この遊び場は国連のパキスタン軍からの贈り物として建設された、と誇らしげに記されていた。パキスタン軍はどうやら、「心と体」を最優先事項としているようだ。

小さなコンクリート造りの建物に車を寄せ、何か手がかりを得ようと、モーリスが紙切れを手に

中へ駆けこんでいった。セルジュと私は車の中で待ちながら、泥酔したコンゴ人将校が自分自身にも周りのすべての人たちにも怒鳴りつけつつ、通りをよろめいていくのを眺めていた。数分後、モーリスが知らせを持って戻ってきた。私たちが探している男性は留守だが、数時間後に戻って来るとのことだった。その間、駐屯地に配置されている国連将校たちが挨拶したいのだそうだ。

レンガ造りの建物に招き入れられ、そこで将校たちに挨拶した。配置されて一カ月ちょっとになるナイジェリア人、インド人、そしてウルグアイ人の少佐たちだった。彼らは、私たちを歓迎してくれた。インド出身のヴィクラム少佐は、私が会話のきっかけにとインドを旅行したときの話をすると、ことさら親しげに接してくれた。私がインドを訪れたのは、学生時代だ。ヴィクラム少佐がチャイとビスケットを出してくれ、簡単な状況説明のあとで少佐たちは揃って私の質問に答えた。ただし、自分たちは撮影しないでくれと言われた。彼らのうち一人がトランクスしか身に着けていないことは、気にしないようにする。なんといっても、私は彼らの日曜の朝を邪魔してしまったのだし。

彼らは、私たちが探している女性について書かれた報告書のコピーをくれた。それを読んで、詳しい話がわかった。拉致されたのは女性一人ではなかった。三人、しかもそのうち二人は一五歳、一人は一七歳だったのだ。

水曜日に、インテラハムウェがカニオラの少女たちの家にやって来て彼女たちを森へ連れて行ったのだが、コンゴ軍によって救出されたのだという。

そんな話は初めて聞いた。――救出された？　コンゴ軍に――？

ヴィクラム少佐と、ナイジェリア人のケイシー少佐が二人して、数分間姿を消した。壁に貼られたラミネート加工の地図が私の目を引く。丘陵地の地図で、丘の片側にはカニオラを含め、村や集落が記されている。その反対側は、インテラハムウェのキャンプだった。

衝撃だった。インテラハムウェのことを、コンゴの森林に作られた無数の小道を放浪し、国連や世界の目を避けて行動する、容易に捕まえられない男たちの集団だとばかり思っていたのだ。国際社会がインテラハムウェによる民間人への殺戮、拷問、襲撃に手をこまぬいているのは、当然現地ではアフガニスタンの山脈のように、縄張りが複雑に入り組んでいるからなのだろうと思いこんでいた。だがこの地図を見る限り、複雑なことなどまったくない。丘陵の片側に、村がある。反対側にはインテラハムウェのキャンプがあって、色分けされた旗や×印で、それぞれのキャンプに戦闘兵が何人住んでいるかまで記されている。秘密の組織や捕らえにくい反乱軍など、ここにはいない。

ケイシー少佐が、全身を迷彩の軍服で固めて戻ってきた。国連のバッジが、わかりやすい位置についている。「よし」と彼は言った。「現地へ向かおうか」

ヴィクラム少佐とケイシー少佐が乗る国連の四駆について、どんどん狭くなっていく未舗装の道路を走っていくと、胸が苦しくなってきた。粘土質の埃で口の中をじゃりじゃりさせ、先の見えないカーブではしっかりつかまりながら、カニオラまでの約一〇キロの道のりを走る。

そう、カ、ニ、オ、ラ、だ。姉妹たちの一人が、「故郷に戻っても安全なんだったら、わざわざブカヴでつらい思いに耐えていると思う?」と言っていた、その故郷の村だ。ジェネローズが二度と戻らないと誓った故郷の村。定期的に、住民が生きながら自宅ごと焼かれる村。

ゆっくりと落ちるアドレナリンの点滴のように、恐怖が少しずつ全身をめぐっていった。ありとあらゆる貧困関連映像で仕入れた固定観念が頭に浮かぶ。黒焦げで不毛の丘、歩道を縁取る新しい墓の列、空に響く陰鬱な音、そして霧の中の難民のようにぼろをまとった弱々しい住民たちと、彼らの周囲でゆっくりと立ち上る煙を想像する。安心したくて、モーリスに確認した。「本当に大丈夫だと思う?」

どうしてそんなことを聞いたのだろう。そろそろ答えがわかってもいい頃だ。コンゴ人にとっては、すべてが安全なのだ。予想どおり、モーリスはなだめるように言った。「ああ、もちろん。安全だよ。インテラハムウェがここを襲撃するのは、せいぜい週に二回くらいだからね」

前を走っていた国連車両が、さびと弾痕だらけの道路標識の前で停車した。住民たちが集まってくる。子どもたちが、かなり傷んだ五ガロン入りの水タンクを担いでいた。少佐たちに同行している国連の通訳が道を尋ねている間、ケイシー少佐が私に車から降りるよう合図した。

ロゴのついていない四駆から私が降りると、住民たちがきょとんとした顔で見つめてきた。松葉杖を突いた年配の男性が、疑り深そうにこちらを見る。無理もない。私たちは結構な見せ物だろうし、正直、海のものとも山のものともつかないのだろう。何しろ、ケイシー少佐は全身迷彩服に戦闘靴、ヴィクラム少佐はジーンズと派手な赤いTシャツ、サングラスにテニスシューズ(どちらかというと、休日に郊外のショッピングモールかサッカーの試合に出かけるような格好だ)、そして私は長いスカートとビーチサンダルという出で立ちなのだから。

どっちの格好がより安全なのか、よくわからない。脅威を感じさせないような、女性らしいスカート？　ヴィクラム少佐のスポーティーなカジュアル？　それともケイシー少佐の正式な軍服？　国連の水色のキャップと、首にかけた国連の身分証が私の一番のお気に入りだ。万が一悪意のある人間に遭遇したら、守ってくれるものはそれしかないのだ。私たちは銃を携行していなかった。

少佐たちに続いて、曲がりくねる狭い小道を降りていく。熱帯植物の生け垣で囲まれた敷地や、先の見えない角をいくつか通り過ぎると、初めて谷が見えた。長年埋もれていた迷信が頭をもたげ、私に安心感を与える。悪いことは、不吉にびゅうびゅうとうなる風が吹く、寒い嵐の夜にしか起こらないのだ。あるいは、アフリカの深夜、パニックと流血に満たされそうな丑三つ時に。

日中、しかもこんな場所で、悪いことなど起こるはずがない。谷を見下ろし、カニオラが想像とはまったく違っていたことを知る。「なんて美しいの」。呆然として、私は言った。

ヴィクラム少佐が同意する。「美しすぎる」

そうね、ヴィクラム少佐、本当に美しすぎるわ。ここの地形はルワンダのように起伏の激しい小さな丘ではなく、広々とした雄大な丘で、リラックスできる。深い緑一色の場所もあれば、藁ぶき屋根の泥小屋や、干草の山にでも見間違えそうなおんぼろのドーム型の藁小屋が点在している場所もある。バナナ畑が見える。整然と並ぶかわいらしいキャベツ畑も見える。ヒマワリ。小川を緩やかに流れる水。風に乗って運ばれる子どもたちの声。さえずる鳥たちは、メモに何が書かれていたか知らないのだろう。「カニオラ――とても、とても危険な場所。鳴くなら遠くで」。カニオラの谷は、神話にでも出てきそうな美しさだった。

ケイシー少佐が谷越しにすぐ先にある丘、というか山のほうを指さした。「あれが襲撃を受けた集落だ。徒歩二〇分ぐらいかな」

ここで生まれたなら、離れたいなどと思わないだろう。正直、私だってもうここを離れたくないくらいだ。カニオラの端っこに小さな土地を買ったら、今の相場ではいくらするのだろうと考える。建築基準はあるのかしら？　村の長老たちは、永久的建造物の建設を許可してくれる？　外国人が住み着くのを受け入れてくれるだろうか？　この小道を通って谷の反対側、あの緑に覆われた丘まで物資を運ばないと。あそこに私だけの土地を持つの。小さな丘のてっぺんに、ぽつりと。そしておばあちゃんになって、いつか言うのだ。「昔、アフリカに農園を持っていてね……」

「あそこの木が生い茂っているあたりがわかるか？　あの小さい区画が？」谷の反対側の稜線を示しながら、ヴィクラム少佐が言った。「インテラハムウェがいるのはあちら側だ。あの丘から、インテラハムウェが出てきて住民を襲撃するんだ」

――ああ、〝共に殺す者たち〟ね――。まあいい。

それでも、こんなに美しいアフリカの片田舎で、こんなに穏やかですてきな日曜日の午後に何か悪いことが起こるなど、どうしても想像できない。そよ風と太陽が、いつもの沈黙を穏やかさだと私に思いこませ、緊張を解いていく。人工呼吸器のスイッチが切られた直後の部屋を包む沈黙。あるいは、狂っているようには見えない社会病質者の目を見つめているときに感じる平静。あるいはテッドと初めて過ごした夏、マンハッタンの晴れた初秋の朝に感じていた平和な気分。あの日、熱々のコーヒーとトーストしたベーグルを持ったテッドが私たちのロフトまで階段を駆け上がり、ドアから飛びこんできて、世界貿易センタービルが燃えていると言ったのだった。私は、ウェストサイド・ハイウェイを走るいつものランニングコースへ出かける準備をしていた。本当は、折り返し地点の世界貿易センタービルまで走る予定だった。だが、なんだか面倒くさくなり、それにテッドが朝食を買いにいったので、その日はさぼることにしたのだった。屋上へ駆け上がると、ノースタワーにぽっかりと開いた穴がはっきりと見えた。最初に頭に浮かんだことが、そのまま口から出た。「コーヒーポットで火事になったわけじゃないみたいね」。何の解説もなく、事件の重大さを語るレポーターもおらず、何が起こっているのかわかっていなかったのだ。一時間後、私はこの目で、ノースタワーが崩壊するのを目撃した。ウェストサイド・ハイウェイ沿いに三キロほど離れた位置からは、単なる煙の雲のようにしか見えなかった。そして、何も見えなくなった。

ヴィクラム少佐と私は、まるで地元の居酒屋にでもいるように、大声のおしゃべりで沈黙を埋めていった。オプラの話。北インドで育つバナナの種類についての議論。大昔の映画の原案を教えてあげた。ヴィクラム少佐の故郷であるヒマラヤ山脈のふもとへ、行方不明になった娘を探しに行く男の話だ。

ランニングの話もした。「すっかり運動不足だわ！　ここに来てから走っていないから」

ヴィクラム少佐が無邪気に聞く。「なぜ？」

「えーと、安全かどうかわからないから」。インテラハムウェの縄張りに隣接した村へ、日曜の散歩に向かっている白人女性が言うセリフだろうか。

「安全のことなら心配しなくてもいい」

私たちは笑った。――安全のことなら心配しなくてもいい――。

一人の女性とすれ違った。鮮やかな緑色の伝統衣装をまとい、髪もセットしてきれいに化粧をしている。彼女の目を見て、頭を下げた。私は言った。「ジャンボ、ハバリ!」

女性は私を見て、頭を下げた。「ボンジュール」

小道を降りて谷へと入り、住民たちとすれ違っても、九月一一日にマンハッタンで目にしたような〝恐怖でショックに陥っている〟といった表情は見られなかった。あの日、ドレッドヘアを灰まみれにしたバイク便の男性が、ユニオン・スクエアを呆然と歩いている姿を見たことを思い出す。ここでは、誰もが清潔で身ぎれいにしている。背の高い男性とすれ違った。ものすごく細い人で、着ているブレザーが薄い体を四角く見せている。次に見かけたのはほっそりとしたやや年配の男性で、ぴしっとアイロンのあたったカーキパンツにベルトをして、青いオックスフォードシャツ、紐つきの革靴を履いていた。――ちょっと待ってよ、あれは国会議事堂へ戻る前に、午後の長い会議に備えてペンシルベニア・アヴェニューでさっとパワーランチをすませようという、立法スタッフのお決まりの格好じゃないの――?

カニオラの人たちはどうしてこんなにおめかししているのだろう? そのとき思い出した。今日は日曜だ。教会へ行くために一張羅を着こんでいるのだ。

ジェネローズのことを思い出した。家が襲われ、焼き払われ、庭先で家族を殺されたあとで彼女が子どもたちにまず言ったことは何だった?

――神様に感謝しなさい。お母さんは生きてるでしょう――。

若い女性のグループが私たちを見て道の端によけ、できる限り私たちを避けようとした。ケイシー少佐がモーリスに命令する。「おやじさん、拉致された女性たちの事件について知っているか、聞いてみてくれ」

モーリスがいつもの穏やかな物腰で彼女たちに歩み寄り、静かな声で話しかけた。後ろから少佐が叫ぶ。「誰でもいいから聞くんだ！」

だが、モーリスが話を終える前に、少佐は別の住民に聞いて、また叫んだ。「わかった！　こっちにいるそうだ」

私たちが道を進んでいくのを、女性たちは怪訝な顔で見つめた。数カ月後、当時の映像を見返したとき、女性たちの中に被害者の少女の一人が混じっていたことに気づいた。神経を張りつめ、目立たないようにして、友人たちが自分を売らないようにと願っているようだった。

三〇分ほど歩いて、谷の中央に到達する。ある家の外で少佐たちを待っていると、背後で子どもたちの囁き声が聞こえた。肩越しに振り返り、汚れたぼろぼろの服を着た、大きな目の子どもたちが六人いるのを見つける。カメラを向けると、彼らはなぜかびくりとして、後ろへ下がった。

ファインダーを回して子どもたちを呼び戻し、自分たちの写真を見せてやる。はにかみながらも引きこまれ、彼らは微笑んだ。「ほんとにすてきな笑顔ね」と言うと、子どもたちはくすくす笑って口を覆い、お互いの後ろに隠れ、顔を覗かせてはファインダーに映る自分自身に笑顔を見せた。

私たちは建物の中に入った。用心深そうな、六〇歳くらいの年配の女性が迎えてくれる。ニューヨークかパリだったら、彼女の骨格と短い銀髪、そして華奢な体つきは、カタログのモデルにでもなれるくらいだった。「この女性は被害者たちの祖母だ。これから娘の家へ向かう」とケイシー少佐が言い、女性に向かって聞いた。「どのくらいかかる？　五分か？　一〇分か？　少女たちはそこにいるのか？」

すぐ近くだろうと思っていたこれまでの行程を計算しているのだ。こんなに遠くまで歩くことになるとは、誰も思っていなかったのではないだろうか。しかも、丘の方向に向かって。少女たちが家にいるかどうか、誰もわからない。だが安全の問題はさておき、ここまで来て引き返したくはなかった。

私は勢いよく言った。「歩きましょう。大丈夫よ」

行き方を教えてもらい、新たな道案内役を買って出た子どもたちの集団を引き連れて、私たちは出発した。ヴィクラム少佐が国連のバッジをポケットから引っ張り出し、ジーンズの前の部分に、目立つようにつけた。新たな案内役の一人である小さな男の子が、大人の長袖Tシャツを着てよたよたと歩いていた。裸足の彼は、ケイシー少佐と歩調を合わせていた。人ごみの中で子どもが父親の脚にくっついて歩くように、できるだけ早く足を動かし、男らしい男の庇護の下を離れないようにしている。

ヴィクラム少佐が振り返り、少年を見定めた。国連の通訳が少年を止め、家に帰るようにと伝えたが、少年は私たちに道を教えることで自分が重要であるのだと証明したくてたまらないようだった。

また曲がり道に差しかかると、ヴィクラム少佐が歩いてきた道のほうを指した。「あの丘の上に何かあるのが見えるか？」道の向こう、私たちがいる丘からは一・五キロほど離れた場所に、森を避けるようにしていくつかのテントが見えた。少佐が説明する。「あれは機動部隊だ。治安維持のための拠点になっている。地元住民の保護のために配置された」

「いつからあそこにいるの?」と聞く。

「二週間前からだ」

「このあたりにも見回りに来るの?」

「いや」

私はその答えが意味するところを完全に取りこぼした。もちろん、見回りになど来ない。一番襲撃が頻発するところなど、危険すぎて見回ったりしないのだ。

五歳から一〇歳くらいの少女たちが大きな虹色の傘の下で身を寄せ合い、こちらへ歩いてきた。背中に赤ん坊を乗せている子もいて、みんなレースの縁取りがついた日曜日の一張羅を着ている。

あの迷彩服姿の大きなアフリカ人は何者だろうといぶかしんで、少女たちが歩を緩める。一番背の高い少女が、二人の少佐から目を離さずに妹の手を取って道を降りた。その目つきには見覚えがあった。九月一一日の朝、ウェスト・ヴィレッジの通りで政府専用機が低空飛行しながら通過していったときに見たのと同じ、凍りついたような、逃げ場を失ったような目つきだ。誰もがその場にぴたりと足を止め、「隠れたほうがいいんじゃないか?」とでも言うように、見知らぬ者同士が見つめ合っていた。

ヴィクラム少佐が、すれ違う少女たちに挨拶をする。少女たちは道を外れて草に覆われた地面へ降り、逃げる体勢に入った。私が近寄っていくと、そこで初めて私の存在に気づいたようだった。

カメラを目にするなり、赤ん坊たちを背中に担いだまま散り散りに逃げ出す。

やっとわかった。カメラを銃と間違えているのだ。私はファインダーを回し、一番陽気で、一番なだめるようなベビーシッターっぽい声で呼びかけた。「これはカメラよ！　自分の写真、見たくない？」

子どもたちは慎重に、少し安心したように戻ってきた。だが驚きのほうが勝っているので、すぐに笑顔を浮かべるまでには至らない。

小さな液晶画面に映る自分たちを見ると、少しだけ緊張を解いた。「これが銃だと思ったの？」と聞く。モーリスの口から「銃」を意味するスワヒリ語が出た途端、浮かびかけていた笑みが消え失せた。子どもたちは身をすくめ、再び逃げ出した。面白くもかわいくもない。もうこれ以上仲良くなるのは無理そうだったので、私はさよならと手を振って先へ進んだ。

森に向かって歩いていく。インテラハムウェに向かって。丘を登る細い小道を進み、頂上にたどり着いたが、まだいくつも丘を越えなければいけないことがわかっただけだった。丘のてっぺんに、さびたトタン屋根の教会があるのに気づく。バナナの葉が風に揺れている。徐々に這い上がってくる緊張感にも、国連の同行者たちの「本当にあそこまで行きたいのか？」というヒントにも、私は気づかなかった。

家族連れが私たちを見つけ、茂みの向こうに隠れて猜疑心に満ちた目でこちらを見つめる。通常、「ジャンボ」は「こんにちは」という意味で、それに対する返答は「ジャンボ・サーナ」、つまり「とてもこんにちは」となる。道路からこの稜線の間のどこかで、その言葉の意味が変わってしまったようだ。できる限り快活な声を張り上げる私の口から出る「ジャンボ」の意味は、〝落ち着いて！　あなたたちを殺しに来たわけじゃないのよ！〟という意味になっていた。

彼らが動きを止め、ゆっくりと立ち上がって私たちを観察し、笑みさえ浮かべて応える。その「ジャンボ・サーナ！」がここで意味するのは、〝それはありがたい！〟いや、〝それはなんともありがたい！〟だ。

もう、森のすぐそばまで来ていた。丘の斜面を森が迫ってくる。谷に沿って走る最後の稜線をたどっていくと、木々がはっきりと区別できるようになってきた。

道の端に立っている住民の脇を通り過ぎる。何かに取りつかれたような顔をしていた。灰白色のスポーツジャケットとズボン姿で両手を脇に下ろして立つ姿は、強制収容所で不動の姿勢を取る捕虜のようだった。

近くの小道には六歳くらいだろうか、頭を刈り上げ、少し大きすぎるぼろぼろの上っ張りを着た少女が二人いた。カメラを見るなり、地面に伏せる。一人が走り出し、小さな体が安全を求めて丘を疾走していった。どこでこんな手順を覚えたのだろう？　少女は速度を緩め、バナナの木の陰に隠れると、友達の様子を確かめるために振り向いた。カメラが自分に向けられているのを見る。恐怖におののき、彼女は姿を消した。友達のほうも、裸足で走れる限り最高の速度で、後を追って行った。

丘の反対側では、女性が農作業をしていた。その顔には、ここに来てから初めて見るかもしれない怒りの表情が浮かんでいる。自分にカメラが向けられていることに、本気で怒っていた。クワを下ろし、体を起こし、睨みつけてくる。まるで「何見てんのよ？」とでも言うように。

「あそこがそう？　あそこまで行くの？」私は聞きながら、円錐形の屋根が乗った円形の泥小屋の集まりを指さした。丘のてっぺんで、キャベツ畑が森のすぐ際に作られている。正確には、「あの森」だ。できるだけ何でもないふうに装いたいので、もう一度モーリスに聞いた。「で、ここが例の場所？」

ヴィクラム少佐とケイシー少佐も同じくらい不案内で、通訳も交えて三人で口論をしていた。

「違う、違う、違う……」

「こっちへ行くのか、それともあっちか？」

「あの上のはずだ、森の奥の……」

もう一時間も歩いてきて、状況が変わった。突如として、身のほどもわきまえずに遠くまで来すぎてしまったことに全員が気づく。次の角を曲がればすぐだ、とみんな思っていた。ヴィクラム少佐との無駄話さえ尻すぼみになる。世間話をしようとする私の努力は完全に失敗した。ヴィクラム少佐は何か他のことを考えていて、私が運動不足の自分をこき下ろしたり、運動の効果について平凡な見解を述べたりしても、一時間前ほど面白くは聞こえないようだ。会話は「なんてことだ、こんなに近いなんて」という内容を、言葉を変えて繰り返すばかりになる。

「こんなに近かったら、問題が多いのも不思議はない」

「これほどジャングルに近いとは」

「ああ。本当に近い」

「わかるか、リサ、もしやつらがここから出てくるとしたら……」
「誰だって来られる……」
「それくらい近いんだ」
子どもたちが遊ぶ声が聞こえる。遠くの、丘のてっぺんに切り開かれた空き地では、今にも潰れそうな掘立小屋の脇で少年たちがサッカーをしていた。私たちを見つけて動きを止め、立ちすくみ、こちらを見つめる。アフリカンプリントの、オックスフォードふうのシャツと野球帽を身につけた二〇歳くらいの青年が近寄ってきて、少佐と話をした。少女の兄だった。

ヴィクラム少佐が、見えてきた建物を指さす。「あそこで丘と空がVの形を作っているのがわかるか？　家族が住んでいるのはあそこだ。そこが家だそうだ」

通訳が、背後の大通りと村のほうを指さした。「少女たちは全員、あっちの教会にいると言っています」

「どうする？」ケイシー少佐が私に聞いてから、つけ加えた。「姉妹たちに会いに教会へ戻ろう。それで十分だろう」

私には十分じゃない。

無感覚が危険な状態に変わる瞬間、感情の欠如が理屈の欠如へと次第に変わっていく地点、熱いストーブに手を乗せたままにしておく瞬間があるとすれば、私たちは今まさに、その領域に足を踏み入れていた。私は、危険すぎる地域へ入ってしまったら、少佐たちが緊急脱出コードを引いて教えてくれるだろうと思っていた。だが、国連の少佐なら誰であれ、若い女性の前で臆病な姿を見せることだけはしたくないだろう。しかもカメラを持っている女性なのだ。彼らは、自分の人生をずたずたに引き裂いてみたいという私の衝動を計算に入れていなかった。私だって入れていなかった。私たちは、こんなところに来てはいけなかったのだ。

でも、せっかくここまで来たのだから……。

ようやく、目的地に到着した。インテラハムウェの縄張りに一番近い、一番奥の集落の、一番端の小屋。ちりひとつ落ちていない敷地内へ入る。何もないが故の、第三世界特有の清潔さだ。ゴミもなければがらくたもない。ひょっとすると、少しでも価値のあるものは、とうの昔に略奪されていたからかもしれない。ケイシー少佐が国連の公式手帳に注意深くメモを取る中、事件当夜に関する少女の兄の証言をモーリスが通訳した。

「インテラハムウェが山から出てきたのは、水曜の夜でした。やつらは私たちを起こしました。相手は六人でした。三人が私と妻を見張り、三人が隣の家へ行きました。雌鶏を三羽、ヤギを三頭、トウモロコシの粉、そして私の妹二人を奪って行きました。私は銃で腕に怪我をさせられましたが、逃げ出して近所の人たちと、近くにいたコンゴ兵に知らせに走りました。

兵士たちはすぐにここへ来て、一発だけ発砲しましたが、ラスタ（また別のコンゴ民兵組織）たちは逃げてしまいました。もっと大勢の兵士たちが来たので私たちは森の中、山の上のほうまでやつらを追って行きました。女たちを捕らえているだろうと推測した場所まで追跡したんです。やつらはルワンダ語をしゃべっていました」

それはちょっとおかしい気がした。――どうしてラスタがルワンダ語を――？

「妹たちを見つけたので、私たちの後ろに隠れるようにと言いました。そしてもう一人の少女も見つけました。即座にインテラハムウェが介入してきて、銃弾の応酬がありました」

――銃弾の応酬――。「激しい銃撃戦になった」という状況を、なんと控え目に説明することか。

「銃弾の応酬が数分間あったあと、インテラハムウェは逃走しました。兵士たちは三人の少女たち、トウモロコシの粉、そしてヤギを取り戻しました。みんなで、ここまで走って戻りました」

「彼女たちが民兵組織に捕らわれていたのは、どのくらいの間?」

「一二時間です」

敷地内を見回し、金属の飼い葉桶があるが家畜はいないことに気づいた。ケイシー少佐がモーリスに聞いている。「どうして相手がインテラハムウェではなく、ラスタだとわかったんだ?」

私は振り返って言った。「そうよ。いい質問だわ」

「ルワンダ語を話していて、コンゴ人より背が高かったからだそうだ」とモーリスが通訳する。

少佐二人と私は、声を揃えた。「インテラハムウェだったんだろう」

モーリスが身をちぢこめた。現行犯だ。意図的に誤訳していた？ ケイシー少佐が、国連の通訳を招き寄せた。自分のあからさまな編集のためにアウトを宣告されたと知って、モーリスが私の目を見る。この五週間半で、初めて彼に対して怒りを覚えた。少女たちの兄が話を続ける。「コンゴ兵たちも、相手はラスタではなくＦＤＬＲだと言っていました」

私は敷地内を歩き回り、簡素な藁小屋の中へ入った。丸太で囲った炉がある。居心地よくするため、床には藁が撒かれていた。

再び外へ出ると、かわいらしい顔の子どもが目の前に立っていた。燃えるような赤い服を着て、温かい目で微笑みながら生け垣にもたれかかっている。丘は少女のすぐ背後だ。ここがまさに、神話のような「森」なのだ。徒歩でもたった二分の距離だ。

木々の間を透かして見ながら、石を投げたりサクランボの種を吐き出したりしたら、あそこまで届くだろうかと考える。誰かが私を見つめているだろうか？　この濃い緑の風景の中で、私の白い肌は信号機のように鮮やかに目立って見えるだろうか？　私がここにいるのを見られたら、ここの家族にはどんなリスクがあるだろう？　インテラハムウェも、ブカヴのスラムで見たのと同じ、単純な公式を使っているのだろうか？　あの「ムズング＝金＝襲う」という公式を？

他のみんなのところへ戻り、私は少女たちの兄を勇気づけるつもりで言った。「彼は英雄だって伝えて！」

兄はじっと腕組みをし、視線を地面に落としたままでいた。私の言葉にうなずき、感謝の笑みをわずかにこぼす。そして、きまり悪げに唇を噛んだ。

少女たちの兄と一緒に長い道のりを戻ると、私たちはそれぞれの四駆に乗りこみ、アフリカでは巨大と言える教会へ乗りつけた。唯一残った施設であるこの教会は三階建てくらいの高さで、カニオラの中心に位置している。礼拝から出てくる妹たちを兄が呼んでくるまで、かなり長いこと待っていた。ようやく礼拝が終わると、兄が車へ駆け戻ってきた。少女たちが恥じ入って、注目を引くのを嫌がっているという。礼拝のあと、村中の人たちの前で「国連」とでかでかと書かれた車で迎えに来られたくなどなかっただろうということに、私は思い至らなかった。そんなことをしたら彼女たちは事実上、「レイプされた女」というレッテルを貼られるのだ。

道を一〇〇メートルほど行ったところまで車を移動させる。数分後、少女たちと兄、そして光沢のある緑色のスポーツジャケットを着た男性が国連のロゴのついていない私たちの車に乗りこみ、知り合いに気づかれる前に早く行ってくれとセルジュに促した。

道中、一五歳のシャンタル、一七歳のナディーヌ、そして物腰の柔らかい父親のクリストフに紹介された。少女は二人ともふっくらとして健康そうな肌艶をしているが、世界中のティーンエイジャーに共通する懐疑的な雰囲気を醸し出している。相手を感心させようなどと、これっぽっちも思っていない。その代わり、白人女性である私を見つめるその表情には、コンバースのテニスシューズを履き、鼻ピアスをして、地元のカフェでクローヴ入りのタバコをふかすアメリカ人の少年に見られるような無関心さが浮かんでいた。地上最悪の場所に住んでいる少女でも、格好をつけてはいられるようだ。

大通りを外れて個人所有の空き地に車を停めると、暗雲が広がり、遠くで雷音が響き始めた（だんだんそれらしくなってきた）。

シャンタルは、話しながら草をむしっていた。クリストフが、カメラの前で私にしゃべってもよい、と娘たちに許可を出す。「あんたが撮影するのはわかっている。あんたが撮影するものがテレビに流れるかもしれなくて、それでこの状況を終わらせる手助けになるかもしれないからな」

――この状況――。

少女の話は、兄の話した内容と同じだった。「やつらは私たちの手を、牛みたいにベルトで縛りました。隣に住むラヒーマも捕まえてから、家の中にあったものは手当たり次第に略奪しました。雌鶏とか、トウモロコシの粉とか。そして私たちを連れて行ったんです」

シャンタルは相変わらず草をむしりながら、目を伏せて話し続けた。「山を登り始めてから、私たちの着替えを持ってこなかったことに気づいて、一度戻ったんです。服を全部持って、もう一度山を登りました。兄が助けを呼びに行っていたのは知りませんでした」

少女たちが着替えを忘れたからといってインテラハムウェがどうして気にするのか、さっぱり理解できなかったが、そのおかげで民兵のキャンプまで森の中を抜ける七時間の道のりの途中でコンゴ軍が追いつくことができたということは、貴重な時間だったのだ。追跡されていることに気づいていなかったのだから。

「途中で休憩して、民兵たちが雌鶏を一羽絞めました。そして、調理をするため、私たちに水を汲みに行かせました」

そこで父親が口を挟んだ。「失礼。二人の友達が来た」

三人目の少女が加わった。ラヒーマも一五歳で、他の二人よりも少し引っこみ思案だ。話を続けながら、シャンタルはバンダナで口を覆った。「ラヒーマがトウモロコシの粉を持たされていたので、私と姉が水を汲みに行く間、民兵たちと一緒に残っていました。銃声を聞いたのはそのときです。コンゴ軍の兵士たちが見えました。私たちに、後ろに隠れるようにと言いました。私たちについていた民兵が逃げていきました。ラヒーマを捕らえていた民兵たちにコンゴ兵が発砲したとき、私たちはコンゴ兵の後ろに隠れました。民兵はラヒーマを放して、森へ逃げていきました。ラヒーマと、村から盗まれたものを全部取り戻しました。そのとき初めて、兄がコンゴ兵と一緒にいるのに気づきました」

「そんなことがあったあとで、村にそのまま住んでいるのはどんな気分？」と聞いてみる。

「引っ越せればいいいんですけど、他の土地に親戚はいません。怖いです」

クリストフが言葉を挟んだ。その口調は静かだが単刀直入で、必死にさえ思えた。「もうひとつ言っておきたい。民兵たちは、どこにいる誰の事でも知っている。だからカニオラから別の場所へ引っ越したとしても、そこに民兵がいるのは確実だ。だったら故郷に残っていたほうがいい」

娘たちを守れなかったことで、父親は失意のうちにあるようだった。

「民兵たちは、特にこの子たちに関心があったの？　それとも誰でもよかったの？」

「連中は、女と家畜にはいつでも関心がある」

「怪我はさせられなかった？」少女たちが首を横に振る。

「もうひとつだけ質問があります。その前に、男性のみなさんは席を外していただきたいんですが」

男性陣が離れて行ったが、兄と父親は残っていた。少しの間だけ外してくれないかと、もう一度頼まなければならなかった。シャンタルが、ついて行こうとする。次に何を聞かれるか、わかっているようだった。残ってもらうように頼む。彼女は座り直し、私から顔をそむけた。

「民兵は……モーリス、私の質問はわかっているわよね。うまい言い方はある？」

モーリスがうなずき、質問した。

「レイプはされませんでした」と少女の一人が答えた。「時間がなかったんです。ずっと走っていました。でも、キャンプに着いたらおまえたちは俺たちの妻になるんだと、途中で何度も言われました」

「そのことについてはどう思った?」

「怖かったです。でも、本当のところ、どうにもできないでしょう?」とナディーヌが答える。

「アメリカの人たちに、何か伝えたいことはある?」

「助けてください。この状況を終わらせられるように。私たちが民兵たちと闘って、平和に暮らせるように手伝ってください」

「シャンタル、あなたは?」

彼女はもうこの話にうんざりのようだった。「別に何も言うことはありません。両親が何か言いたいかもしれないけど」

あとから加わったラヒーマがまだ口を開いていないことに気づく。彼女のほうを向いて聞いた。

「あの日のことについて、何か話してくれる?」

「二人と離されたあと、民兵が私を触り始めました……体中」。感情を交えずに話す。「そしたらすぐにコンゴ軍の兵士たちが現れて、民兵は逃げていきました」

取材を終え、私は道を見下ろす場所に立ち、三人の少女たちがどこにでもいるティーンエイジャーの少女たちのように、普段どおりの様子で歩いていくのを眺めていた。笑い合い、おしゃべりしている。噂話でもしているのかもしれない。ヴィクラム少佐が私に身を寄せて、不吉な口調で言った。「彼女たちは安全だ……今のところはな」

わかっている。私たちみんながそれを感じていた。だがそれでも少佐は言った。「いまや、インテラハムウェは彼女たちがどこに住んでいるか知っている。必ず戻ってくるだろう」

クリストフが残って、腕組みをしたまま少佐たちの隣に立ち、男同士の話し合いをしようと待ち構えていた。ケイシー少佐に向かって、彼は言った。「それで、次は？　あんたは何をしてくれるんだ？」

いっぺんに気分が沈む。話を聞かせた以上、クリストフは国連が実際に助けてくれると思っているのだ。ヴィクラム少佐とケイシー少佐は気まずさに落ち着きを失った。二人とも、女性を一晩限りのつもりでナンパしたあとで「また連絡してくれる？」と言われたような顔をしている。今回の最大のイベントは、聞き取りをすることだった。あとに続くのは、残酷な事実だ。次は何があるか？

——現実を見ろ。次は何もない——。

私は何か書きつける紙を探してバッグの中を漁り、もう何かメモしてある封筒を見つけた。それを半分に破って、力強い文字と感嘆詞さえあれば事態が変わるとでも言うように、大文字の活字体で書いた。

この子たちを登録してください。質問があれば、ブカヴのオルテンスかクリスティーンに連絡を。
ありがとうございます!!!

リサ・シャノン
ラン・フォー・コンゴ・ウィメン　創立者

モーリスがウィメン・フォー・ウィメンについて説明する間、クリストフは混乱しながらもうなずいていた。少女たちが私の道案内に注意深く従って、ワルング中心部までの約一三キロを歩いて来る様子を思い描く。

実は彼女たちは登録できないのだが、そのことを知ったのは翌日、ウィメン・フォー・ウィメンの事務所へ行ってスポンサーシップの責任者、ジュールに助けを求めたときだった。

「でもリサ、ワルングの登録期間はもう終わってしまったよ」

「あなたはわかってないのよ。インテラハムウェがまた戻ってくるのよ」

「どっちみち、年齢が若すぎる」

「お金なら私が出すから」

ジュールは、私のせいで陥っているひどく気まずい状況に苦笑した。「それは規則違反だ」

「規則なんかどうでもいいわ！　あの子たちをあそこから連れ出さないと！」

ジュールは譲らず、私を見つめる。ウィメン・フォー・ウィメンのスタッフに五週間半にわたって面倒をかけ続けたあとでは、ムズングの特権も底をついた。もう振りかざせる地位もないのだ。意志の力でどうにかなるなら、私はジュールの胸倉をつかみ、彼がコンゴを救う道への門番であるかのように揺さぶって、事態の緊急さをわからせようとしただろう。叫んだり、歌姫のようにかんしゃくを起こしたり、権力者のドアを叩くことで事態が変えられるなら、私は恥も外聞もなくそうするだろう。だが、ここでの規則はわかっている。そんなことをしてもうまくいかない。

残された戦術はただひとつ。懇願するしかない。

「お願い。お願いだから登録して。ジュール。お願いよ」

ジュールは、ただ両手を上げただけだった。

私は自分自身に伝え続けてきた「一人の人間でも違いをもたらせる」という物語の端に立ち、両手をだらりと脇に下ろし、少女たちが丘のほうへと消えていくのをただ眺めている。彼女たちはまだ無垢だ。文明の一番端っこにある自宅までの長く曲がりくねる道を登っていき、そこで彼女たちは、熱帯雨林を縁取るケシ畑のように燃え上がるのだ。

29　かけらたち

ルワンダの丘のてっぺん、キヴ湖とはるか遠くのコンゴの丘陵を眺められるちっぽけな空港で、私は保安検査を通過した。そこへ乗りつけた車から、ザイナブ、アリス、プラティバが降りてくる。彼女たちもキガリ行きのこの便に乗るのだ。この日、この空港から離陸する飛行機はこれだけになる。

パスポートに出国印が押された。

手数料が支払われた。

荷物が検査された。

私はセルジュとモーリスにもう一度だけ手を振ると、青白いコンクリートの床を待合室まで歩いて行った。ザイナブとプラティバが、お役所仕事の列に並ぶ。アリスはもう書類手続きを終えて、一人で壁際に立っていた。その顔には「話しかけないで」と書いてある。本能が彼女の邪魔をするなど言っているが、考えてもみてほしい。アリス・ウォーカーが、しかもコンゴを出てきたばかりなのだ。我慢できなかった。荷物を置いて彼女に歩み寄る。好奇心をこらえきれず、私は聞いた。

「どんな印象を持たれましたか?」

私の質問にショックを受けたように、彼女は私を見返した。「どこから始めたらいいのか……答えるには何カ月もかかるわ」

恥じ入り、私は待合室の反対側にこそこそと移動して、壁際に空いているスペースを見つけた。テレビの真下に立ち、待合室を見渡す。おんぼろのカウチやプラスチックの椅子に、退屈そうな旅行者が二〇人ほど座っていた。私は早くも無防備に感じ、動揺していた。空港の軽食堂でモーリスとセルジュと一緒に、間近に迫る別れのときを恐れてふさぎこんだまま取ったコーラとフライドポテトという昼食のせいで、カフェインと糖分過多に陥っていた。英語は話せないと言っていたセルジュに、私は英語で聞いてみた。「私がいなくなったら、あなたは何をするの?」

セルジュが英語でぼやく。「何かろくでもない仕事をするさ」

私たちは爆笑し、それはすぐに、もう二度と会えないかもしれないと思いながら大事な人の瞳を見つめるときに感じる静かな悲嘆へと変わった。モーリスが肩をすくめて言う。「僕たちは孤児のようなものだよ」

アドレナリンのせいで、この日は朝四時に目が覚めていた。ゴール目前にして、私の中では何かがごろごろと音を立てていた。四時半頃にテッドが電話をかけてきて、私たちの家が入札競争の末に売れたと報告した。退去日は三週間後だ。

朝食のあと、私たちはパンジー病院へ行ってジェネローズに最後の別れを告げてきた。駐車場でボンジュールの母親が寄ってきて、力強い抱擁とともに、ボンジュールが元気だと教えてくれた。「アサンテ・サーナ」。本当にありがとう。

その後、湖を見下ろす日当たりのいい事務所で、私はウィメン・フォー・ウィメンのスタッフと記念碑の話をしていた。彼女が言った。「私たちはルワンダ人とは違うの。コンゴでは死人をさらし者にするなどあり得ないわ。私たちは死者を埋葬するのよ」

訪れる時間こそなかったが、彼女が言っている虐殺の記念碑のことは知っていた。「ジャーナリストたちの中に、コンゴは絵にならないと言う人がいるのはそのせいかもね」と私は言った。「みんな『死体はどこだ?』って思ってるのよ」

「そのとおりよ」と彼女が言う。「遺体を見つけたら、たとえ見知らぬ人であっても、埋葬してあげないといけないの。そうしないと祟られると私たちは信じているから」

話はそれで終わりだった。彼女の論点はわかった。私は三〇センチ四方の小箱、三つの小さな骨壺、そしてテディベアに収められた父の遺骨のことを思った。

そして今、空港で壁際に立ち、カウチを見渡しながら、禁欲的な援助関係者やアフリカ人ビジネスマンたちのぼんやりとした顔の数々が、私の頭上のテレビにくぎづけになっているのを眺めていた。困惑が顔に出ないことを祈ったが、そうは問屋がおろさなかった。アリスが私の表情に気づき、近寄ってきて聞いた。「あなたはどんな印象を?」

その質問は、ぐっすり寝入っていた真夜中にいきなり響く警報のように、私をひっぱたいた。慌てて言葉を探すが、何も出てこない。オーキッドのテラスで最後に取った朝食と、キヴ湖を見下ろすルワンダのなめらかな道路を快走していたときにジェネローズがモーリスの携帯に最後にかけてきた電話との間に、私の防御は持ち場を放棄してこっそりといなくなってしまったようだ。ジェネローズが電話をしてきたのは、別れを告げたあとで「悲しみのあまりに気を失ってしまった」と報告するためだった。

——私の持った印象——？

「どれだけ難しい質問か、わかった？」アリスは、修辞的に問いかけた。

印象なんかない。まともな考えも出来上がっていないし、整然とした処方箋も書けなかった。あるのはただ、かけらだけ。編集も、フィルターもかかっていない。私は恥じ入りながら、無防備で動揺していた気持ちが、名前のつけられない何か、痛みの領域へと移っていく何かに取って代わられるのを感じていた。

書類手続きを終えて待合室を歩いてきたザイナブが、訳知り顔でウインクしてみせた。仕事を怠っていたのを埋め合わせる護衛のように、プラティバがアリスを案内しようと寄ってきた。「外で日に当たりましょうか」

アリスが私に聞いた。「キガリで一日過ごすの？」

言葉が出ない。私は首を横に振った。

「まっすぐ帰るの？　あら、それはお尻が痛いでしょうね」。日の当たる廊下のほうへ移動しながら、アリスが言った。「泣いてもいいのよ」

頭上のテレビに旅行者たちの目がくぎづけになった部屋を見渡す。まるで自分が舞台に立っているようだ。抑えきれなかった。私は泣き出した。すべてが涙で曇る中、私は濡れた手を広げて目を覆い、顔を隠した。肩が震え、呼吸のたびにおなかが大きく動く。できるだけ静かにしていた。待合室を埋め尽くす人々は、私の全面的なメルトダウンに見て見ぬふりをしている。私は壁に沿ってずるずると身を沈めた。

待合室の床で膝を抱え、私はいつまでも泣きじゃくっていた。

30 狭間で

公民館の会議場で、私は舞台に立っていた。まばらな聴衆を見渡す。うつろな、あるいは苦痛に満ちた表情で私を見つめ返しながら、何人かが耳や口を覆っていた手を下ろした。私は、ジェネローズの話を語り終えたところだった。後ろのほうに座っていたアフリカ人の女性が席を立ち、トイレに走る。アメリカ人の同伴者があとに続いた。

手元の、黄色いレポート用紙に活字体で書きつけた概略を見下ろす。まだ半分も話し終えていない。メモから目を上げ、私は言った。「この話は本当に長くて……暗い……」

それでも、聴衆はうつろな顔で私を見ている。アフリカ人女性の連れが席からこっそりと荷物を回収し、二人は後ろのドアから静かに出て行った。私は概略を見るのをやめ、思いつく限りのあらゆる前向きなエピソードを引用して大急ぎで話を切り上げた。

残っていた聴衆たちが出口へ向かう中、母の友人の一人が私を呼び止めた。彼女は自分が通う教会で講演するよう私に依頼してくれていて、詳しい話を聞き出したがってしょっちゅうメールをしてくる。彼女に頭ごなしに言われた。「今の話は、私の教会で話すにはあまりにも悲惨すぎるわ」教会での講演に適切なように内容を変えることは問題なくできると言ったものの、彼女は事前承認を得るために前もって講演内容のコピーを送るようにと指示していった。

この年は、ずっとそんなふうだった。どの講演依頼にも、自主規制と真実との間を綱渡りする事前交渉が伴った。もっと戦略的な頭脳の持ち主なら、境界線や限界を分析して、慎重に細分化するのかもしれない。だが、私はもっと受け入れられやすいコンゴ訪問以前のテーマで妥協し、コンゴ訪問の話はほんの少し散りばめた程度にとどめたので、どうしても薄っぺらな話しかできなかった。

何が痛かったかというと、コンゴ訪問後に何をするのか、自分がまったく考えていなかったことだ。自分が持てる徳をすべてこの活動に費やしてきた数年間を経て、現実に直面するときがやってきたのだ。目の前には右肩下がりのストックフォトの営業報告書と、テッドとの仕事上および経済的結びつきを解消するのに要する何年もの時間が待ち構えていた。

家を新しい持ち主に明け渡し、テッドがニューヨークに転居先を見つけ、私がここポートランドで新しい家に引っ越すまでの間はお互い顔を合わせないようにする、というこみ入った計画を遂行するまで、我慢して一緒に過ごさなければならない時間はあとわずか数週間だ。礼節を保つべく、私たちは一緒に朝食に出かけた。流行の先端を行く怪しげな店のブース席につき、ブランチが運ばれてくるのを待ちながら、私たちはそれぞれに紅茶をすすっていた。アールグレイにミルクを注いでかきまぜながら、テッドがうつむく。テーブルにぽたりと涙が落ちた。言葉を搾り出そうとする彼の唇は震えていた。「ずっと考えていたんだ。君が僕を必要としているとき、僕はそこにいなかった。すまない」

私は彼を見つめた。バスのあとを追いかけて走り続け、渋滞に引っかかったバスの胴体を叩いている人のように見えた。このあと数カ月にわたってテッドは関係を修復しようという努力を続けるが、私は忍耐強い同情心と、いまや完全に異なるレールに乗ってしまった二人の人生では修復など不可能だという明確な考えをもって接するだけだった。

最後には、テッドもわかってくれた。ニューヨークに住む独身の友人たちの助言のもと、彼は一五分を費やして出会い系サイトにプロフィールを掲載した。それは、報われなかった愛に対する即効薬となる。最初に連絡してきた四人の候補者のうち、テッドは企業チェーン店でデザインの仕事をしている女性を選んだ。二人はブルックリンに愛の巣を築き、結婚する予定でいる。

帰国から数カ月後、ケリーとは連絡が途絶えてしまった。もうランニングイベントは企画してくれていない。《ポートランド・ラン・フォー・ウィメン》のゴールラインでの式典でスピーチをしてほしいと誘ったが、来られなかった。コンゴ訪問後に書かれた彼女の言葉足らずのブログ記事を見るたびに、私の心は沈んだ。疑念による精神的動揺から、彼女は自閉的になってしまった。今、ケリーは二年前に国会議事堂の前で私に問いかけた、魂の完璧な居場所を探している。自らが郊外の夢を実現させたこのアメリカの大地は抑圧にまみれており、その大地から血を洗い流すことができないと嘆いていた。自分自身の白い肌をこすり落とそうという無駄な試みについても書かれていた。

そして、以来ずっと、何も書いていない。ブログエントリーは更新されなくなった。

彼女は、自らを忘却の淵へと追いやってしまったのだ。

——ああ、愛ってやつは——。私はめったにアルコールを飲まない。それでも、ケリーをブラッディ・メアリーつきのブランチに連れ出したくなった。二人してぐでんぐでんに酔っ払えば、何か彼女を言い負かせるような正しいことが言えるかもしれない。だが、私はもう自分自身の陳腐な言葉やわかりきった話を聞くのが我慢ならなかった。真っ昼間からバケツ一杯のウォッカにトマトジュースとコショウをぶちこんで飲んだとしても、ケリーのためはおろか、自分のためにも答えなど何ひとつ出せないだろう。


私は、三〇マイル（約四八キロ）ランに向けてたったの六週間でトレーニングをした。それを可能にしたのは、新たな秘密兵器——アイスコーヒーだ。山道沿いの重要地点ごとにアイスコーヒーを流しこみ、無事に三度目の三〇マイル走破を成し遂げた。ゴール地点で、口もきけずに公園の芝生に倒れこむ。母が壊れたように走り回ってその場を仕切るのを眺めた。母はいつでも群衆から離れ、脇によけて「私には無理！」と泣きつくことができる。だがそうせずにTシャツ売り場に陣取り、足を痛めたランナーには日本の指圧のツボを教えたり、ある夏の日に北カリフォルニアの森をさまよい歩き、裸で川に入ったら大地の力が体中を駆け巡るのを感じたなどという話をボランティアにしたりしている。

確かに、母は完璧な人ではない。こうしたチャリティーマラソンの開催に伴う、どう見ても地味な仕事は、あの右脳タイプの女性にとっては非常に困難なものだ。だがそれを言うなら、完璧にやらなければなどという考えが母の頭をよぎったことはないだろうし、そのせいで活動を妨げられたこともないだろう。母はその荒ぶる魂のエネルギーを投じてスピーカーの使用許可を申請し、コピーを取り、簡易トイレを設置するので忙しすぎたのだ。母は、コンゴの女性たちのために身を粉にして働いてきた。もう何年も前からそうしてきたのだ。

何度もヒステリーを起こし、かんしゃくを起こし、「もうたくさん」と叫んできたのに、母はまだここにいる。

私を応援したいからやっているのは間違いないが、それだけだとしたら、母娘間の緊張のために母はとっくに活動をやめていただろう。母がいまだに活動を続けているのは、実に彼女なりのやり方でコンゴの女性たちを愛し、彼女たちとつながっていると信じているからだ。芝生の向こうにいる母を完走後の放心状態のままで眺めながら、私の顔には大きな笑みが浮かんだ。母がどれほど素晴らしい女性か、ようやく気づいた自分に対する恥ずかしさから出た笑みだった。

現実的には、母と私、たった二人のスタッフだけではもう活動が行き詰まっていた。ラン・フォー・コンゴ・ウィメンを、私たちの限られた能力を超えて成長させるときが来たのだ。ウィメン・フォー・ウィメンが後を引き継いで、正式にスタッフを雇用し、ちゃんとした開発戦略に基づくチェックリストを土台に活動を進め、メールを見落としたりしないように手配してくれる。彼らが実務を担当し、私はプロジェクトの基礎であるボランティアの形で、創立者兼広報担当者の役割を継続する。

私の撮影した映像に対するマスコミの反応は、いまひとつだった。ドキュメンタリー番組を作ることは、結局なかった。ちっぽけな飛行機でアリスとザイナブと並んで座っていたときにはもう、コンゴの映像で映画が作られることはないだろうとわかっていた。映像をウィメン・フォー・ウィメンに渡したら、それが編集者の手に渡り、私の旅についてのウェブ動画が制作された。映画の予告編のような男性の声が響く。「ある日の『オプラ・ウィンフリー・ショー』を見ていて、リサ・シャノンは四〇〇万もの人が……」。耐えられない。見るたびに、テーブルの下にもぐりこんでずっとそこにいたい気分になる。

一日一四時間労働はしなくなり、たまに電話会議や講演に出ることはあったが、私の生活における空白は、日に日に大きくなっていった。

Dのことは、上等なワインを貯蔵庫にしまっておくように取っておいた。むきだしになった神経を反射的に覆うような感じで、彼に包みこまれる。二人とも、崩壊した生活の後遺症でぼろぼろだった。二人の関係は計画も、告白も、感傷もなく築かれた。

夏になり、私たちは北部の荒野にある人里離れた入江の小屋へと逃避した。「これ以上はよくなりようがないな」とDが言う。執拗に招く彼のまなざしは、居留守を使いたいときにドアに聞こえるノックの音のようだ。まるで項目別のリストがなければ私が見落とすとでも思っているかのように、彼は食べ物、ワイン、木々、光、水に映る光景を描写してみせる。まるで、私が舌に転がすワインや、肌に触れるそよ風を感じられないとでも言うように。まるで、私に彼の顔が見えていないとでも言うように。まるで、私がそれらを覚えていられないとでも言うように。

八センチ×一二センチの単語カードを手にしてガラスの小屋に引き籠もり、私は思いついたこと、思いついた瞬間、コンゴでの場面を書きつけ、テーブルの上であれこれ並べ替えた。映画こそできなかったが、本なら書けるだろうかと考える。物語の柱さえ見つけられれば。

真冬になり、私たちは雪に覆われた橋の両端に離れて立っていた。ほとんどが氷に覆われた川の、わずかに残った隙間を水が流れるのを、黙って見つめる。Dはこれを瞑想と呼んだ。雪の中を一時間ほど歩き、農場や森を通り過ぎる。話をしていたかどうかも定かではない。まるで沈黙していたかのような感覚だった。そして、沈黙は完璧なものに感じられる。一二月初旬。話さないほうがいい。本当はここに来たくなかった。無防備な私の端っこを、優しさと甘さが削ってしまうのではないかと恐れていたのだ。だが、実際にはここは、隠れ家のように感じられる。


早春、私たちはDのタウンハウスのバスルームにいた。彼の家の中で、ここが一番心地よい。床から天井まで大理石だからではない。スチームシャワーがついているからでも、スパ並みのバスタブがあるからでもない。光のせいだ。ここにいると、私は息ができる。

バスタブの端と端にそれぞれ体を沈める。またしてもあの執拗なまなざしで、彼が聞く。「どうしてた?」

一瞬、目が合う。すべて白状することもできた。どうしたらいいかわからない。動揺している。空虚に感じる。

「元気にしてたわ」と答える。

そして目を閉じた。

Dとは、私が東海岸へ出張する前後にまた会おうと約束した。だが、詳しく話すにはあまりに複雑な理由から、矢継ぎ早な携帯メールの応酬の末に、私たちは終わりを選んだ。私はニューヨークの地下鉄に乗っていて、受信トレイには、行き先の違う二枚の有効な電子チケットの情報がまだ残っているが、結局明日どっちの飛行機に乗るかはもう決めている。もう二度とDとは会わないし、今こうしていても、それがふさわしいと思える。薄汚れた金属の車両が前後に揺れ、ずれてしまった映画のフレームのように、顔がいくつも通り過ぎていく。初めてオーキッドで会ったときから感じていた言葉にならない思いのこと、これが気軽な関係であるかのように振る舞うために費やしたエネルギーのこと、そして、Dが私の目を見つめるときに生々しい何かを感じていたのに無視していたことを考える。私は彼にメールを打った。「そんなに保護されてばかりいるには、人生は短すぎる」というような内容だったと思う。それがどちらかというと自分に対する覚書のようだと気づいて、消去した。その瞬間は、もう過ぎ去ってしまった。


地下室を漁っていて、私はストックフォト用の小道具でいっぱいのプラスチックケースを大量に廃棄した。すべて、地元にある女性の避難所に送られる予定だ。プラスチックの花も、白い家具カバーも、少女たちが夏の日に疑似家族と過ごすときに着る色とりどりのドレスも全部。小道具やクリスマス飾りの中に、湿気で傷み、カビが生えた、「リサの子ども時代」と書かれた箱が紛れこんでいるのに気づいた。そのような箱のひとつに、もっと小さな木彫りの箱が入っていたことを思い出す。大事な手紙や写真、思い出の品をしまっておくために、インドで購入した箱だ。そしてその箱には、今までずっと忘れていたこと自体が衝撃だったのだが、父からの肉筆の手紙が入っていた。私が一六歳でインドへ旅立つ間際に渡された、人生でたった一度だけ父が書いてくれた手紙だ。母は、ニュー・エイジの友人たちを呼び集め、私のために送別の「祝福の会」を開いてくれた。この手紙は、大げさな儀式めいたことをせず、個人的に送別しようという父のやり方だったのだ。端にミシン目が入った無地の紙切れを取り出す。八〇年代のドットマトリックス式のプリンターからちぎり取られ、四つ折になった手紙は、かろうじて読める、男らしい文字で書かれていた。

リサへの祝福

一九九一年七月二八日

神の恵みや強い願いを書くことは普通ならためらうだろうが、私はそのようなものは感じていない。君がすでにはっきりと示してみせた神の恵み、才能、そして性格を再確認することにしよう。これらはインドでも、これからの長い人生でも、君の役に立つと信じている。

一．勇気。子どもの頃、そして大きくなってからも、君はよく大胆不敵に目標を追求していた。ゲームをしているときも、偏見に満ちた見知らぬ大人を追い払うときもそうだった。この粘り強さは、内なる方向性を強く感じていることと関係している。君は決して目標を疑うことをせず、行動することをためらわない性格のようだ。

二．君の内なる方向性は、意義、目的、そして高い価値といった領域へ君を導いているようだ。君はいつでも自分のこと以外にも気を配っていて、実際の年齢よりもはるかに成熟しているのだと思わせる。

よって、君が自ら課した任務を上首尾に果たせることを私は知っており、君の父親であることを誇らしく思う。

愛をこめて
パパ

またしても別れの言葉で父が私を鍛えようとしているかのように、その後、がらくただらけの引き出しの中で散り散りになってしまっていた小型デジタルビデオカメラのテープ集が出てきた。死の数週間前から、私は父を撮影していたのだ。父の仕事と、他人を助けることで意義を見出すことについて質問すると、父はこう答えた。「『ああ、そうだ、変化をもたらさなければ』と思い続けるのは難しい。自然発生的に行うものでなければ。そうでなければ……何か自分勝手なことが行われているんだ。それは危険信号だ。人は、そのときどきで自分に可能な限り、一番深層で人々に影響を与えたいと願うものだ。うまくいくときもあるし、いかないときもある。常に努力し続けるんだ」

三階にある、がらんとした屋根裏の寝室で目を覚ます。やはりがらんとしたアメリカの伝統的なクラフツマン様式の家を守る、二本のクルミの古木から伸びる枝の先端を見下ろす位置に窓がある。家の他の場所と同様、この寝室にも家具はない。キャスターつきのラックに服が何着かかかり、床に置いたマットレスの上で私を包みこむぱりっとした白いシーツと羽布団があるだけだ。私は起き出し、のんびりと階下へ向かい、紅茶を淹れてメールをチェックした。エリックからメールが入っていた。件名は、「カニオラで一七人が刺殺」だった。

「カニオラで一七人が刃物で殺された事件の記事を転送する。あそこのことを覚えているかい？」

——ええ、エリック。あそこのことなら覚えているわ——。

カニオラのどのあたり？　ああ、どうしよう。私が歩いた場所？　私が会った人たち？

私は泣き出し、そのあとの半日も泣きながら映像を再生し、記憶をたぐり寄せ、カメラを向けたときに身を伏せた子どもたちの映像にどっぷりと浸かっていた。よちよち歩きの男の子。おばあさん。丘のてっぺんでサッカーをしていた少年たち。まだ無垢な三人の少女たち。少女たちの兄、私たちの道案内役。父親。なんてこと。父親だ。クリストフのことだろうか？　そうに違いない。

そのとき思い出した。今日は戦没者追悼記念日《メモリアルデー》だ。

私は、何日も何日もメモを書きすぎた。紙の山の中や「整理待ち」の箱の中で紙片が行方不明になる。懇願する表情が頭に浮かぶ。イエス再臨の日まで活動を続けると約束したでしょう、と言っている顔が。時間が経つにつれ、自分が徐々に、「また来るよ」「何かするよ」と約束する他のほら吹きムズングと同じになっていくのが嫌というほどわかっていた。もしかしたら、問題は私が物語を整理できないことではないのかもしれない。もしかしたら、物語はまだ終わっていないのかもしれない。

私にはまだ、やり残した仕事があるのだ。

31　行方不明

時差ぼけでぐったりしているところへ、蛍光灯のまぶしさが疲れを増幅させていた。私は持ち主の現れないプラスチックのスーツケースがいくつか、ターンテーブルで最後の何周かを回るのを眺めていた。引き取り待ちで脇へよけられた荷物の山もくまなく探したし、ひょっとしたら間違って別のカートに載せられたのかもしれないと、近くのターンテーブルも探し回った。

ここは深夜のナイロビで、最後にアフリカを訪れたときから一五カ月が経っていた。そろそろ、現実を直視しなければ。私の荷物はまだイギリスにあって、ヒースロー空港に新しくできた第五ターミナルの混沌の淵で、他の何万個という荷物と一緒に迷子になっているのだろう。厳選したプレゼント、着替え、ビデオテープ、マラリアの予防薬、生理用品……何も持たずにコンゴへ向かわなければならない。

私は同じ目に遭った他のブリティッシュ・エアウェイズの乗客たちが並ぶ列の後ろにつき、手元にあるものを確認して自分を慰めようとした。必須の品々――カメラバッグと、カニオラの「最後に歩いた場所」ですれ違ったすべての人々を映像から切り出して印刷した写真を綴じた、白い三穴バインダー。

少なくとも、荷物がなかったおかげで、コンゴの国境を越える際に場を和ませることはできた。パスポートにスタンプを押す係員を、私のちょっとした事件に巻きこんだのだ。「調べる荷物はないわよ」

「荷物が出てこなかったのか?」

「そう」

係員は無表情に私を見た。「ズボンを貸してやろうか」

――ほらね? 与える精神ってやつよ――。

ああコンゴ、戦災地の懐かしい空気。家に帰って来たような気分だ。アメリカで旅支度をしていて思わぬ障害にぶつかった時点で、私は早くもなじみ深い被害妄想に爪先を突っこんでいた。今回、モーリスとセルジュが、四駆のレンタルに一日三〇〇米ドルも請求されたのだ。一〇日間の滞在だけでも、あっという間にかなりの金額になってしまう。私のラン・フォー・コンゴ・ウィメン関連の活動はすべてそうだが、前回のコンゴ訪問も含め、アフリカへの小旅行はすべて自腹だ。結局のところ、私はまだ一冊も本を出版していない、だめもとで取材を続けている作家志望者にすぎないのだ。

私は知り合い全員にメールして、もっと手頃な(一日一〇〇ドル前後の)車をどこかで見つけられないかと聞いてみた。そして出発まで一週間を切ったところで、友人から一件の情報が入った。

ママ・リサ
今朝、ルネから電話がありました。ジープを貸せるそうです。
ルネが自分で運転すると言っていました。
それでは！

それからの二日間、私は「エル・プレジデンテ」が背後に立ち、私の取材や道路脇での寄り道を逐一監視する様子を想像した。そして、彼が職を失ったのが私のせいだということを、彼は知っているのだろうかと疑問に思った（一緒にドライブしたあと、私はルネの国際NGOの上司に連絡した。上司はルネの人間関係を知らなかったのだ。ルネは即刻解雇され、以来仕事を見つけられずに苦労していた。「人道的活動に適合しない政治的属性」を放棄せざるを得なくなったあと、仕事に推薦してほしいと、とんでもない時間に電話をかけてくるまでになっていたのだ）。

エリックのために四駆を買ってあげてほしいとDにメールしたとき、ついでに、ルネが車を出してくれるという話も書いた（車のレンタル代が高騰して私が苦労しているくらいなのだから、一時間半もかけて通勤しなければならないエリックの小さな非営利組織はもっと大変に違いないのよ！）。

Dはそれに対してはあまり反応しなかった。ただ、「気をつけて」とだけ注意された。

だが奇妙なことに、それから一時間ほどすると、エリックからメールが届いた。Dと電話で話した直後で、偶然にも、一日九〇ドルで四駆を貸してくれる隣人がいるというのだ。

その偶然を指摘すると、Dは何も知らないふりをした。

後に、エリックはDからの電話について明かしてくれた。Dはエリックに、私が自分に対しては常に厳しい安全基準を維持しているわけではないから、私の面倒を見てくれと頼んだのだそうだ（確かに、コンゴの経験豊富な旅行者たちの多くは、私が正気ではないと思っている。私自身は、リスクの上限を高く設定しているだけだと思うようにしている）。

そしてDは、エリックのために四駆を買うことに合意してくれたのだ。

今回のオーキッドは、前回とはまったく違う様相だった。「最後のベルギー人」は不在で、敷地内は中間管理職クラスの人々でごった返していた。ほとんどが、町からヘリコプターでわずかの距離にある巨大な金鉱への道を開いている、鉱山業の下請け会社の連中だ。

朝食時、その中間管理職の何人かが話しかけてきて、私のコンゴ訪問の目的を訊ねた。取り繕うような理由もなかったので、今週の予定を友人に聞かれて答えるのと同じ調子で、カニオラの虐殺について感情を交えずに説明した。中間管理職たちはしばらくナプキンをひねくりまわしてから、静かに席を立った。誰かが、「それじゃ」とつぶやく。

それ以上の社交辞令もなく彼らは立ち去ったが、一人だけがあとに残った。そこで、私は旅行者にお決まりの挨拶から始めた。「あなたはどうしてこちらへ？」

「環境活動です」

「ここで環境プロジェクトをやっている友人が大勢いるんです。どういった活動ですか?」

「鉱山業ですよ」

驚くほど率直に、彼は自分がホテルに事務所を構えている鉱山会社に雇われて、環境アセスメントを実施しているのだと説明した。その会社は、コンゴ東部で新しく始めようとしている金鉱採掘プロジェクトの現場付近の河川汚染やその他の公害は、地元の鉱山労働者たちが原因で生じたものであり、金鉱と水力発電所が建設される前から存在したと主張したがっているのだそうだ。「うちが責任を負わなくてすむようにね」と彼は言った。

以前の私だったら、この話を興味深い、あるいはスキャンダラスだとさえ思ったかもしれない。だが、コンゴ鉱山に対する外国からの関心は周知の事実だ。ショックを受けたふりをしてどうする? 恥じてどうする? 彼は恥じていない。企業の優秀な情報操作係として、彼は倫理問題を解決し、毎日飛び交うヘリコプターのように紛争の上空を旋回し、コンゴの大地の上を飛んでいるのだ。その高度にいれば、コンゴの人々の問題といった瑣末な事に煩わされないですむ。

「アメリカ人も西部で同じことをやったでしょう」と彼が思い出させる。「西部でやったことを、彼らがコンゴでやってはいけないと言ってもいいものでしょうか?」

我慢できなかった。「『彼ら』って誰です? コンゴ人ですか? 私の知る限り、ここでの鉱山業や森林伐採はコンゴ人が関与しているものではないし、彼らは利益を得ていないと思いますけど。それに、そのせいで戦争も起こってしまいましたよね」

「確かにそうですね」と彼は言った。「しかし、歴史はいつも同じでしょう？　我々は皆、かつて植民地を持っていた。今はそれが『悪いこと』だと言われているというだけです」

それは否定できない。戦争による不当利益行為。大虐殺。地球温暖化。すべて、一般的には「悪いこと」だと考えられている。「確かにそうです」と私は認めた。

この会話で私は疲れてしまった。敵意を抱いたり、怒りを感じることさえできないくらいに疲れてしまった。強いアフリカーンスなまりの下には、死にゆくイデオロギーにしがみついている男がいる。この貪欲な考え方。彼自身には大金が入るわけでもないのに、アフリカの魅惑的な場所への出張を伴うライフワークに挑むためだけに曲げた道徳観念。新植民地主義者には、それで十分なのかもしれない。彼を見て、私は悲しくなった。

そこで聞いてみた。「でもそれは、私たちがどういう人間かという問題じゃありませんか？　この世界で自分がどういう役割を演じるかという？」

彼は、しばらく沈思した。「そうかもしれませんね」

席を立ちながら、彼はまるで休戦を申し出るかのように名刺を差し出した。「もし南アフリカに来て泊まる場所を探すようなことがあったら……」と言われて初めて、彼が私をナンパしていたつもりだったことに気づいた。

私は、カニオラ再訪を即刻すませてしまいたかった。自分の怖気づいた神経に対抗するにはそれしかなかった。ヴィクラム少佐とケイシー少佐がかつて配属されていたワルングでは、南米出身のアレハンドロ少佐という、新たに配属された友好的な細身の少佐が出迎えてくれた。私は、襲撃の話と、自分の目的を説明した。カニオラに戻って、虐殺について何でもいいから情報を得たいということだ。

「それについて私は何も知らないんだ」とアレハンドロ少佐は言った。「配属されて四日しか経っていないからな。だが、その頃からいた男が一人いる。今日はブカヴに行っているが。明日また来れば、戻っているはずだ。明日はその男の勤務最終日なんだ」

その間、私はワルングのパキスタン大隊に行って、いまや承認がいるようになったカニオラ入りの許可をもらってくるようにと指示を受けた。

そういうわけで、私は丘のてっぺんにあるバラや黄色いコスモスに縁取られたパティオで、パキスタン軍の指揮官たちに取り囲まれることになった。そこは、ワルングの向こうの広大な渓谷を見下ろせる、日当りのいい場所だった。金で縁取られた脚つきのグラスで供されたジュースをもってしても、広くて深い異文化の溝を埋めることはできなかった。私の乏しい資質に話が及ぶとなおさらだった。「今までに本を出版したことは?」

「ありません」

「今回の本はどこから出すのかな?」

「まだわかりません」。私は本題に入った。「道案内はいりません。自分で行けますから……」

「マダム、申し訳ないが。ブカヴの本部から書面による許可を取っていただく必要がある」

ブカヴに戻り、国連本部の壮大なオフィスに通されながら、私はまたしても〝この上なく共通点が少ない〟会合を覚悟した。だがカーン大佐は礼儀正しく、自制と丁重さをもって接してくれた。心から役に立ちたいと思っているようだった。大佐が虐殺当日についての情報を探してパソコンのデスクトップに保存されたファイルを見ていく間、私はこうした場には必ず出てくるアップルジュースをちびちび飲んでいた。

大佐が報告書をスクロールする画面の左側に、ファイル名や画像が見えた。スクロールされていくサムネイルの画像に目を凝らす。切断された頭部や手足、死体の山が見えた。自分の中の半分は、それらを見て、虐殺のヒントを見つけたいと思っていた。もう半分は、机越しではちゃんと写真が見えないので、むごたらしい映像が頭に焼きつけられなくてよかったと思っていた。

大佐はカニオラに入る許可を出してくれ、数日後に護衛をつけるよう手配してくれた。そしてこう念を押した。「もし現地で我々の注意に値する出来事、我々が改善できそうなことに気づかれたら、私に報告していただけると助かります」

だが、彼はその報告を公表することは、できない……。

護衛がつくまで待つ間、足止めされてちょうどよかった。

さあ、住民たちとのクンバヤ合唱だ。悪意に満ちた批判はさておき、ずっと気になっていたことがあった。コンゴでのおそろしい体験談を追求する中で、聞かなかった質問がたくさんあるのだ。たとえば、誰が襲われたのか。犠牲者の名前すら聞かなかった。

村の私有地に立つペンキが剥がれかけたコンクリートの建物から、テレーズが出てきた。日曜日なので、他にはあまり人がいない。仰々しい歓迎式典もなく、私の一人目のコンゴ人姉妹と、長い抱擁を交わしただけだった。一年半近く前に着ていたのと同じ、日曜日用の黄色い一張羅を着ている。私は、機内に持ち込んでいたので無事だった数少ないプレゼントのひとつ、生糸の緑色のスカーフを差し出した。テレーズがそれを頭に巻く。偶然にも、彼女のお気に入りのドレスにぴったり似合った。テレーズの出身地域の方言であるマシ語を流暢に話す女性スタッフが、通訳に入ってくれた。「あなたの民族、あなたの一族について知りたがっています」

私たちは何時間も話した。アーカンソーにいる私のカトリック系の一族、オクラホマ出のプロテスタント系の一族、近親の家族、友人連中について説明する。

そして彼女の家族について訊ねた。

「私は教会の聖歌隊に入っていて、歓迎団もやっていました。夫は祈祷グループの会計係でした。私たちはここの教会区へ、それぞれのグループの報告をするために来ていました。歩いて二時間半かかるので、一緒にいる時間が長かったんです。それで恋に落ちました」

彼女の夫が料理係としてインテラハムウェに拉致されたときのことも聞いてみた。

「夫は死んだと言う人もいましたが、私にはどうにも納得できませんでした。まだ生きているような気がしたんです。夫が帰ってくるまで、ずっと待ち続けました。夫の両親に夕食を出していたとき、夫に似た声が両親に挨拶するのが聞こえました。義父は仰天して言いました。『パスカルみたいな声だな。おまえは誰だ？』と義父が言いました。

すると、『あなたの息子、パスカルだよ』という返事がありました。

夫が戻ってきたのが信じられませんでした。もう死んだのかもしれないと思っていましたから。

夫が入ってきて、私は彼に抱きつきました。子どもたちはもう寝ていましたが、起きてきました。

末の子が、『本当にお父さん？』と私に聞きました。

『そうよ、あなたのお父さんよ』と私は答えました。

それから、私たちは歌と踊りで喜びを表現しました。

森へ連れて行かれる前の夫は、優しい人ではありませんでした。怠け者で、働きたがらない人でした。だから私が夫と子どもたちの面倒を見ていました。ですが戻ってきて以来、夫は子どもたちを食べさせるのを手伝ってくれるようになりました。考え方が変わったんです。今では優しい夫になりました。私が他の人たちと畑仕事に出かけるときは、夫も一緒に行ってくれます。夕方になって私が稼ぎを持って帰ってくるときは夫も稼ぎを持って帰ってきて、一緒に子どもたちに食事を与えることができます。今は、昔よりも幸せです」

「亡くなってしまった娘さんのことをもう少し聞かせてくれる？」

「娘は五歳でした。子どもは、いつでも親に幸せをもたらしてくれるものです。子どもの行動は一人ひとり違います。二人の子どもたちが家事を手伝ってくれるのを見ていると、いつも最初の子のことを思い出します。あの子が生きていたら、と想像するんです。

とても優しい子でした。おじいちゃんとおばあちゃんのことが大好きで。私が食事の支度をすると、娘が皿を運ぶのが習慣になっていました。いつも真っ先に祖父母に食事を運んでいました。他の家族にも食事を運んで、食後には皿洗いをするのも好きでした」

私は口を挟んだ。「さしずめ〝小さいお手伝いさん〟ってところね」

するとテレーズが言った。「ヌセメルという名でした。〝あなたを愛する〟という意味です」


ワンドリンは、ウィメン・フォー・ウィメンのワルング支部の個室で夫と一緒に待っていた。腰掛けるや否や、彼女は言った。「あの〝事件〟の話はもうしたくありません」

私は微笑み、安心させるように言った。「あなたに会いたかっただけよ」

前回私が去ったあと、ワンドリンは精神科病棟に九カ月間入院し、その間シスターたちがヌショボレの世話をしていた。ワンドリンがようやく自宅に帰れるまで快復する頃には、シスターたちがヌショボレに惚れこんでいて、手放したがらなかったそうだ。「もちろんあの子を手元に置いておきたいのは山々ですけど、シスターたちと一緒にいたほうがもっとちゃんと世話を見てもらえます。他の子たちよりもいいものを食べているんですよ！　それに、学校にも行かせてくれるそうです。今は、月に一回会いに行っています」

母娘の写真を荷物に入れておいたのだが、預けた荷物のほうだったので行方不明になってしまった。そこで代わりにノートパソコンを開き、ワンドリンの家族の写真をスクロールして見せてやった。ヌショボレをおぶったワンドリン、二人の背後に広がるコンゴの風景。ワンドリンと夫は興奮して写真を指さし、微笑み、家族と一緒に娘が暮らしていた頃を懐かしんだ。

ジェネローズは、私を見ると泣き出した。「カリブ。いらっしゃい」。美しい空色の民族衣装を着ている。松葉杖をつき、彼女はトタン屋根と真っ青な飾り枠がついた、新築の小さな木造の家へと案内してくれた。玄関脇の、鮮やかな赤い花を咲かせている背の高い熱帯植物の脇で足を止める。その花を摘んで手渡してくれた。「この花はあなたのために育てたのよ。いつかあなたが戻ってきたら、あげようと思って」

ワンドリンの子どもたちを後ろに従え、私たちは敷地内を見て回った。末っ子は喜びすぎて大興奮し、飛び回ってふざけ、私と変な顔をし合った。だが家の中に入ると、私の神経は張りつめた。契約どおりの家ではなかったのだ。合意したよりも狭かったし、床はコンクリートではない。石が敷かれてでこぼこしている。モーリスとオルテンスにどういうわけかと問いただすと、ジェネローズが間に入った。「リサ、二人のせいじゃないの。あなたが帰国したあと、物価が上がったのよ。でも私が自分で二四〇ドルくらい出して石を買って、壁を埋めたの。商売で儲けたお金を使ったのよ」

私たちを裏庭へ案内し、彼女は誇らしげにキャッサバ酒の蒸留器を見せてくれた。「最高品質のものしか売らないのよ」と自慢しながら、蒸留過程を説明する。地元の男たちを酒漬けにするのはいかがなものかと思わないでもなかったが、彼女の誇らしい気持ちは伝わった。「本当はあなたにも味見させてあげたかったんだけど、一日で売り切れてしまうのよ。一カ月に二回しか作れなくて、毎月七〇ドルくらいの利益があるわ」

このあたりの家族は大体一カ月二〇ドルくらいで生活していることを考え、私は感心した。子どもたちを学校に通わせ、たっぷりの食料を買い、裏庭で野菜を育て、少しずつ家に手を加えるだけの収益を上げているのだ。そこへ一人の女性がやってきて、私と握手した。ジェエネローズがうなずき、女性を紹介しながら眉を持ち上げてみせた。「仕事を手伝ってくれてる人たちの一人よ」

——従業員ってこと——？　この小さな家が、ジェネローズの新しい帝国なのだ！

室内で、私たちはカーテンを引き、内密の話ができるよう、隣人や子どもたちがいなくなるのを待った。もう夕暮れだったので、ろうそくを灯す。私は、彼女の息子について聞いた。

「あの子のことは本当に愛してた」とジェネローズは話してくれた。「子どもたちの中でただ一人、私の体を食べることを拒否したという事実が、心に刻まれているわ」

「どんな息子さんだったの？」

「九歳で、三年生だったわ。サッカーをしたり、おじいちゃんの土地で釣りをしたりするのが大好きだった。バナナの葉っぱで車を作ったり、紙飛行機を折ったりするのも好きだった。人を怒らせるのも得意だったわね。カエルを捕まえて友達のカバンに入れたりとか。だからよく釈明のために学校に呼ばれたわ。家に帰って来て真っ先に聞くのが、『食べるものある？』だった。食べるものがないと家族みんなに当たり散らして言ったものよ。『どうして食べるものがないの？』とか、『どうして魚に塩をつけないの？　うちが貧乏だからなの？』とか、『毎日毎日、野菜料理ばっかりじゃないか。野菜なんか食べたくない。おばさんちに行くとお肉を出してくれるよ。どうして肉料理を作ってくれないの？』とか」

モーリスと私は笑った。「ずいぶんと気性の激しい少年ね」

だが、ジェネローズはぼんやりと壁を見つめるだけだった。

「最後に息子さんに何を言ったか、覚えている?」

「私が覚えているのは、息子が兵士たちに最後に言ったことだけよ」

「なんて言ったの?」

「父親を殺した相手に向かって、息子はこう言ったわ。『お母さんの体を食べることなんかできない』

そうしたらやつらは、『食わないならおまえを殺すぞ』と言った。

息子はこう答えたの。『殺すなら殺せよ。でも僕はお母さんの体を食べたりしないからな』」

モーリスが「やつらは『それなら祈るんだな、今おまえは死ぬんだから』と言ったそうだ」と通訳する間、ジェネローズはぼうっとして、体をゆっくり前後に揺らしていた。

「息子が言った。『神様に祈れって言うのか? なんでだよ? 僕はおまえたちのことを愛してない。おまえたちに怒ってるんだ。おまえたちに対してこんなに悪い心を持ってるときに、神様にお祈りなんかできるわけないだろう?』」

しばらく、沈黙があった。やがて私は聞いた。「そうしたら、兵士たちはなんて?」

「何も言わなかったわ。黙って息子を撃ったの。たくさんの銃声が聞こえたけど、見えたのはここに当たった一発よ」と言って、ジェネローズは自分の額の中央を指した。

「息子さんの名前は?」

「ルシアン」

「ご主人は?」

「クロードよ」

「ご主人とはどこで出会ったの?」

「夫が病気になって、私が看護師をしていた病院へ来たの。治療をしている間に、愛情が芽生えたのよ。最初は、夫がハンサムだから好きになった。次に、相談に乗ってくれたから好きになった。治療が終わると夫は退院したけど、二日後に私を訪ねてきたの。一週間後には、父親と一緒に感謝の印として雌鶏を持って来たわ。それから、しょっちゅう訪ねてくるようになった。二年間もそれを続けたのよ。そして二年後、私の両親に会うことに決めたの。

盛大な結納式だったわ。夫の両親が、私の両親に牝牛を二頭とヤギを六頭贈ったの。私たちは司祭様のところへ行って祝福を受けた。それから、大きなパーティーを開いたのよ」

「人間として、男性として、夫としてはどんな人だったの?」

「子どもの頃から夢に見てたような夫だったわ。すごく背が高くて、お酒は飲まなくて、タバコも吸わない人。初めて会ったときにその条件を全部備えていたから、『この人だ』って思ったの。

夫としては、とても責任感の強い人だった。子どもたちの父親としても、最後まで責任を持っていた。夫にはある趣味があったわ。私がすごく疲れていると、『今日は家事をしなくていいよ。私が全員分の食事を作ろう』って言ってくれるの。卵と米を調理してくれたわ。それが得意料理だったのよ。でも、それが夫の家族で問題の種になったわ。『男が妻のために料理をするなんてどういうことだ? 魔術でも使っているに違いない』って。

でも魔術なんか使ってないわ。愛があっただけよ。

コンゴでは、お互いをあまりに愛しすぎると、長生きできないって言うわ。時々、私と一緒になりたいって言う男の人が現れることもあるけど、夫が与えてくれた愛情のことを思い出して、そして、その男の人たちにはもう妻がいることを知ってるから、私はこう答えるの。『だめです。あなたでは、夫が与えてくれたような愛情を私にくれることができません。私をからかっているだけでしょう。だめです。だめです』って」

「最後にひとつだけ教えてほしいの」と私は言った。この一年、ずっと頭に引っかかっていたことだ。「私の父は、暴力によって死んだわけではないの。がんだったのよ。でも父のことを思い出すと、真っ先に頭に浮かぶのは私たちが何時間も話しこんでいたとき、父がコーヒーカップの縁をゆっくりと指でなぞっていた様子なの。それが懐かしいわ」。生前、その癖は私をいらいらさせたものだ。だが今にして思うと、チベット僧が鳴らす鈴《りん》のゆっくりとした響きのように、それが記憶によみがえる。「ご主人のことで、一番懐かしく思い出すのはどんなこと？」

彼女は迷わずに答えた。「私が妊娠していて、もう臨月だったとき、夫が体を洗ってくれたの。とても親密な行為だったわ」

32　塩

なぜだろう？　それが、もう何年も私を悩ませてきた問いだ。

その答えを知っているかもしれないごくわずかな人々の一人と会うという、またとない機会がもたらされた。少年兵のリハビリセンターに滞在している、元インテラハムウェ反乱軍の兵士と話をすることができたのだ。窓に鉄格子がはまり、木の二段ベッドが置かれた無人の男子部屋に、アンドレが入ってきた。意外だった。アンドレはジーンズにTシャツ姿の、頬がふっくらとした一七歳の少年で、しかもコンゴ人だった。厳しい軍事訓練を経験した少年たちに共通する、穏やかで礼儀正しい物腰だった。

二〇〇二年、アンドレが学校にいると、インテラハムウェが「兵士採用」をしにやってきた。そして四年生、五年生、六年生を全員強制的に連行した。アンドレは一一歳だった。

アンドレは、インテラハムウェの一員として六年間暮らした。「森での生活はものすごく、ものすごく大変でした」と彼は話した。「石鹸で体を洗うこともできませんでした。食事には塩もつかなかった。皿に盛った食事をとることも、着替えることもできなかった。体中毛だらけでした。木の根っこまで食べたんです。外界の誰とも会わずに、何年も過ごしました」

「もし民兵を辞めさえすれば普通の生活に戻れるとしたら、インテラハムウェの何人が辞めると思う?」

「辞めれば、殺されます。実際に可能だとして、家に戻る許可が与えられたとしたら、一〇〇人中、軽く八〇人は辞めると思います」

小学五年生を終えることすらなかった少年なのに、彼の推測はワシントンあたりの政策通の見立てとかなり近かった。私が話を聞いた政策通たちは、インテラハムウェを辞める兵士の割合は七〇%程度だろうと推測していたのだ。

「残りの二〇人は? どうして残るのかしら?」

「裁判が怖いからです。自分たちがルワンダで大勢の人たちを殺したとわかっています。一人の兵士がルワンダで一〇〇人以上を殺している場合もあるから、『祖国に帰るくらいなら、森に残って、銃で自殺したほうがましだ』と言うでしょう」

インテラハムウェは、コンゴ東部でもっとも残忍な行為に及んだ。だが、もっとたちが悪いのは、六〇〇〇人から八〇〇〇人と言われるインテラハムウェの勢力がいることで、他の民兵組織に「インテラハムウェから民間人を守る」という名目で民間人を恐怖に陥れる言い訳を与えていることだ。これらの民兵組織が混在することで、五四〇万人もの、主に罪のない民間人の命が奪われた。しかし、FDLRの戦闘員たちをうまく人質に取りながら民兵組織を率いている、筋金入りのルワンダ人「虐殺加害者《ジェノシデール》」はどれだけいるのか？　私はそうそうショックを受けるほうではないが、コンゴ東部全域と、そこから波及してアフリカ中部全域に政情不安をもたらした黒幕が一〇〇人にも満たないと聞いて、肌が粟立つほどの衝撃を受けた。

この混沌が始まって一五年、国際社会はいまだにインテラハムウェに対処する方策を編み出せずにいる。

だが、まだわからないことがある。私はアンドレに訊ねた。「どうして村人を殺すの？　どうして残虐行為を？　私が知っているある女性は足を切り落とされて、子どもたちがその足を食べさせられたのよ。村人の目をくり抜いたり、鼻を切り落としたりすることもある。どうして？　どういう理屈なの？」

アンドレが唇を噛んだ。「あなたが聞いたことは、事実です。それは、インテラハムウェが置かれた苦しい状況を見せつけるためです。一〇歳か、それより小さな子どもでもレイプされます。体の一部――胸や、鼻や、口を切り落とされた人たちを、自分もこの目で見ました。ただ、インテラハムウェがもう普通の人間ではないのだと示すためにやっているだけです。けだもののようなものなんです」

「森の中で生活しなければいけないのがつらいからってだけなの？」私は訊いた。「人間に対する復讐ということ？」

「そういうことです。一種の復讐です。自分たちが森の中で最悪な暮らしをしているのに、他の連中がいい暮らしをしているのが我慢できないだけです」

「あなた自身は、何人くらい殺したと思う？」

「人殺しの話だったら、自分は命令を受けてやっただけです。金をもらってこいと命令されました。塩をもらってこいと。塩は貴重ですから。塩がなかったり金を出さなかったりしたら、殺せと命令されていました。だから、実際に殺しました」

——塩は貴重ですから——。

33　隠れた顔

アレハンドロ少佐が、心配そうに私たちを出迎えた。虐殺事件があった当時にここカニオラにいた唯一の国連職員を探して、あちこち連絡して回っていたのだ。だが結局、そんな人物はいなかったことが判明した。当時ワルングに配属されていた国連の外国人職員は、誰一人としてもうコンゴにはいなかった。そこで、アレハンドロ少佐は自ら率先し、現地の国連職員たちに何か知らないかと聞いてくれた。正直、そこまでしてもらうだけの価値があるかどうかわからなかった。私は記事に書かれていなかった詳細を何点か、それに被害に遭った人たちの名前が知りたいだけだったのだ。

アレハンドロ少佐は、また別の壁にもぶち当たっていた。「みんな、態度がおかしいんだ。掃除のおばさんまで、私が訊ねるとこんな反応をする」と言って、少佐は私たちから目をそらし、言葉を濁す真似をした。誰も話そうとしないのだ。

「あなたを助けたいのは山々だ」と少佐は言った。「だが、それ以上に、なぜ誰もがそんな反応をするのかが知りたい！」

　アレハンドロ少佐は別の国連職員、ジョセフを呼び寄せた。背の低い地元の人間で、控え目で堅苦しく、私が会ったことのあるどのコンゴ人よりもうまく英語を話した。ヴィクラムとケイシー両少佐と、緊密に連携を取って活動していた人物だった。彼に、私が事件についてヴィクラム少佐とやり取りしたメールのことを話す。ジョセフの答えはあいまいだった。「そんなようなことが、二〇〇五年にあった記憶がありますが」

「いいえ、これは五月の話よ」

「それは知りません。他の人に聞いたほうがいいでしょう」

「ケイシー少佐とヴィクラム少佐が襲撃現場に行ったのだったら、あなたも行ったはずだわ」と私は言った。「そうでしょう？」

「それはもちろん、行きますよ」

「もし行ったのだったら、そして一七人の遺体を見たのだったら、忘れるはずはないわよね？」

「かもしれませんね」と彼は答えた。「いつだったかはっきり覚えてはいませんが。日報を見れば、もしかしたら……」

　いつから、これは尋問になったのだろう？　私は陰謀を暴きに来たわけではない。ただ、あの日会った人たちが無事かどうかを知りたいだけだ。「どうしてこれがそうまでして隠さなければいけないことなのか、理解できないんだけど。国際ニュースにまでなっているのよ。いったい何だって言うの？　何が起こったのか、もうちょっと詳しく知りたいだけなのよ」

「許可は取っていますか?」ジョセフが聞く。

「もちろんよ。パキスタン大隊が私たちをカニオラへ連れて行ってくれるの」

アレハンドロ少佐が口を挟んだ。「だから言っただろう。この人たちには何を話しても大丈夫だ」

だが、ジョセフは立場を崩さなかった。「書面での許可はありますか?」

「ないわ」と白状する。

するとアレハンドロ少佐がさらに強いた。「話しても大丈夫だ! この人たちがおまえの国を助ける手助けをして差し上げろ!」

ジョセフは苛立っていた。「報告書を見てください。見ればわかると思います……特にあの場所に関しては——」

それをアレハンドロ少佐が遮る。「わかっている。だが、私の国で言うように、報告書の言葉には血が通っていない。おまえは生きた人間だろう! その場にいた人間だ!」

感情を爆発させる寸前になり、ジョセフは吐き捨てるように言った。「言いたいことなら山ほどありますとも」

それから感情を抑制し、少し事務的な口調に戻った。「報告書を読んでください。私への質問はそれからに」

だが、国連は報告書を見せてくれなかった。機密情報だというのだ。

私たちはワルングのウィメン・フォー・ウィメンのセンターへ行った。そこで、カニオラ出身の登録者が数名、話を聞かせてくれることになったのだ。「一七人が殺されたのは、私の隣人の家でした」と、赤いワンピースを着て髪をコーンロー［頭皮に沿って畝のように髪を編みこむ、アフリカの伝統的な髪形］に編んだ若い女性が話した。「インテラハムウェがやってきて、住民を切り刻み、殺して家に火をつけ始めたんです。私たちはここワルングで夜を明かして、朝になってカニオラに戻りました。政府軍の兵士たちがもう来ていました。それで安心して、カニオラに残りました。兵士たちは、遺体を火葬にしていました」

「それを見たの？」

「ええ」

「カニオラで最後に襲撃があったのはいつだった？」

別の女性が答えた。「二月です。私の姪が二人連れて行かれました」

全員がうなずく。最後に襲撃があってから、三カ月経っている。以前は週に二回の襲撃があったことを考えると、実際かなりの改善だ。

「カニオラの治安を管理しているのは、政府のX司令官です」と誰かが言う。「司令官は力があるので、司令官がいるときには誰も襲撃をしかけてきません。司令官がブカヴの家族のところへ帰ると、襲撃が起こるんです」

私は白いバインダーを取り出した。あたかも、自分がたった一人で軍事裁判を行っており、動画から切り出した八×一〇に画素化されたピンボケ写真の一枚一枚が、被写体に不朽の名声でも与えるかのように。人々が白いノートの周りに集まり、一ページずつめくっては友人や隣人たちの顔を眺めた。馬鹿げたことかもしれない。ページをめくる彼女たちを見ながら、私は動画からのぼやけた切り出し画像を満載したノートで自分が何をしたいのか、まったく考えていなかったことに気づいた。ただ、知りたかっただけなのだ。

「この少年のことを知っている？」

みんな首を振る。

「こっちの子たちのうち、四人は知っています」。女性の一人が言った。「民兵が、この子たちの祖父を殺しました」

「この少女たちは？」

「一人はわかります」と別の女性が答える。「その子の家の敷地に押し入って父親を殺し、隣の家では住民を焼き殺しました。生きながらです。一年くらい前のことです」

そして彼女たちは、道路脇に立って、プラスチックの水桶を持った子どもたちの横で待っている男性の写真を指さした。「この人は行方不明です。殺されたのかもしれません。この人の妹は、一年前に性的奴隷として森の中へ連れて行かれました」

「この人は死にました」女性の一人が、別の男性を指して言った。「九カ月前、インテラハムウェに殺されたんです」

女性たちがさらに輪を縮めた。女性の写真を指して、何か話し合っている。日曜日にカニオラへ行ったとき、最初にすれ違った女性だった。教会へ向かっていた女性だ。美しい衣装を身につけて、髪もきれいに結い上げ、化粧をしていた。

「知っている人？」

「結婚してから一週間後に、森へ連れて行かれました。半年も経っていません」

女性たちが見ている前で、私は写真の下にメモを書きこんだ。自分の撮影した映像が時間を止めたわけでもないのに。まるで時間を遡って、山道を行く彼女を呼び止められるかのように。戻って、彼女に警告したかった。彼女に現金を与えて、婚約者と一緒にどこか遠くへ逃がしたかった。

「彼女は戻って来たの？　それ以来彼女を見た人は？」

「殺されてしまいました」

私は息を飲んだ。彼女には「ジャンボ」と言っただけだ。知り合いだったわけでもない。それでも気分が悪くなった。職場で、給水器の近くで軽口を交わす程度の間柄だった人が亡くなったと聞かされたときに感じるような気分だった。

「この中の誰かを知っている？」と、クリストフと三人の少女たちがはっきり写った写真を見せる。

「青いスカーフの子は、まだいますよ」

「まだ村に住んでいるの？」

「緑色の服を着た人は学校の先生です」。父親のクリストフのことだ。

「でも無事なのね？」私は念を押した。

ナディーヌを指して、誰かが言った。「その子は森へ連れて行かれて、それ以来帰ってきません。最初のときは逃げ出したんです。状況が落ち着いたと思った頃に戻ってきました。そして連れて行かれたんです」

私はつぶやいた。「この子には一度会っているのよ」

女性たちが服のしわを伸ばして荷物を手に取り、離れ始めた。もうこの課題には飽きてきたようだ。

「この子たちは無事なの？」女性たちを引き戻そうと、躍起になって聞く。

「子どもが何人か、森へ連れて行かれました。親は金を取られました」

「この子たちが？」

「この子たちじゃありません」

スタッフの一人が、会合を中断させた。初期に登録した四人のワルング出身登録者のうち一人が、外で私を待っているというのだ。前の晩、義理の兄が死亡したらしい。入ってきた彼女を見て、名前を思い出した。イザベルだ。彼女をしっかりと抱き締める。女性たちは腕組みをして、その場に残っていた。みんな話を聞いていた。イザベルの義兄は、彼女たちの隣人だったのだ。

「死んだの、それとも殺されたの？」

「やつらに撃たれたんです」とイザベルが答える。

「『やつら』って？」

「地元の政府軍の兵士です」

「いったいどうして？」

「わかりません」

「罰を与えるため？　物を奪うため？」

「帰り道に待ち伏せされたんです」

「それじゃ、彼のことを知っていたの？」と私は聞いた。「そんなことがあるの？　コンゴ軍がただ……民間人を殺すなんてことが？」

全員が力強くうなずいた。真実を十二分に理解しているのだ。「ンディオ」。はい。

「他に誰が殺されたの？」

女性の一人が声を上げた。「この二カ月に、政府軍の兵士が住民を殺した事件が三件ありました」

全員が舌を打ち鳴らした。同意と不満を表す、コンゴ独特の仕草だ。私は状況を把握しようとしていた。コンゴ軍による略奪やレイプはよく聞く話だ。だが民間人を殺す？　そんな話は聞いたことがない。

「どうしてかわからないの？」私は粘った。「何か理由があるはずよ」

「住民同士の揉め事が原因です。問題が起こると、兵士を買収して復讐させるんです。人を殺すために雇うんです」

オーキッドに戻ってテラスに座っていると、パキスタン人の国連将校の一団がテラスに出てきた。英語の練習をしたいのか、一人が私のテーブル近くでぶらつく。制服の胸に、「パキスタン軍」と書いてあるのが見えた。

将校たちは、庭の向こうに広がるキヴ湖を眺めやった。私の近くにいた男性が言う。「とても美しい国ですね」

私は退屈していたので、喜んで会話の相手をした。「ええ、本当に美しいです」

「ですがここの人々は……あまりよくありませんね。ずいぶん、黒い」。反アフリカ人同盟に私を引きこもうと、彼はつけ加えた。「そう思いませんか？」

私はゆっくりと首を回して彼を見上げ、冷たく言い放った。「この国の人たちは、素晴らしい人たちです。広い心の持ち主です」

彼の連れたちが一歩下がる。

「勤勉で……」と彼は言った。

そのあとに「だが」が来るのが予測できたので、先を越してやった。「ええ、とても勤勉な人たちです」

「わかりましたよ」。彼の同僚たちは不和に気づき、慌てて彼を私から引き離しにかかった。

モーリス、セルジュ、そして私は、ワルングの大通り脇に停めた車の中で待っていた。国連にコネのある、信頼できる匿名の情報提供者が、私たちが虐殺について調べていることを聞きつけたのだ。虐殺の現場へ、私の護衛を務めた国連将校たちと一緒に行ったのは確からしい。私たちに接触してきて、落ち合う場所を指定してきた。昨晩は遅くまでかかって、関係資料を書き写していたはずだ。

道路の向かいでは一握りのコンゴ兵たちがたむろしていて、私を一番の呼び物と見ているらしい。中の一人が特に熱心にこちらを見ているので、私も見つめ返したくなった。顔は迷彩色の目出し帽で隠されている。不気味だ。写真を撮りたくてたまらなかったが、軍隊を撮影するのは違法で、彼のまなざしは友好的なものではない。汚れたビニールで覆った荷物を担ぎ、雨の中を苦労して歩く女性たちを眺めるふりをしながら、私はカメラを横向きに構え、目出し帽男の写真を撮ろうとした。だが、撮れたのは車の窓に当たる雨粒の写真ばかりだった。男の姿はぼやけていて、ピントも合わずに背景に溶けこんでいる。視覚的な隠喩にうってつけだったのに、残念だ。撮れなかった写真に、心の中でタイトルをつけた。『コンゴ軍の隠れた顔』だ。

「よし」とモーリスが言って、合図をした。もう十分時間が経った。私たちはワルングの裏道をすり抜け、情報提供者が待つ個人宅へと向かった。そっと中へ滑りこむ。床は湿っており、どこかからかすかに水の流れる音がする暗い小屋の中を照らすのは、戸口から差しこむ光だけだった。向かい合い、ぐらぐらする木のベンチに座る。男性は薄い紙束を取り出して私に差し出した。カニオラの日報と、コンゴ軍による最近の殺人事件に関する報告書を慎重に書き写したものだ。「書き写してくれ」

「これをもらっちゃいけないの?」

「私の筆跡のものは、だめだ」

彼が私に教えようとしている内容がこれほど深刻なものでなければ、この状況を面白いとさえ思ったかもしれない。「チハンバ」と記された名前のリストを見る。一八人殺害。二五人が捕縛され、森へ連行。ヤギ三頭が強奪。

私は質問を開始した。「あなたは、当日現場にいたんですね」

男性は冷静で、率直だった。「ああ」

「何があったんですか?」

「犠牲者は全員目と鼻、口をえぐり取られていた」

「それじゃ、犯人はインテラハムウェだったんですね」

「インテラハムウェの仕業に見せようと意図したものであることは、ほぼ明確だった」

——ずいぶんと含みのある言い方。なんて衝撃的な発言——。

「『ほぼ明確』というのはどういう意味ですか?」私は聞いた。「インテラハムウェの仕業に見せよ、、、うとしたって?」

「体の一部を切除するという行為が、インテラハムウェ特有の襲撃方法を真似たものに見えたという意味だ」と男性は言った。

「インテラハムウェと、その偽物と、どうやって見分けがつくんですか?」

「インテラハムウェは、ヤギ三頭と携帯電話を奪うために一八人も殺害したりはしない。わかるか?」

——いいえ。まったくわからないわ——。「どうして誰かがインテラハムウェを模倣しようなんて思うんですか?」

彼は落ち着きなく体を動かし、しばらく黙ったままでいた。「緊張がある。妨害工作がある。異なる部隊が、ライバル同士のように振る舞う」

「それじゃ、犯人はコンゴ人だったって言うんですか? コンゴ軍だったって?」

「そう確信している」

私は他の襲撃についてのメモを読んだ。「備考＝錯覚を起こさせるためと思われる」、そして「本件の持つ大域的な意味合い——入れ替わる部隊」とある。

男性が話を続けた。「Y部隊は、X司令官の指揮下にあるX部隊に地域を引き継ぐことになっていた。競合する部隊の間で対立があった。Yという司令官の指揮下だ。Y部隊が転属になると、襲撃は途絶えた」

話を大げさにしようとしてこんなことを私に教えているのだろうか？　だが、直感的にそうではないと思った。

何でもありのこの土地にいてさえ、私は愕然とした。

コンゴ軍が民間人を切り刻んで殺し、インテラハムウェの仕業のように見せかける？　それも単なる対抗心のために？

男性の話は、突拍子もないとは言えなかった。この数カ月後、『ニューヨーク・タイムズ』が、インテラハムウェの指導者層とコンゴ軍の最高幹部たちとの協力関係について報じることになる。衛星電話の記録から、両者間で長時間にわたる対話が頻繁に行われていたことが判明したのだ。結局のところ、インテラハムウェとコンゴ政府間の協力関係は周知の事実だった。

だがこのとき、男性は薄暗い小屋の中で私たちに教えてくれた。「住民たちには、調査が行われると約束された。だが人々はひたすら待っている。調査など行われなかったんだ」

34　フラハ

　サングラスの奥から、日光がまつ毛に反射して小さな虹を作るのを見つめる。他に誰もいないオーキッドのテラスで、清掃員がシトロネラの精油を使って床をモップがけしている。その脇で、私は日なたに腰掛けていた。紅茶をすすっていると、時代遅れなフランスのアコーディオン曲が流れてくる。一瞬、かび臭い部屋が消え去り、パティオには優雅ささえ漂いかけた。私は目を閉じた。
――私たちはみんな、ここで何をしているのだろう――？
　ヘンリー・モートン・スタンリー（本物のほう）のことが頭に浮かぶ。鉱山業者、援助関係者、私……みんな、子どもの頃に読んだ「君ならどうする？」のゲームブックを実体験しようとしているだけではないのか？　A、B、Cから選べ。レイプ被害者や少年兵を助けるか、鉱山業者として荒稼ぎするか、軍閥の長をやっつけるか？
　近くに並ぶ椅子のひとつに欧米人の鉱山業者が腰掛け、ジュースを頼んでタバコに火をつけた。

タイで迷子にでもなった大学サークルのおちゃらけ男子学生よろしく、へたった短パン、手首には数珠、足元はくたびれたビーチサンダルという出で立ちだ。タバコをふかしながら、遠くから交通事故か路上のけんかでも見物するように、私を眺めている。無関心で他人事な表情だ。確か私の隣の部屋に泊まっていたはずだ。昨夜、泣いているのを聞かれたのだろうか。

一時間ほど後、私はまだテラスにいた。ただし、隅のテーブルに移動していたが。フランス人の女性援助関係者たちがタバコをふかしながら、大声で笑い合っていた。周りの関心を引きつけ、話しかけられそうな相手はいないかと目を光らせている。上着、タック入りのカーキパンツ、青のストライプやチェックのオックスフォードシャツに身を包んだお気楽なスカンジナビア人ビジネスマンたちが、ワインをちびちび飲んでいる。私たちの中に、ここでコンゴを骨の髄までしゃぶっていい人間などいるのだろうか。私はずっと目を伏せたまま、夕食の皿の周りを飛び交うコバエを見ていた。今日はコンゴでの嫌な一日だった。無力感と敗北感に打ちのめされ、画素化されて静止画像から切り出された「拉致された」「殺された」顔たちの海に溺れるような一日だ。

吐き出したい。叫びたい。だがやはりあの疑問にさいなまれる。誰に吐き出す？　最後にベッドを共にしてから何カ月も経ち、「愛してる」と言うまでには一度も至っていないにもかかわらず、Dのことが頭に浮かんだ。そこで携帯からメールを打つ。

「今、オーキッドのテラスで、あなたの鉱山業仲間たちと一緒にいます。

去年会った人たちのうち、四人が殺されていたことがわかりました」

部屋に戻ると、もう夜遅かった。カビに縁取られたバスタブの上に身をかがめて服を洗濯した。

道路の埃と汗とでどろどろになってしまったジーンズとTシャツだ。着るものはこれしかないのだ。水気を絞って椅子に引っかける。朝にはまだ湿っているというよりは濡れている状態かもしれないが、昼までには乾くだろう。

ねぐらに引き籠もり、蚊帳を下ろして裾をマットレスの下にたくしこんだ。蚊帳に触らないよう、慎重にベッドの中央に身を横たえる。まだ心が痛かった。ぼうっと光る電球を見つめる。シーツに指を滑らせた。ここはいつも湿った感じがする。蚊帳の小さな裂けや修繕した破れを観察し、私は泣き出した。

そのとき、スマートフォンが鳴った。

——Dだ——。

電話に出ればいい。電話口で泣けばいい。何もかもぶちまけてしまえばいい。だが私の中の一部が、そうしたがらなかった。というより、私の中の全部がそうしたがらなかった。だからそんなことはしない。

なのに、私は電話に出た。

「起こしてしまったかな?」

「いいえ」。静かに言う私の声は、震えていた。

「元気かい?」

長いため息と共に、涙があふれた。

「そんなことだろうと思った。だから電話したんだ」

私はしゃべった。すべてぶちまけた。虐殺のこと。コンゴ軍のこと。殺人のこと。そして、一番の疑念のこと。「私、ここで何をしてるの？　ここの人たちは地獄のような暮らしをしているのに、私はと言えばピーナツをあげただけで……」

それ以上、何も言えなかった。私はただ泣き続けた。

Dが言う。「誰かがやらなければいけないことだよ。誰かが、目撃者にならなければ」

私は長いこと泣いていた。やがて、Dは彼の新しい、美しいオフィスの話をしてくれた。窓からは木々が眺められるそうだ。一緒に泊まった入江の別荘の話をする。共に過ごした素晴らしい時間のことを、私に思い出させた。彼が作成した小さな喜びの一覧表で、私を生き返らせようというように。電話を両手で包みこみ、蚊帳の中で身を丸め、アメリカからコンゴへの電話としては長すぎるくらいの時間、私はDと話し続けた。

朝早く、胃酸過多と緊張で目が覚める。今日はカニオラに行く予定だ。前回訪問した際は、鈍感な上に油断しすぎていたために恐怖を感じなかった。今回は違う。何が起こるかわかっているので、私は恐怖に身をこわばらせていた。

国連のパキスタン軍護衛たちの一人に、「銃を下ろせ！」と叫びたかった。七歳の少年にまっすぐ銃を向けていたのだ。この小さな子どもが犯した唯一の違反は、「ジャンボ」を交わしたあとに数歩だけ私に近づいたことだった。

私たちは、ヴィクラム少佐が「最後に歩いた場所」と称した山道の起点に立っていた。ビデオ映像から切り出した風景に一致する、さびついて弾痕だらけの道路標識が道路脇に目印代わりに立っている場所だ。カメラが銃と間違えられることなど心配するどころではない。今回は本物の銃があるのだ。それに、私の周辺の安全を確保することが任務の、武装しているくせにびくびくした兵士たちが五人も。彼らはコンゴに配属されてまだ数日しか経っておらず、カニオラへ来るのは初めてだ。噂だけは聞いていたようだが、待ち受ける安全上の脅威は十分に理解できていない。彼らが受けてきた軍事訓練は、ここでは通用しない。カニオラには子どもの自爆テロ犯などいない。インテラハムウェは、藁ぶき屋根の中に身をひそめて飛びかかろうと待ち構えていたりしない。ここでは、連中は身分を明かして公然と人を殺す。だから挨拶をしたいだけの子どもを脅かしても意味がないのだ。誰が一番偉いのかなどというあいまいなことに邪魔はさせない。ここに来たことがあるのは私だけなのだ。私は護衛に微笑みかけ、丁寧に頼んだ。「どうか、子どもに銃は向けないでください」

兵士は、少年に対する警戒を緩めた。だがいまや懐かしくさえ思える見事な渓谷を歩き出しても、兵士たちの張りつめた、教科書どおりの動きは直らなかった。一人が前、一人が後ろにつき、いつでも発砲できる構えでいる。理論上、銃を持っているほうが安全性は高まるはずだが、このような場所では、銃が防御になるのか挑発になるのかわからない。少なくとも、住民たちに好かれはしない。十代後半から二十代前半くらいの若者たちのグループに近づく。彼らは身を寄せ合い、引き金に手をかけたまま周囲を歩き回る護衛たちに耐えはしたが、治安に関する問題にはまともに答えてくれなかった。

「問題なんかない。みんな大丈夫だ」

モーリスが不快そうにしているのでわかる。彼らは話したがっていないのだ。

次の曲がり道を過ぎると、見覚えのある老婆を見つけた。去年会ったおばあさんだ。自宅の敷地に向かっている。私は声をかけた。「ジャンボ、ママ！」

彼女は私たちのグループを品定めした。うろつき回る武装した護衛たちが気に入らなかったようだ。モーリスが近づいていくと、背を向けて歩き出す。私は彼女を追いかけて言った。「ママ、話を聞かせてほしいんだけど」

「おなかが空いて話なんかできないよ！」振り向きもせずに彼女は言った。モーリスと私が追いかける中、護衛たちが駆け足で前後の持ち場を維持しようとする。

「でも去年会ったでしょう」と私。「思い出さない？」

老女は私を無視して歩き続ける。私は追いすがった。「この一年、ずっと心配していたの。あなたと家族が無事かどうか確かめたくて、はるばるアメリカから旅してきたのよ」

彼女は歩を緩め、振り向いて私を上から下まで眺め回した。

「これ、あなたの写真よ。覚えてる？」

自分が写ったピンボケの写真を見て、老女は当惑したようだった。「おなかが空いてたことしか覚えちゃいないね」

それでも譲歩して、数分だけ話をすることに合意してくれた。悪意のある者が屋根の上や生け垣の中や小屋の中に隠れていないかと、護衛の一人が敷地内を捜索する。祖母は小さな木製のベンチにちょこんと腰掛け、笑ってみせた。「あたしがきれいになれるよう、服をくれるかい？」

彼女が着ていたのはぼろぼろの灰色のセーターで、何も履いていない足は硬化してひび割れていた。「あなたはもう十分きれいよ。あげられる服があればよかったんだけど」

「あたしみたいな女は大変だよ」と彼女は言った。「独り者だからね。もう夫も親戚も死んでしまった。孫たちと暮らしてるだけだ。雌鶏も、ヤギも、自分のものは何もない。着替えさえないんだから」

私たちを遠巻きに見ていた、頬のふっくらした五人の子どもたちのうち一人を彼女は紹介してくれた。孫娘だというその子は、五歳くらいだった。両親は四年前、少女がまだ乳児の頃に亡くなったという。少女は、自分の腕にずっと手を載せたままでいる祖母に体を寄せた。

「何も持ってなくて自分が食べるものを買うお金もないのに、どうしてこの子を引き取ったの？」

「この子には他に行くところがないからね」

去り際、私は老女に一〇ドル札を握らせた。

私たちは村のずっと外れの、最後の稜線に沿って歩いた。小屋の集まりやキャベツ畑は去年と変わらない。だが、見えてきたサッカー場は、小さなコンゴ軍キャンプになっていた。前面に溝が掘られた、藁で作られた一時しのぎのテントのようなものが、周りに草の深く茂るグラウンドに点在していた。丘の頂上は風が強く、文明の縁にあるこの前哨基地に、不気味な雰囲気を与えていた。

私服姿のコンゴ人兵士が私たちを見つけて、叫んだ。「司令官《コマンダン》！　司令官《コマンダン》！」

ひげをきれいに剃った、戦闘経験のない兵士特有の新鮮な表情をした若い男性が、小屋のひとつから出てきた。ジャージの上着とファッションジーンズを着ている。私服姿を見られて恥ずかしかったのか、いったん中へ戻り、折り目もついてぱりっとした制服上下に緑色のベレー帽までかぶって、あらためて私たちを出迎えた。国連将校のためだろう、正式な敬礼をする。国連を感心させ、自分の立場を証明しようと、銃を腰につけていた。コンゴ西部から転属になったばかりで、コンゴ東部に来て四日目になる。初任務が、カニオラの最後の稜線なのだ。彼の部隊は分割され、五人の兵がこのキャンプに、四人が隣の丘にいるという。司令官も噂は聞いていた。丘の向こう、森のほうを指さす。「ここも襲撃を受けた。あそこから出てきた」

国連将校が遮る。「だが、そのような事件は五月以来発生していないはずだ」

「そう言っていたというだけよ」。私たちが持っている銃のせいで、操作された情報が与えられたのかもしれないと思いながら、私は言った。「あなたが配属されて以来、襲撃はありましたか?」

「一昨日、夜中にちょうどあそこで、森から山を下りてくる懐中電灯の光を四個見た。自分が三回発砲した」。司令官は言いながら、反対側の丘のある地点を指した。「すると、懐中電灯が山を戻っていくのが見えた」

三発撃ったら逃げていった?　――なるほど。いつものことなのね――。

司令官は国連将校を信用し、こっそりと打ち明けた。「我々の上官は、物資を一切支給せずに我々をここに置いていった。食料もなしだ。一昨日、物資の配給を要請するために人を送った。昨日も送った。だが返事はない。上官が早く何か送ってくれるといいのだが」

どうやら、この司令官はまだコンゴ東部のやり方を身につけていないらしい。私は聞いてみた。「その間はどうしているんですか?」

「村人たちが分けてくれている」

——そうやって始まるわけね——。

少女たちの一人に会わせてくれるという地元の案内人と一緒に、私たちは歩き続けた。少女は去年訪問したときに住んでいた家からは数軒分離れた、新しい家にいるとのことだった。二〇分ほど待っていると、見覚えのある若い女性が、子ヤギや子牛でいっぱいの敷地内に入って来た。ナディーヌだ！　私が待っているのを見て、当惑した様子を見せた。「チャージ・スパイシー・スポーティー」とプリントされた大きすぎるトレーナーが、膨らんだおなかを覆っている。重傷を負ったわけでも、体の一部を切除されたわけでも、殺害されたわけでも、森へ拉致されたわけでもない。結婚したのだ！　妊娠している！　この地域で一八歳の少女が手に入れられる最大の幸福だ。私は金切り声を上げて彼女を抱き締めた。「ジャンボ！　すごいじゃないの！　いい一年だったみたいね！」彼女の若い夫がそばに立っていた。私たちは彼の英語を聞きながら、一緒にナディーヌを待っていたのだ。彼はナディーヌの体に腕を回し、大きな笑顔を浮かべて英語で宣言した。「俺の女！」

一目瞭然の誇らしさがなければ、その所有欲は腹立たしく思えたかもしれない。村中がうらやむ、理想の女性を射止めたのだ。ナディーヌは楽しそうで、夫の情熱を容認しているように見えた。夫は彼女を熱愛しているのだ。

私は白いノートを取り出して、去年の取材時に撮影した彼女の写真を見せてやった。ナディーヌは笑みを抑えきれずにいる。「この人たちはみんな無事？」

「みんな大丈夫です」

私は、虐殺のことを聞いてみた。

「ここはマシラタです。虐殺があったのはチハンバです」と言い、彼女は隣の丘を指さした。

その後の帰り道、私はチハンバのことを考える。一七人が殺されたのがここではなく、そちらだったことで気が楽になっていていいのだろうかと思いながら。だが一年間も心配し続けたのだから、この瞬間は喜ぶことにするのだ。

敷地に、また別の少女がやってきた。ラヒーマだ！　何歳も年を取ったように見える。体重が増え、髪は短く刈りこんで垢抜け、ヘッドスカーフは巻いていない。私は彼女を抱き締め、全身眺め回した。興奮しすぎて、こう叫ぶ。「どうしてたの！　大丈夫だった？」

ラヒーマは、私が完全にいかれてしまったのではないかというような表情で見つめていたが、そんなのかまうものか！　彼女は半ば面白がって笑みを浮かべた。ちょうど、久しぶりに会うぎりぎり許容範囲のおばさんに両頰をぎゅっと挟まれ、最後に会ってからどれだけ自分が成長したかをまくしたてられるときに浮かべるような笑みだった。「大丈夫です」と彼女は言った。「私は健康です。何も問題はありません」

「それをこの目で見ることができて私がどれほどうれしいか、あなたにはわからないでしょうね」

ワルングのウィメン・フォー・ウィメンの門の周りに姉妹たちが集まり、私たちを待ち構えていた。私は驚き、オルテンスに非難のまなざしを向けた。今回は、私が去年会ったカニオラの女性たちとだけ会う予定だったのだ。首を振り、私は言った。「お忍びの訪問だって言ったでしょう。歓迎会はなしよ」

だが、スピードを緩めた車から降りると私は手を振り、微笑んで、簡単な街頭演説をした。

空いている会議室に入ると、すぐに二〇人以上の女性たちが部屋を埋め尽くした。「どういうこと？　大勢と会っている時間はないのよ」

正直なところ、グループ会合はつらかった。女性一人ひとりが受けるべき注目を与えられないことで、ひどく悪い気がするからだ。

だがオルテンスはやや反抗的に言った。「あなた、『カニオラの姉妹たち』って言ったでしょう。これはみんな、カニオラ出身の新しい姉妹たちなのよ」

カニオラ出身の新しい姉妹たちが、二一人。私は全員のスポンサーシップ冊子を見た。どれにもこう書いてあった。「出身地――カニオラ。スポンサー――ラン・フォー・コンゴ・ウィメン」

「ここに来てみなさんに会えて、本当にうれしいです」と言いながら、私は部屋を見回した。みんなかすかに笑みを浮かべ、興味津々だ。「ただ、申し訳ないんですけど、スカーフやイヤリングや絵葉書の贈り物を用意してきたのに、航空会社が私の荷物を紛失してしまったんです。手ぶらで来る羽目になって、とても申し訳なく思ってます」

部屋の後方から、女性の一人が静かに言った。「まずはあなたがいてくれることです。物はその次です」

――そのとおりね。私もまずはあなたたちにいてもらいたいわ――。

――物はその次――。

私は、アンドレが言ったことを考えていた。彼は、何かをつかんでいたのかもしれない。携帯電話であれ、ヨットであれ、塩であれ、結局のところ、戦争も残虐行為も世界の反応も、私自身のコンゴ訪問も、すべては私たちが何に価値を見出すかに尽きるのではないだろうか？　どれほど馬鹿げていて、偉ぶっていて、闇雲であっても、コンゴに対する私の活動は最終的に、私の人生のリセットボタンを押し、物欲より人を優先するという、単純な行為に尽きるのだ。部屋を見回しながら、このコンゴ人の女性たちにとっては「人が優先」というのが疑問に思うまでもない当然のことなのだと気づいて、私は謙虚な気持ちになった。

私は、グループに向かって訊ねた。「この中で、孤児を引き取った人は何人いますか？」

二一人中、一七人が手を上げた。八〇％だ。カニオラに住むこの女性たちでさえだ。

〝共に殺す者〟がやってくるかもしれない。やつらはこの女性たちを家から追い、家族を生きながら焼き殺し、彼女たちを森へと拉致し、レイプし、すべてを強奪し、自立する手段さえも奪ってしまうかもしれない。だがこの女性たちは、誰も守る者のない子どもを見ると、自分の手元に引き取るのだ。

私がラン・フォー・コンゴ・ウィメンについて説明すると、女性たちは目を細くし、もっとよく聞こうと身を乗り出した。両眉を上げてみせる者もいる。数名が小声で、独り言のようにつぶやいた。「どうか、この活動をずっと続けてくれますように」

私たちは部屋の中を回って行った。「私たちはカニオラに住んでいました。夫と子どもが家ごと生きながら焼き殺されてから、カニオラを離れました……」

もう、おどろおどろしい体験談を集める必要はない。すでに何冊分にも及ぶ体験談が集まっていて、そのほとんどは決して公表することはないだろう。女性が一人話すたびに、私はその目を覗きこんだ。絶望に打ちひしがれたこのかわいい表情の彼女たちに、どうやって口を開かせられるだろう？　どうやって、話をする気にさせられるだろう？　できない。そして、もうしたくない。彼女たちが、カニオラまでの長い道のりを歩いて帰る光景を思い浮かべる。飛行機に乗る自分自身も思い浮かべる。今日は、彼女たちに村へ帰ってほしくない。帰したくない。

一人の女性が口を開いた。ほっそりとした背の高い彼女は頬骨がくっきりとして、威厳のある美しさを醸し出していた。『最後の晩餐』の宗教画がプリントされたワンピースを着ている。話しながら、彼女は本能的に、心臓の上に手を置いた。「インテラハムウェ」という言葉が聞き取れた。オルテンスが通訳する間、女性は過去の記憶を思い出していた。すり切れた上着の袖で、目を拭う。「夜の八時に、懐中電灯の明かりが見えました。そこでいつものように、外に隠れました。女たちは沢に、男たちはキャッサバ畑に隠れたんです。男たちの叫び声だけが聞こえましたが、何もできませんでした。男の人が二人、殺されました。私は沢の中で、赤ん坊を抱いていました。赤ん坊が泣き出しそうになったので、草を取って……」

彼女は首をひねり、コンクリートの壁に強く押しつけて泣いた。私は立ち上がり、オルテンスの通訳が背後で尻すぼみに消えていくのもかまわず、部屋を横切った。

「男たちの悲鳴が聞こえました。とてもつらかった……」

私は、女性の肩に手を置いた。女性が私を見る。背後で、姉妹たちが何かつぶやいている。通訳は聞こえない。私はもう聞こうともしていなかった。細かいことはどうでもよかった。
落胆しきった、くぼんだ目を見つめ、私は言った。「お気の毒に」。私が何と言ったか、彼女には
わからない。わかる必要はない。
私には、虐殺を止める方法はわからない。どうしたら、人々にもっとこの状況について考えても
らえるようになるかもわからない。
だがこの姉妹の目を見つめると、どのような狂気も触れられない何かが、私たちの間に築かれた
ような気がした。
目に見えない糸が。
私は彼女の手を取り、部屋の前方まで連れて行き、私の隣に座らせた。そして会合の間中、ずっ
と彼女の背中に手を置いていた。
こっそりハンドバッグの中を確認し、十分持ち合わせがあるかどうか確認した。大丈夫。新しい
五ドル札を一人に一枚ずつ配る。本当に恥ずかしい。五ドルなど、何の足しにもならない。ピーナ
ツと同じだ。
だが、彼女たちの反応は、一人ずつが一万ドルの小切手でも手渡されたかのようだった。彼女た
ちは跳び上がり、今までに会ってきた何百人という女性たちがみんなしてきたように、コンゴふ
う「愛の祝典」に突入した。私は女性一人ひとりの写真を撮った。そうしておけば、彼女たちを
どこか安全な場所へ隠しておけるとでも言うように。
涙をこらえる。歌っている内容はわからないが、私が知っている唯一のスワヒリ語の歌を思い起

こさせた。パンジーのグループでも、あの半島でも、エンドレスに繰り返して歌ってもらった歌だ。半島でその歌を聞いたとき、オルテンスが私のほうへ体を寄せて、こう言った。「聞こえる？　あなたの名前を歌っているわ。こんなふうに。『ヘイ、リサ、一緒にいてよ！　あなたはもうコンゴの子よ』」

姉妹たちが私の両手をつかんだので、私はカメラを置いた。祝福の輪に引きずりこまれる。目の端に涙をにじませ、私は彼女たちと一緒に踊った。ほんの数分前までは苦悩に身をよじっていた女性たちが、今は満面の笑みを浮かべている。一人ひとりが私を抱き締め、自分の額を私の額に押しつけた。

私はその一人に、こう囁いた。「フラハ」

彼女が囁き返す。「フラハ・サーナ」

喜び。たくさんの喜び。

エピローグ

二〇〇八年末時点で、私たちはまだ一〇〇万ドルを集められていない。だが、もう一〇〇〇人以上のコンゴ人姉妹たちを支援している。その女性たちが、五〇〇〇人以上の子どもたちを育てている。

そして、私も少しは役に立ったようだ。

コンゴの政情不安を取材するべくジャーナリストたちがこぞってコンゴに押し寄せ、この紛争はかつてないほどの注目を集めた。

リサ・ジャクソンの映画『最大の沈黙』(The Greatest Silence)は、サンダンス映画祭で審査員特別賞を受賞した。そしてHBOで放送され、世界中で上映された。

フェミニストで知られる脚本家のイヴ・エンスラーは、女性に対する暴力に反対する世界的運動《Vデー》の二〇〇九年キャンペーンが、コンゴの女性たちの支援に役立てられると宣言した。

ベン・アフレックやアシュレイ・ジャッド、ミア・ファロー、エミール・ハーシュやロビン・ライトといった有名人がコンゴについて語ったり、実際にコンゴを訪問したりした。

ケリーでさえ、白人女性の悩みを払いのけ、自分でコンゴ支援活動を開始した。

《ラン・フォー・コンゴ・ウィメン》には、一七〇〇人以上が参加した。

私はこの一年、たった一人で「ライト（執筆）・フォー・コンゴ・ウィメン」活動に専念した。

アメリカ合衆国ホロコースト記念博物館は、コンゴのために初となる全国規模の草の根会議を開催した。

民族大虐殺と反人道的行為に対抗する《イナフ・プロジェクト》は、《レイズ・ホープ・フォー・コンゴ（コンゴに希望をもたらそう）》キャンペーンを起ち上げた。

二〇〇九年にもこの勢いは止まることなく、有名人や草の根団体が、アメリカ中でコンゴについて声を上げている……。

みなさん、これこそ、ムーブメントというものだ。

そして、本書が印刷に回る直前、私は一本の電話を受けた。『オプラ・ウィンフリー・ショー』のプロデューサーからだった。その数週間後、私は番組に出演し、オプラ、ジャーナリストのニコラス・クリストフとその妻で作家のシェリル・ウーダン、ヒラリー・クリントン、ベン・アフレックらと共に、読者のみなさんのような人々に向け、コンゴのために行動を起こしてほしいと呼びかけた。

私たちの声は届いた！　番組放送後、《ウィメン・フォー・ウィメン・インターナショナル》には電話やメール、スポンサーシップの申し込みが殺到した。世界中のプログラムに一万五〇〇〇人以上の女性が登録し、コンゴに関してはその人数が倍増した。番組の直接的影響によって新たにプログラムに登録したコンゴ人女性の数は六〇〇〇〇人を超える。現在、《ウィメン・フォー・ウィメン》のコンゴでのプログラムは、年間一万一〇〇〇〇人以上の女性を支援している。

それで私は考えさせられた。もし銃を持った一〇〇人に満たない男たちが世界最悪の戦争を一六年以上も続けさせられるのだったら、ここにいる一握りの女性たち（そして男性たちも！）が、同じくらいの情熱と献身さをもって暴力と混沌の撲滅に乗り出したらどうなるだろう？　それが一〇〇人だったら？　一〇〇〇人だったら？

二〇一〇年、あなたのような読者が何千人も加わり、私たちは《サウザンド・シスターズ（A Thousand Sisters）》キャンペーンを起ち上げた。新たな目標は当初の「一〇〇万ドルとムーブメント」よりもはるかに野心的だ。「暴力に終止符を打つ」というのだから。

頭がおかしいんじゃないかって？　間違いない！　効果があるだろうか？　やってみないとわからない……。

あなた自身のフラハを見つけるために
今、あなたがコンゴのためにできること

メールをチェックする前に、夕食の献立を考える前に、いつかするつもりでいたことのひとつだったと思い出す前に、自分の力を使ってほしい。数分だけ費やせばいい。ムーブメントを起こしてほしい。リーダーになってほしい……。

一．暴力を終わらせよう。姉妹になろう（男性歓迎！）。《サウザンド・シスターズ》に参加しよう。http://www.AThousandSisters.org/join-us

二．その姉妹の人生を変えよう。そして自分の人生も。あなただけのコンゴ人姉妹を支援しよう。たった三分、毎月二七ドルでできる。https://give.womenforwomen.org/sponsorship/

三．コンゴの女性たちのために走ろう（か歩くか自転車を漕ぐか泳ぐか、何でもいい）。私がしたようなことをして、コンゴの女性たちのために単独走行を捧げよう。あるいは、近くで開催される《ラン・フォー・コンゴ・ウィメン》に申し込もう。または、自分でチーム・コン

ゴを起ち上げてもいい。一日一時間×六カ月、三〇ドルからできる。

四. 政府に対し、この危機を解決する活動の陣頭指揮を執るよう呼びかけよう。五分から始められる。

五. 本書を友人に薦めよう。読書会を始めよう。四〇人以上の読者が集められたら、私も参加します！

六. フェイスブックで、コミュニティに参加しよう！　私たちはここに最新ニュースや活動を掲載し、あなたと同じ情熱を持つ人々と出会っている！「Run For Congo Women」「A Thousand Sisters」（本）「A Thousand Sisters」（グループ）、そして私「Lisa Shannon」で検索。

七. 何か自分なりの活動を思いつこう。私がやったように！

どこから始めればいいだろう？　何千人もの人々が、この本の活力源となってくれた。大なり小なり一翼を担ってくれたすべての人々に、深い感謝を捧げたい。この謝辞は、かろうじて上澄みをすくっているにすぎない。

まずは両親に。コンゴの女性たちにとって、表立って称賛されることのない英雄である母のアン・シャノン。母の絶えざる支援、無条件の愛、根気強い活動、そして生涯にわたって教えてくれる思いやりがなければ、《ラン・フォー・コンゴ・ウィメン》は実現しなかった。そして父、スチュアート・シャノン。人間の心のもっともおそろしい場所にでも、必ず隠れた美しさを見出すことができた人。私がまだ世界地図のどこにコンゴがあるかさえ知らなかった頃に他界してしまったが、活動の間中、常に物言わぬ案内者でいてくれた。これほど大きく、これほど思いやりにあふれる人を父に持てたということが、私にとってはかけがえのない宝だ。

ザイナブ・サルビに深い感謝を。これほどの愛情とビジョンをもってひとつの組織を立ち上げ、絶えず勇気づけ、私個人の英雄であり続け、何よりもコンゴの女性を支援し、彼女たちの物語に世界の目を引き寄せた最初の人々の一人になってくれたことに感謝する。同じくオプラ・ウィンフリー、リサ・リン、リズ・ブロディには、誰も触れなかった話をしてくれたことに、そしてナンシー・ホート、ミシェル・ハミルトン、ジェローム・マクドネル、ミーガン・マクモリスには、《ラン・フォー・コンゴ・ウィメン》の活動初期に、決定的に貴重な報道をしてくれたことに感謝する。

ここぞというときに核心を突く一言をくれたアリス・ウォーカーに、そしてよき相談相手、友人、コンゴのために声を上げる最初の市民の一人となってくれたリサ・ジャクソンにも感謝。

《ラン・フォー・コンゴ・ウィメン》を過去に企画した、あるいは現在も企画してくれているすべての企画者たちに感謝。一部を挙げると、ジェニ・ドネリー、ジェン・パーソンズ、エイミー・ヒン、ジゼラ・フェレール、モニカ・イアネッリ、マリヤ・ガルスコフ、トレーシー・ロンジオ、トレーシー・デニス、リンダ・ヘルムズマイヤー、メアリー・ジョー・バークハート、ロビン・ポタウスキー、ラニー・マッケイ、ステファニー・ボンド、シャノン・サンソテッラ、スーザンとローリー・ラムカー（どんな女性になるか楽しみだ！）、ベッカ・ローリング、ジェシー・コックス、クリスティーン・リーボウ、アリエル・シャーマン＝コックス、フランシスカ・テリン、ザン・ティップス、クリスティーナ・パジェッティ、トーニャ・サージェント、サラ・ライアン、ホリー・ガーロフ、モニカ・ハンスバーガー、リンダ・サカマノ、キャリー・キーホー、ニタ・エヴェル、そしてキャリー・クロフォード。活動初期から、そしてその後も継続的に貴重な支援をくださったジェリーとクリスティアニー・ジョーンズ、そしてエミリー・デシャネルにも感謝する。

愛する家族と友人たち、特にラナ・ヴィーンカー、タミーとアミット（それにカイ、リア、ネハ）・シン、ジュリー・シャノン＝ミラー、アリア・シャノン、エイドリアナとジュリアン・ヴォス＝アンドレア、シェリー・ヤコブセン、リック・ヤコブセン、フィル・アトラクソン、ギャリー・ウェイド、アイリーン・アダムス、レイとハック・フラー、デイドル・マクダーミット、フェリシティ・フェントン、サム・シャノン、ダーク・サイモン、クリスティン・レッパート、アルミン・バートン、トビアス・ヒッチ、リサ・メッケル、シャノン・ミーハン、アシュリー・ミュルヘル、そしてティムに感謝。それにもちろん、避難所になってくれたDにも。

《ウィメン・フォー・ウィメン・インターナショナル》のスタッフ全員に感謝（現役も、過去の在籍者にも）。特にリッキー・ワイスバーグ、パティ・ピナ、トリッシュ・トビン、アリソン・ホイーラー、エリカ・タヴァレス、カレン・シャーマン、ジェニファー・モラビトに。

ＩＲＣのリチャード・ブレナン医師、アダム・ホックシールド、イヴ・エンスラー、《Vデー》、ジョン・プレンダーガスト、そして《イナフ・プロジェクト》および《レイズ・ホープ・フォー・コンゴ・キャンペーン》、アメリカ合衆国ホロコースト記念博物館、《シカゴ・コンゴ・コアリション》、《コンゴ・グローバル・アクション》、《フレンズ・オブ・ザ・コンゴ》（私が始めるよりもずっと前からコンゴのために活動を続けていた）の方々にも謝意を伝えたい。

クリスティーン・カルンバと《ウィメン・フォー・ウィメン》のコンゴのスタッフ全員に感謝。モーリス、セルジュ、ジャン＝ポール、オルテンスとモーゼスには、彼らのおかげで、私が本当はコンゴで一人ぼっちではなかったことに感謝したい。ムルハバジ・ナメガベとＢＶＥＳ、パンジー病院とロジャー医師、そしてエリックにも感謝する。

本書の発行者であり編集者であるクリスタ・ライオンズに、ありがとう。私の企画書を読んで、「シール・プレスはこの本を出版しなければ」と宣言してくれた。エージェントのジル・マーサルはこのプロジェクトを信じてくれ、草稿に貴重なフィードバックをくれた。そしてサンドラ・ジクストラ・リテラリー・エージェンシーのサンドラ・ジクストラとエリーズ・キャプロンにも感謝したい。

執筆時の助言者となってくれたシンシア・ホイットコム、ベティー・サージェント、モーリーン・バロンに感謝する。そしてブレイク・スナイダーには特に感謝。捉えどころのない本線を私が見つけられるよう、何時間もかけて助けてくれた。その本線がたとえつまらなく見えても、自らを美化するように見えても、誠実な物語という観点から単純に悪いものに見えたとしても。本書を読む前に他界してしまったが、ここに感謝の意を述べたい。あなたがいなくて寂しい、ブレイク！ ユセフ・コムニャカには、初めて読んでから一八年後にも、まだ記憶に留まる詩を書いてくれたことに感謝したい。そしてその詩を本書で引用する許可をくれたウェズリアン・ユニバーシティ・プレスにも。さらに、本書の企画書と草稿を読んでフィードバックをくれたすべての人々にも。

自らの体験を私に語ってくれたコンゴのみんなに謝意を伝えたい。ジェネローズの家に資金を寄付してくれた人たちにも。《ラン・フォー・コンゴ・ウィメン》のために寄付をしたり、走ったり、ホームパーティーを開いたり、ボランティアをしたり、いかなる形であれ支援してくれたすべての人々にも。

そして、私の愛するコンゴ人姉妹たちにも。

- Kigali Memorial Centre. "Francine Murengezi Ingabire." www.kigalimemorialcentre.org.
- Komunyakaa, Yusef. "You and I Are Disappearing (あなたと私が消えていく)," in *Dien Cai Dau*〔ベトナム語で「頭が狂っている」の意〕. Middletown, CT: Wesleyan University Press, 1988.
- Koppel, Ted. "Heart of Darkness (暗黒の心)." *ABC News Nightline*. 2002年初放送, DVD発売日2006年9月18日.
- Kristof, Nicholas. "Crisis in the Congo (コンゴでの危機)." *New York Times*, October 29, 2008.
- Lacey, Marc. "War Is Still a Way of Life for Congo Rebels (戦争がいまだに生活の一部であるコンゴの反乱軍)." *New York Times*, November 21, 2002.
- McMorris, Megan. "The Accidental Activist (たまたまの活動家)." *Fitness Magazine*, March 2007.
- Munch, Edvard. "When we stood close… (私たちが身を寄せ合ったとき)." in *Munch In His Own Words*. Edited by Poul Erik Tojner. New York: Prestel, 2003.
- *O, The Oprah Magazine*, "Postcards from the Edge (世界の果てからの絵葉書)." February 2005.
- Omaar, Rakiya. "The Leadership of Rwandan Armed Groups Abroad with a Focus on the FDLR and RUD/URUNANA (国外のルワンダ武装グループの指導力について, FDLRおよびRUD／URUNANAに焦点を置いて)." The Rwanda Demobilization and Reintegration Commission, December 2008.
- Polgreen, Lydia. "Congo's Death Rate Unchanged Since War Ended (コンゴの死亡率は終戦後も変わらず)." *New York Times*, January 23, 2008.

  同上. "Congo's Riches Looted by Renegade Troops (コンゴの富が反乱軍により略奪)." *New York Times*, November 16, 2008.

  同上. "Fighting in Congo Rekindles Ethnic Hatreds (コンゴにおける戦闘で民族間憎悪が再燃)." *New York Times*, January 10, 2008.

  同上. "A Massacre in Congo, Despite Nearby Support (近隣からの支援にもかかわらず, コンゴで虐殺)." *New York Times*, December 11, 2008.

  同上. "Militias in Congo Tied to Government and Rwanda (コンゴの民兵組織が政府およびルワンダと連携)." *New York Times*, December 13, 2008.

  同上. "Resolving Crisis in Congo Hinges on Foreign Forces (コンゴ危機の解決は外国軍頼み)." *New York Times*, December 19, 2007.

  同上. "Rwanda's Shadow, From Darfur to Congo (ルワンダの影――ダルフールからコンゴまで)." *New York Times*, July 23, 2006.

  同上. "War's Chaos Steals Congo's Young by the Millions (戦争の混乱によりコンゴの子どもたちが数百万単位で誘拐)." *New York Times*, July 30, 2006.
- Powell, Alvin, with Michael Van Rooyen and Jocelyn Kelly. "Rape of the Congo: Making Sense of Sexual Violence in Central Africa (コンゴのレイプ――中央アフリカにおける性的暴行の意味を理解する)." *Harvard Public Health Review*, Spring 2009.
- Ruxin, Josh. "Calm in Kigali, Horror in Congo (キガリの平静, コンゴの恐怖)." *New York Times*, October 20, 2008.

  同上. "A Solvable Problem (解決可能な問題)." *New York Times*, October 24, 2007.

  同上. "Peace in Congo? (コンゴでの平和?)" *New York Times*, February 9, 2009.
- Timberg, Craig. "For Congo's Mothers, Unceasing Loss (コンゴの母親たちの絶え間なき喪失)." *Washington Post*, February 12, 2005.
- Vidal, John. "Sold Down the River (裏切られて)." *The Guardian*, September 22, 2007.

  同上. "World Bank Accused of Razing Congo Forests (コンゴの森林破壊で世界銀行が非難を受ける)." *The Guardian*, October 4, 2007.
- Winfrey, Oprah. "Ricky Martin Travels To Meet Tsunami Orphans (リッキー・マーティンが津波による孤児を訪ねる旅へ)." *The Oprah Winfrey Show*, January 24, 2005.

- Associated Foreign Press. "17 Villagers Knifed To Death in Congo (コンゴで住民17人が刺殺)." May 27, 2007, エリックからの電子メールで転送.
- Blumenauer 下院議員, "Democratic Republic of the Congo Relief, Security, and Democracy Protection Act of 2006" 通過前の声明. The Congressional Record, 152, no. 133 (December 6, 2006).
- Brody, Liz. "I Am Starting To Throw Away My Worries One by One (心配をひとつずつ捨て始めています)." *O, The Oprah Magazine*, December 2006.
- CNN. "Logging Decimates African Rainforest (伐採によりアフリカの熱帯雨林が縮小)." April 16, 2007.
- Enough Project, The. "Congo Quick Facts (コンゴ概略)." www.enoughproject.org, 2009.

  同上. "Key Terms (重要語句)." www.enoughproject.org, 2009.

  同上. "Roots of the Crisis (危機の根本原因)." www.enoughproject.org, 2009.
- Enough Project Team, The, with the Grassroots Reconciliation Group. "A Comprehensive Approach To Congo's Conflict Minerals (コンゴの鉱物紛争に対する包括的取り組み)." Stragic paper, The Enough Project, April 24, 2009.
- Freeley, Rebecca, and Colin Thomas-Jensen. "Past Due: Remove the FDLR from Eastern Congo (期限切れ——FDLRをコンゴ東部から排除せよ)." Strategy paper, The Enough Project, June 3, 2008.
- Gettleman, Jeffrey. "Congo's Army Clashing with Militias (コンゴ軍と民兵が衝突)." *New York Times*, October 25, 2007.
- Greenpeace International. "Conning the Congo (コンゴにおける詐欺的活動)." Investigative report, Greenpeace International, July 2008.
- Hamilton, Michelle. "2006 Heroes of Running (2006年の走る英雄たち)." *Runners World*, December 2006.
- Harkins, George W. "Letter to the American People (アメリカの人々への手紙)," dated December 1931. Sequoyah Research Center, American Native Press Archives. www.anpa.ualr.edu.
- Haught, Nancy. "Hearing the Cries, and Running to Help (叫びを聞き, 助けるために走る)." *The Oregonian*, August 26, 2005.
- Hochschild, Adam. *King Leopold's Ghost: A Story of Greed, Terror, and Heroism in Colonial Africa*. New York: Mariner Books, 1999.
- Human Rights Watch. "DR Congo: Militia Leader Guilty in Landmark Trial (コンゴ民主共和国——民兵組織指導者が歴史的裁判で有罪)." March 10, 2009. www.hrw.org.
- International Crisis Group. "Mortality in the Democratic Republic of the Congo: An Ongoing Crisis (コンゴ民主共和国の死亡率——継続中の危機)." Special report, released January 2008. www.theirc.org.

  同上. "Congo: Ex-Rebels in Army Are Accused of Now Looting, Raping, and Killing (コンゴ——軍所属の元反乱軍が現在の略奪, レイプ, 殺人で告発)," The Associated Press, *New York Times*, May 19, 2009.

  同上. "Congo Violence Reaches Endangered Mountain Gorillas (コンゴでの暴力行為が絶滅の危機に瀕したマウンテンゴリラにも及ぶ)." *New York Times*, November 18, 2008.

  同上. "In Congo, a Little Fighting Brings a Lot of Fear (コンゴにて, 小競り合いがすさまじい恐怖をもたらす)." *New York Times*, November 3, 2008.

  同上. "Mai Mai Fighters Third Piece in Congo's Violent Puzzle (マイマイ戦闘員がコンゴにおける暴力のパズルの第3のピース)." *New York Times*, November 21, 2008.

  同上. "Rape Epidemic Raises Trauma of Congo War (レイプの蔓延によりコンゴ戦争のトラウマが悪化)." *New York Times*, October 7, 2007.

  同上. "Rape Victims' Words Help Jolt Congo into Change (レイプ被害者の発言による衝撃がコンゴを変化へと突き動かす)." *New York Times*, October 18, 2008.

  同上. "Rwanda Stirs Deadly Brew of Troubles in Congo (ルワンダがコンゴにおける破壊的な問題をかく乱)." *New York Times*, December 4, 2008.
- Keane, Fergal. *Season of Blood: A Rwandan Journey*. London: Viking, 1995.

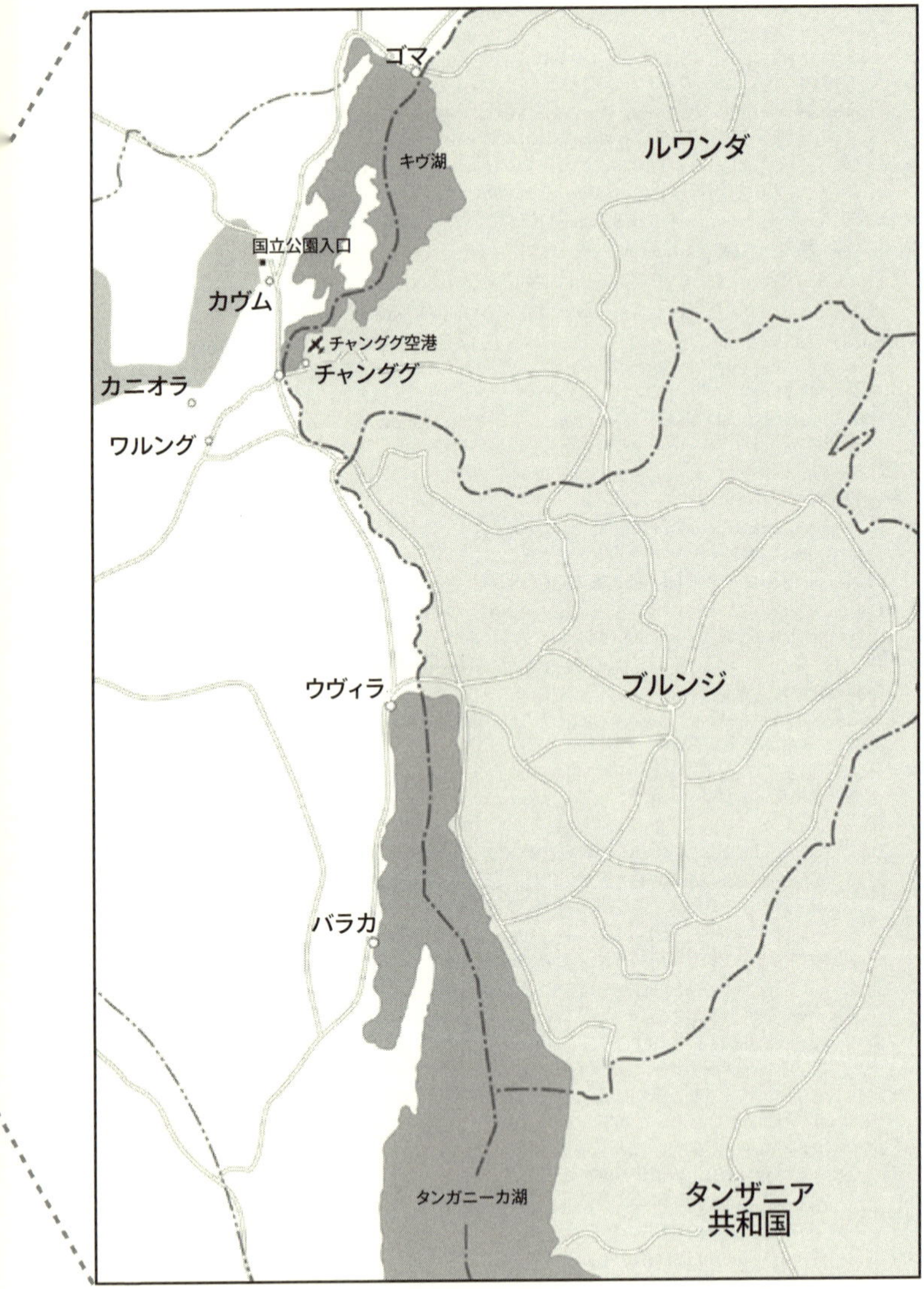
ゴマ
ルワンダ
キヴ湖
国立公園入口
カヴム
チャンググ空港
チャンググ
カニオラ
ワルング
ウヴィラ
ブルンジ
バラカ
タンガニーカ湖
タンザニア
共和国

コンゴの地図

（下）コンゴ民主共和国と周辺諸国
（右）著者が訪れたコンゴ東部

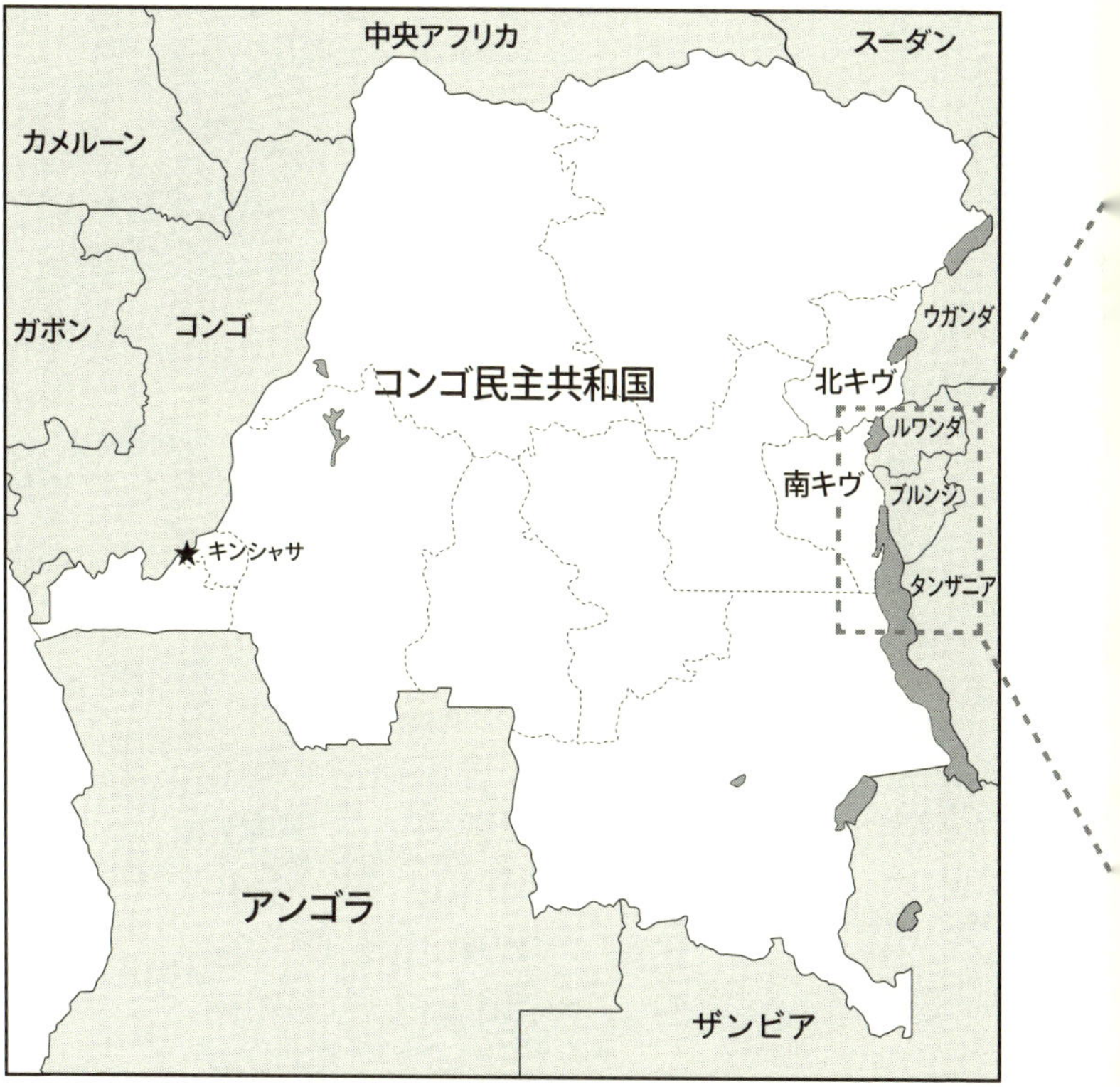

［著者］

リサ・J・シャノン

Lisa J. Shannon

《ラン・フォー・コンゴ・ウィメン》および《サウザンド・シスターズ》創立者。元写真プロダクション会社経営者。コンゴ民主共和国における紛争で500万人以上の犠牲者が出ていること、中でも女性たちが殺人・略奪・性暴力の危機にさらされていることを知り、女性支援を目的として《ラン・フォー・コンゴ・ウィメン》を開始。最初は30マイル（48キロ）のランをシャノン単独で決行し、2万8000ドルの寄付を集める。その後活動は国際的に広がり、現在までに100万ドル以上の寄付を集め、6万人以上の女性や子供たちを直接支援している。

2006年には『ランナーズ・ワールド』誌による「ヒーロー・オブ・ランニング」に選出され、コンゴ問題を知るきっかけになった『オプラ・ウィンフリー・ショー』にヒラリー・クリントンやニコラス・クリストフらと共に出演した。2007年と2008年にコンゴを訪問。紛争被害にあった女性たちの証言を収集して本書を執筆。出版を機に、暴力を止める活動の支援および提言を行うプロジェクト《サウザンド・シスターズ》を開始。コンゴと同様に女性が危機にさらされているソマリアの女性たちへの支援も行っている。オレゴン州ポートランド在住。

［訳者］

松本裕

Yu Matsumoto

1974年生まれ。米国オレゴン州立大学農学部卒。小学校時代の4年間を東アフリカのケニアで、大学卒業後の2年間を青年海外協力隊として西アフリカのセネガルで過ごす。帰国後より実務翻訳に携わる。訳書に『アフリカ　動きだす9億人市場』『世界で生きる力——自分を本当にグローバル化する4つのステップ』『世界を変える教室——ティーチ・フォー・アメリカの革命』(以上、英治出版)などがある。

私は、走ろうと決めた。

「世界最悪の地」の女性たちとの挑戦

発行日	2012 年　10 月 17 日　第 1 版　第 1 刷
著者	リサ・J・シャノン
訳者	松本裕（まつもと・ゆう）
発行人	原田英治
発行	英治出版株式会社
	〒 150-0022 東京都渋谷区恵比寿南 1-9-12 ピトレスクビル 4F
	電話　03-5773-0193　　FAX　03-5773-0194
	http://www.eijipress.co.jp/
プロデューサー	下田理
スタッフ	原田涼子　高野達成　岩田大志　藤竹賢一郎
	山下智也　杉崎真名　鈴木美穂　原口さとみ
	山本有子　千葉英樹
印刷・製本	シナノ書籍印刷株式会社
装丁	英治出版デザイン室
翻訳協力	株式会社トランネット　http://www.trannet.co.jp

ISBN978-4-86276-126-2　C0030　Printed in Japan

祈りよ力となれ

リーマ・ボウイー自伝

リーマ・ボウイー、キャロル・ミザーズ著　東方雅美訳

彼女たちの声が、破滅に向かう国家を救った――。紛争で荒廃する社会、夫からの激しい暴力、飢える子供たち……泥沼の紛争を終結させるために、一人の女性が立ち上がった。その声は民族・宗教・政治の壁を超えて国中の女性たちの心を結び、ついには平和を実現する。2011年ノーベル平和賞受賞者による、勇気と希望に溢れる物語。

定価:本体2,200円+税　ISBN978-4-86276-137-8

ブルー・セーター

引き裂かれた世界をつなぐ起業家たちの物語

ジャクリーン・ノヴォグラッツ著　北村陽子訳

世界を変えるような仕事がしたい――。理想に燃えて海外へ向かった著者が見た、貧困の現実と人間の真実。「忍耐強い資本主義」を掲げ、投資によって大勢の貧困脱却を支援する「アキュメン・ファンド」の創設者が、引き裂かれた世界のリアルな姿と、それを変革する方法を語った全米ベストセラー。

定価:本体2,200円+税　ISBN978-4-86276-061-6

ハーフ・ザ・スカイ

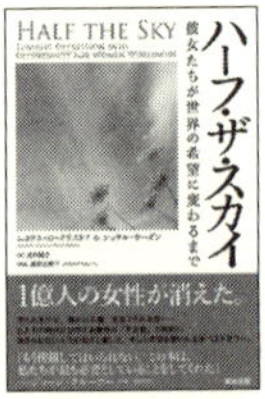

彼女たちが世界の希望に変わるまで

ニコラス・D・クリストフ、シェリル・ウーダン著　北村陽子訳　藤原志帆子解説

今日も、同じ空の下のどこかで、女性であるがゆえに奪われている命がある。人身売買、名誉殺人、医療不足による妊産婦の死亡など、その実態は想像を絶する。衝撃を受けた記者の二人(著者)は、各国を取材する傍ら、自ら少女たちの救出に乗り出す。そこで目にしたものとは――。

定価:本体1,900円+税　ISBN978-4-86276-086-9

フージーズ

難民の少年サッカーチームと小さな町の物語

ウォーレン・セント・ジョン著　北田絵里子訳

米国ジョージア州の小さな町で、一つの少年サッカーチームが生まれた。生まれも人種も、言語も異なる選手たちの共通点は、難民であること。だれにとっても、どんな場所にでも生まれうる世の中の裂け目と、それを乗り超えていける人間の強さを描く。全米の共感を呼んだノンフィクション。

定価:本体2,200円+税　ISBN978-4-86276-062-3

チョコレートの真実

キャロル・オフ著　北村陽子訳

カカオ農園で働く子供たちは、チョコレートを知らない――。カカオ生産現場の児童労働の問題や、企業・政府の腐敗。今なお続く「哀しみの歴史」を気鋭の女性ジャーナリストが危険をおかして徹底取材。チョコレートの甘さの裏には苦い「真実」がある。胸を打つノンフィクション。

定価:本体1,800円+税　ISBN978-4-86276-015-9